Fanny Becnert

COUNTDOWN TO NOAH

Band 1: Gegen Bestien

Fantasyroman

STERNENSAND VERLAG

www.sternensand-verlag.ch | info@sternensand-verlag.ch

1. Auflage, September 2017

Umschlaggestaltung: Nicole Böhm
Lektorat / Korrektorat: Sternensand Verlag GmbH | Martina König
Titelillustrationen: Corinne Spörri, Fotolia.de
Illustration Tuch: Fanny Bechert
Satz: Sternensand Verlag GmbH
Druck und Bindung: Smilkov Print Ltd.

ISBN-13: 978-3-906829-51-7
ISBN-10: 3-906829-51-7

Für meinen Mann.

Danke für dein Ja.

Prolog

Schon immer war es das oberste Ziel der Forschung, den körperlichen Verfall des Menschen aufzuhalten.
2028 gelang es dem Mediziner Dr. Frank Houston tatsächlich, ein Mittel zu synthetisieren, welches das Absterben sämtlicher Zellen im Körper verhinderte. Einmal injiziert, hörte der betreffende Mensch sofort auf, zu altern, war immun gegen jegliche Krankheiten und zeigte eine enorm gesteigerte Heilungsrate bei Verletzungen.

Das ewige Leben war gefunden.

Die WHO traf entsprechende Vorkehrungen. Verschiedene Bedingungen, wie zum Beispiel eine bestimmte körperliche Verfassung oder ein Mindestalter, mussten erfüllt sein und natürlich musste der Betreffende über die finanziellen Mittel verfügen. Denn das Serum FH-317/tb wurde zu Unsummen angeboten.

Da die Substanz den Menschen das Überleben sicherte wie einst Noahs Arche den Tieren, war es für viele das höchste Ziel, ein ›Archenticket‹ zu erhalten. Also kratzten die Leute ihr letztes Geld zusammen, um sich ihren Platz in der neuen, ewig währenden Welt zu erkaufen. Wer das nicht konnte, blickte dem Tod entgegen.

Es gab aber auch einen Teil von Menschen, verstreut in alle Winkel der Erde, der sich bewusst gegen die Unsterblichkeit entschied – aus welchen Gründen auch immer.

Die bessere Wahl, wie sich herausstellte, denn Dr. Houston hätte sich doch etwas mehr Zeit nehmen sollen, die Langzeitwirkung seines Serums zu untersuchen. Bereits fünf Jahre nachdem das erste Archenticket verteilt worden war, brach die Epidemie aus.

Dr. Houston und sein Team schafften es gerade noch, herauszufinden, dass ihr Mittel zwar den Körper konservierte, jenen Teil des Gehirns jedoch schädigte, der unsere animalischen Instinkte kontrolliert. Ein Gegenmittel zu finden, war ihnen nicht vergönnt, bevor sie den Verstand verloren und zu aggressiven und triebgesteuerten Monstern wurden.

Die Noahs, wie man diese Wesen heute bezeichnet, fielen wie wilde Tiere über die verbliebenen Menschen her, während diese mit allen ihnen zur Verfügung stehenden Waffen versuchten, sich zu verteidigen.

Das Desaster fand seinen Höhepunkt, als man mit Atomwaffen gegen die Noahs vorging. Das Ergebnis war jedoch nicht ihre Vernichtung, sondern die Mutation des Impfstoffes in ihren Körpern, die es zu einem ansteckenden Virus machte. Tränen, Speichel, Blut, Schweiß – jede direkt ausgetauschte Körperflüssigkeit wurde zum Überträger.

So kam es, dass der Mensch – seit Jahrtausenden Jäger und erfolgreicher Beherrscher der Erde – selbst zum Gejagten und zu einer bedrohten Art wurde, als Hauptnahrung der Noahs.

Trotz allem bin ich froh, dass meine Eltern sich damals gegen ein Archenticket entschieden haben, auch wenn ich sie vor einigen Monaten verloren habe, als die Noahs unsere kleine Siedlung entdeckten. Von den ehemals fünfundvierzig Menschen, die dort gelebt haben, gibt es nun nur noch meine Schwester Claire und mich.

Mein Name ist Cassidy Dawson. Ich bin siebzehn Jahre. Und ich bin eine Überlebende.

TAG 30

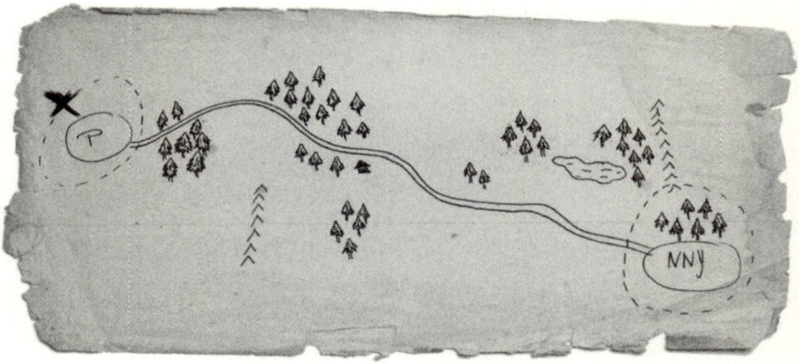

Als ich langsam zu Bewusstsein komme, spüre ich den weichen Waldboden unter mir. Ein Sonnenstrahl, der durch das lückenhafte Blätterdach fällt, scheint mir genau ins Gesicht. Blinzelnd drehe ich mich zur Seite.

Sofort schießt ein höllischer Schmerz durch meinen Oberarm, auf dem ich nun liege und mit ihm kommt auch die Erinnerung an den vergangenen Abend.

Vor zwei Tagen habe ich menschliche Spuren entdeckt, denen wir gefolgt sind. Meiner Schwester Claire geht es schon eine Weile nicht gut, sie hat sich eine Erkältung eingefangen. Ich hoffte, auf eine Siedlung zu stoßen, wo sie sich einige Zeit erholen könnte.

Gestern Abend haben sich die Anzeichen für die Anwesenheit anderer Menschen bestätigt. Ich habe Claire trotz des Fiebers, das sie über den Tag bekommen hat, weiter angetrieben, denn die Siedlung musste ganz in der Nähe sein.

Hätte ich doch nur den nächsten Morgen abgewartet! Man muss immer vorsichtig sein, wenn man sich durch Waldgebiete bewegt, aber nach Sonnenuntergang ist es am gefährlichsten, denn die nachtsichtigen Noahs wissen um die Orientierungslosigkeit der Menschen im Dunkeln und nutzen diese beim Jagen schamlos aus.

Claires dauernder Husten hat eine Gruppe dieser Biester angelockt, die in der Dämmerung über uns herfielen. Ohne Waffen hatten wir keine Chance. Also blieb nur die Flucht nach oben. Noahs sind schnell und kräftig, aber Klettern gehört nicht zu ihren Stärken. Hat wohl etwas mit ihrem Mangel an Koordination zu tun, vermute ich.

Ich habe Claire geholfen und dann versucht, mich selbst auf die untersten Äste zu ziehen. Da hat mich eine dieser Bestien gepackt und zurück auf den Boden gerissen.

Ich war schnell wieder auf den Füßen, aber zum Weglaufen war es zu spät. Eines dieser Viecher, ein alter Mann mit grauem Haar und Stoppelbart, hat mich festgehalten, sich um meinen Rumpf geklammert und dann seine Zähne in meiner Schulter versenkt.

Das Letzte, an das ich mich erinnere, ist ein lauter Knall, der den alten Noah aufzucken ließ. Dann fiel ich nach hinten und alles wurde dunkel.

Ich rolle mich wieder auf den Rücken, um die verletzte Schulter zu entlasten.

»Scheiße … verdammte … Kacke …«

Ich gebe eine ganze Schimpftirade von mir, wobei meine Stimme immer schriller wird. Panik überkommt mich, als mir bewusst wird, in welcher Situation ich mich befinde: Ein Noah hat mich gebissen!

Das heißt, in spätestens dreißig Tagen werde auch *ich* mich in so ein hirnloses Vieh verwandelt haben.

Ich weiß das so genau, weil meine Mutter früher Virologin in Dr. Houstons Team gewesen ist. Die letzten achtzehn Jahre hat sie damit verbracht, die Noahs und ihre Entstehung zu beobachten. Wenn sie auch kaum mit uns Kindern über ihre Arbeit gesprochen hat, manche Erkenntnis hat sie mit uns geteilt.

Immer noch fluchend taste ich umher, bis meine Finger auf einen kleinen Gegenstand stoßen. Meine Brille! Gott sei Dank ist sie ganz geblieben.

Ich schiebe sie mir auf die Nase und kann meine Umgebung nun klar erkennen. Das hilft mir, mich etwas zu beruhigen. Wenigstens werde ich meine letzten Tage als Mensch nicht halb blind durch diesen Wald irren.

Nur dreißig Tage … und ich kann nichts dagegen tun. Nichts! Tränen der Verzweiflung schießen mir in die Augen. Was soll denn dann aus Claire werden? Sie ist noch keine zwölf Jahre alt – viel zu jung, um allein klarzukommen!

Schlagartig verschwindet die Angst vor meiner Verwandlung und wird durch eine andere ersetzt: Wo ist Claire?

So schnell ich kann, rapple ich mich auf und suche mit den Augen die Bäume in der Nähe ab. Dabei fällt mir der zwei Meter hohe Abhang hinter mir auf. Wahrscheinlich bin ich den hinuntergestürzt, als der Noah mich losgelassen hat. Meine Schwester muss also dort oben sein.

»Claire?« Mit Mühe steige ich den Hang hinauf. Nicht nur meine Schulter tut weh. Anscheinend habe ich mir bei dem Sturz auch ein paar Rippen geprellt. »Claire, bist du da? Antworte!«

Keine Reaktion.

Schreckliche Bilder rasen durch meinen Kopf und ich erwarte bereits, Blutpfützen und abgenagte Knochen vorzufinden.

Aber als ich oben ankomme, liegt nur der grüne, zugewucherte Waldboden vor mir. Allerdings ist ein Großteil der Farne und Gräser niedergetrampelt. Zumindest habe ich die richtige Stelle gefunden.

Hektisch sehe ich mich um und entdecke den Baum, auf den ich Claire gehievt habe. Die Baumkrone ist leer, dafür liegt am Fuß des Stammes unser Rucksack.

Verzweifelt lasse ich mich daneben fallen. Ich habe versagt … Ich hatte nur diese eine Aufgabe – auf Claire aufzupassen – und habe es versaut. Mit Sicherheit haben die Noahs sie mitgeschleppt, um sie später zu fressen oder zu einer der ihren zu machen. Bei dieser Vorstellung wird mir speiübel und ich kann nicht anders, als loszuheulen. Ich schluchze laut und hemmungslos, wobei mir egal ist, ob man mich sonst wie weit hören kann. Mein Schicksal ist eh besiegelt …

Vor Wut schlage ich mit der Faust immer wieder auf den Boden neben mir.

»Scheiße!«, entfährt es mir, als ich einen schneidenden Schmerz an der Handkante spüre.

Ich wische mir die Tränen aus den Augen und betrachte die Stelle am Boden, an der ich mich gerade abreagiert habe. Ich entdecke einen kleinen, glänzenden Gegenstand, der sich in die Erde gebohrt hat und dessen scharfe Kante es war, die ich gespürt habe.

Bei näherer Betrachtung erkenne ich, dass es sich um eine Patronenhülse handelt. Sie kann noch nicht lange hier liegen, denn sie ist vollkommen frei von Rost.

Der Knall fällt mir wieder ein. Das war es also, was den Noah dazu veranlasst hat, mich loszulassen! Jemand hat auf ihn geschossen und mir damit das Leben gerettet – na ja, zumindest für begrenzte Zeit.

Und wer auch immer der Schütze war, ich bin mir sicher, dass Claire jetzt bei ihm ist – während ich dumme Kuh hier herumsitze und heule.

Ich muss sie dringend finden. Nur weil sie in Begleitung eines anderen Menschen ist, heißt das noch lange nicht, dass sie gerettet ist.

Noch einmal wische ich mir mit den Händen über das Gesicht, bevor ich aufstehe.

Mein Kopf ist wieder klar, die Panik verschwunden. Im Moment gibt es wichtigere Dinge, mit denen ich mich beschäftigen muss, als meine Verzweiflung.

Obwohl ich mich genau umschaue, verbringe ich eine Viertelstunde damit, nach Spuren zu suchen. Gestern noch habe ich die menschliche Fährte mit Leichtigkeit gefunden, heute fällt es mir unheimlich schwer. Wahrscheinlich lenkt mich der Gedanke ab, dass diese Suche bald mein ganzer Lebensinhalt sein wird, um mein Futter zu finden …

Eine gute Stunde stapfe ich noch durch den Wald, eh sich die Bäume vor mir lichten und den Blick auf ein Feld freigeben.

In etwa einem Kilometer Entfernung stehen einige Hütten. Ich habe die Siedlung gefunden.

Ich atme tief durch. Claire muss einfach dort sein. Wenn nicht … Gott, ich weiß nicht, was ich dann tun soll.

Um die Hütten herum verläuft ein Zaun aus Stacheldraht, der an ein paar Holzpfählen befestigt ist. Außerdem sehe ich einen kleinen Wachturm dahinter. Wenn sich darin jemand befindet, kann er den Waldrand genau beobachten – was wohl auch seine Aufgabe ist.

Mir ist klar: Wenn ich jetzt einfach losrenne, wird man mich erschießen. Ich weiß ja, dass sie bewaffnet sind.

Skeptisch schaue ich an mir herunter. Auf die Entfernung ist es schwierig, Menschen von Noahs zu unterscheiden, da sich der Körper nach der Infektion mit dem Noahvirus nicht verändert. Und so verwahrlost, wie ich aussehe, könnte man mich glatt für eine dieser Bestien halten. Meine graue Jeans ist vollkommen zerschlissen und genau wie mein armeegrünes Tanktop dreckig von der Nacht zwischen Laub und Erde. Die größte abschreckende Wirkung hat aber ganz klar die Wunde an meiner Schulter. Zum ersten Mal betrachte ich sie genauer. Sehr stark geblutet hat sie nicht, es sind nur ein paar Spritzer auf meinem Top. Trotzdem geht die Verletzung niemals als einfacher Kratzer durch, zu gut kann man die Zahnreihen erkennen.

Ich lasse den Rucksack von meiner Schulter gleiten und krame darin herum. Viel tragen wir nicht bei uns. Von unseren Vorräten sind nur noch eine halbvolle Plastikflasche Wasser und ein Apfel übrig. Außerdem befinden sich ein Buch, ein Seil und ein wenig Kleidung darin. Ich fische mein rot-schwarz kariertes, langärmliges Holzfällerhemd heraus. Bei der Wärme, die zurzeit herrscht, werde ich darin zwar schwitzen, aber es verdeckt zumindest die Bissspur.

Ich schließe den Rucksack, schlüpfe in das Hemd, welches ich vor dem Bauch zusammenknote, und laufe los. Gern hätte ich eine weiße Fahne geschwenkt, doch leider ist weißer Stoff etwas ebenso Rares wie Seife oder Munition. Stattdessen halte ich meinen Rucksack hoch über meinen Kopf. So werden sie mich hoffentlich nicht für einen Noah halten, der wohl eher in schnellem Sprint und laut fauchend auf die Siedlung zustürzen würde.

Ich komme dem Zaun immer näher, ohne dass etwas geschieht. Jetzt kann ich den Wachturm gut erkennen. Er ist leer.

Toll, da habe ich den schweren Rucksack vollkommen umsonst gestemmt …

Aber es wundert mich, dass keine Wache da ist. Wozu gibt es diesen Turm, wenn man ihn nicht benutzt? Vielleicht ist die Siedlung gar nicht bewohnt? Immerhin habe ich noch kein Anzeichen menschlichen Lebens gesehen.

Auf Höhe des Turms lässt sich der Stacheldraht zur Seite schieben. Ich zwänge mich durch eine Lücke, die ich mit dem Rucksack aufdrücke, und lasse den Zaun hinter mir wieder zusammengleiten. Dann gehe ich auf die erstbeste Hütte zu.

Zaghaft klopfe ich an die Holzplanken, die eine Tür ersetzen sollen. »Hallo?«, rufe ich laut, wobei meine Stimme wie die eines kleinen Mädchens klingt. Ich sollte mich wirklich zusammenreißen. »Ist jemand da?«, probiere ich es noch einmal mit etwas mehr Kraft.

Niemand reagiert.

Ich versuche es noch bei zwei weiteren Hütten, jedoch ohne Erfolg.

Als ich mich vor der vierten postiere, kann ich aus dem Inneren ein Geräusch hören. Ein Stuhl, der zurückgeschoben wird, vermute ich. Ich komme noch nicht mal dazu, zu klopfen, da wird die Tür vor mir auch schon aufgerissen.

Mit noch immer erhobener Hand starre ich in den Lauf eines Gewehrs. Am anderen Ende steht eine ältere Dame, das grau melierte Haar zu einem Dutt gebunden. Sie ist etwas untersetzt und rundlich, was die meisten Altersfalten in ihrem Gesicht ausbügelt. Ich schätze sie an die siebzig, genau kann ich es aber nicht sagen.

Forschend sieht sie mich an. »Was willst du?«, fragt sie, ohne das Gewehr zu senken.

»Ich … bin auf der Suche nach meiner Schwester«, versuche ich zu erklären. »Wir wurden gestern Abend von Noahs angegriffen.«

Die Augen der Alten nehmen einen überraschten Ausdruck an. Dann senkt sie den Kolben. »Komm rein. Daniel, schließ die Tür hinter ihr.«

Ich betrete die kleine, muffige Hütte und sofort steht ein junger Mann neben mir und drückt die Tür in meinem Rücken zu. Im Gegensatz zu der Frau sieht er mich mit deutlicher Feindseligkeit an.

»Setz dich«, weist die Alte mich an und deutet auf einen von zwei Stühlen, die neben einem kleinen, runden Tisch stehen. Bis auf einen Kleiderschrank und zwei flache Schränke steht sonst nichts weiter in diesem Zimmer.

Die Frau übergibt das Gewehr diesem Daniel, bevor sie in das Nachbarzimmer verschwindet und er sich in der Tür aufbaut. Er zielt nicht auf mich, aber an seiner Haltung kann ich erkennen, dass ich mich besser anständig verhalte, wenn sich das nicht ändern soll.

Brav setze ich mich an den Tisch und warte. Dabei mustere ich mein Gegenüber genauso unverhohlen wie er mich. Er dürfte etwa in meinem Alter sein, vielleicht ein, zwei Jahre älter. Seine kurzen schwarzen Haare sind zerzaust, sein Gesicht glatt und ein wenig pausbäckig, was irgendwie nicht zu seinem sonst kräftigen Körper passt. Ansonsten trägt er blaue Jeans, die an einem Knie bereits notdürftig geflickt sind, und ein sauberes schwarzes Shirt.

Im Nebenzimmer unterhält sich die Frau mit jemandem. »Sie hat braunes, welliges Haar, ist ungefähr eins sechzig groß und trägt ein rot kariertes Hemd. Und eine schwarz gerahmte Brille. Kennst du sie?«

Ein Husten, dann eine brüchige Stimme: »Das ist Cassidy, meine Schwester.«

Ich erkenne Claire sofort und springe auf.

Wie zu erwarten war, legt der Junge in derselben Sekunde das Gewehr auf mich an. »Hinsetzen«, brummt er und ich gehorche abermals.

Da kommt die alte Dame auch schon zurück, schließt die Tür hinter sich und nimmt mir gegenüber Platz.

»Hallo, Cassidy Dawson. So heißt du doch, oder?«, fragt sie und jetzt ist ihr Ton freundlich und warm.

Ich bringe ein schüchternes Lächeln zustande und nicke.

»Mein Name ist Ann Jenkins«, stellt sie sich vor und deutet auf den Jungen, der das mit einem finsteren Blick quittiert. »Das ist mein Enkel Daniel. Entschuldige die raue Begrüßung, aber man weiß nie, was man von Fremden halten soll, noch dazu, wenn sie so jung und kräftig sind wie du.«

Sie lächelt und ich kann nicht anders, als es zu erwidern.

»Ihr habt meine Schwester gerettet, richtig?«, frage ich und schaue erst die alte Dame, dann ihren Enkel an. Auch sie wendet ihm den Kopf zu.

»Genau genommen hat Daniel sie gerettet. Er hat es ganz allein mit den fünf Noahs aufgenommen. Obwohl … Nachdem er geschossen hat, stand ihnen der Sinn nur noch nach Flucht. Gott sei Dank. Wenn man bedenkt, dass er nur diese eine Kugel hatte …«

Daniel stöhnt und lässt zu meiner Erleichterung das Gewehr sinken. »Granny«, sagt er vorwurfsvoll. »Es ist nicht besonders nützlich, dem Feind zu erklären, dass die Waffe, mit der man ihn in Schach hält, nicht geladen ist!«

»Sie ist doch kein Feind«, weist ihn Mrs. Jenkins zurecht.

Ich mag die alte Frau. Schon als sie in der Tür stand, war sie mir irgendwie sympathisch, und jetzt, wo sie sich für mich einsetzt, würde ich sie am liebsten umarmen. Mir fällt ein riesiger Stein vom Herzen, dass ausgerechnet diese Frau sich um Claire gekümmert hat … und es vielleicht auch weiterhin tun wird.

»Ja, jetzt mag sie noch ungefährlich erscheinen, mit ihrer süßen, schüchternen Art«, kontert ihr Enkel. »Aber du weißt, ich habe sie nicht umsonst im Wald gelassen. Wenn ich nicht angenommen hätte, sie wäre tot, hätte ich selbst dafür gesorgt.«

Verdammt … ich habe gehofft, er hätte mich einfach übersehen. Aber anscheinend ist ihm nicht entgangen, was mir da draußen passiert ist.

Betreten schaue ich auf meine Hände, die in meinem Schoß liegen. Aus meinem Plan, erst ein paar Tage zu beobachten, ob Claire mit den beiden zurechtkommt, und dann heimlich zu verschwinden, wird wohl nichts.

»Sie wurde gebissen«, beendet Daniel seine Anklage, umrundet mich und streckt die Hand nach meinem Hemd aus, wohl um Mrs. Jenkins meine Wunde zu präsentieren.

Wie von der Tarantel gestochen springt die alte Frau auf. »Rühr sie nicht an!«

Genau wie Daniel zucke auch ich zusammen. So einen bestimmenden Ton hätte ich ihr gar nicht zugetraut.

»Liebes, würdest du mir bitte den Biss zeigen?«, fragt sie und schon ist ihre Stimme wieder milder.

Eigentlich wundert es mich nicht. Ich mag noch kein Noah sein, aber ich bin bereits ein Träger des Virus und damit ansteckend. Da ist es klar, dass sie nicht will, dass er auch nur meine Kleidung berührt.

Vorsichtig schiebe ich mein Hemd über die Schulter und lege den Oberarm frei, der sich um die geröteten Zahnabdrücke herum mittlerweile bläulich verfärbt hat.

Mrs. Jenkins steht auf und geht zu dem Kleiderschrank. Mit einem braunen Fläschchen und einem halbwegs sauberen Lappen kommt sie wieder zu mir und betrachtet die Wunde. »Du wirst sie jetzt erst mal reinigen, danach legst du einen Verband an.« Sie legt die Gegenstände vor mir auf den Tisch und setzt sich wieder. »Erzähl mir, Cassidy: Was ist euch widerfahren, dass ihr ganz allein durch die Gegend streift?«

»Wir haben mit unseren Eltern in einem Gebirgsdorf im Südwesten von hier gelebt«, beginne ich zu erzählen. »Es war sehr abgelegen und es gab nicht viele Noahs in der Gegend. Die Männer haben es immer gut geschafft, die etwa vierzig Einwohner zu beschützen. Vielleicht sind sie deshalb nachlässig geworden, ich habe keine Ahnung …«

Ich greife nach dem Lappen, schütte etwas von der Tinktur darauf und lege ihn auf die Wunde. Zischend atme ich ein, es brennt wie Feuer. Um mich abzulenken, rede ich weiter.

»Jedenfalls ist ihnen ein größeres Rudel nicht aufgefallen und das hat unser Dorf angegriffen. Meine Mutter hat mich gebeten, Claire in Sicherheit zu bringen. Ich habe mir also meine Schwester geschnappt und bin mit ihr weggelaufen, hinein in die Berge, wo es genug Möglichkeiten gibt, sich vor den Noahs zu verstecken. Erst am nächsten Tag habe ich mich wieder heruntergetraut und bin zum Dorf geschlichen, um nach unseren Eltern zu suchen. Doch es war wie ausgestorben … Tja, es *war* ausgestorben.«

Meine Schulter ist nun sauber und ich lege den Lappen beiseite. Dann blicke ich Mrs. Jenkins ins Gesicht.

»Seitdem bin ich mit Claire unterwegs. Wir sind niemals länger an einem Ort geblieben, um nicht aufzufallen, und bisher gut damit gefahren. Am Anfang war es wirklich nicht leicht. Vor allem Claire hat unsere Eltern unsagbar vermisst. Aber mittlerweile kommen wir ganz gut zurecht.«

Voller Sorge betrachtet mich die alte Dame. »Arme Kinder«, seufzt sie.

Es stört mich. Sicher meint sie es gut, aber Claire und ich kommen zu zweit klar, wir brauchen kein Mitleid und auch keine Hilfe. Na ja, zumindest war das bisher so. Bald wird meine Schwester jemanden wie sie brauchen.

»Wie geht es Claire?«, erkundige ich mich.

Mrs. Jenkins zögert. »Deine Schwester hat sich eine böse Erkältung eingefangen. Es ist ein Glück, dass ihr bei uns gelandet seid.«

»Darf ich bitte zu ihr?«

Die Alte nickt. »Aber nur unter der Bedingung, dass du einen gewissen Abstand zu ihr hältst. Bedenke, du ...«

»Ich weiß, ich weiß«, unterbreche ich sie. Sie muss mir meinen Zustand nicht auf die Nase binden.

Ich stehe auf und gehe ins Nachbarzimmer. Dort liegt Claire auf einem Bett, eingepackt in eine dicke Decke. Ihr Gesicht ist gerötet, man sieht ihr das Fieber regelrecht an.

Als sie mich sieht, fängt sie sofort an zu weinen. »Cassy! Daniel hat gesagt, du seist tot!«, schluchzt sie.

Ich würde sie so gern in den Arm nehmen, trösten. Stattdessen setze ich mich ans Fußende des Bettes.

Misstrauisch beäugt sie mich. Clever, wie sie mit ihren elf Jahren ist, bemerkt sie natürlich sofort, dass etwas nicht stimmt.

»Mrs. Jenkins meinte, ich soll vorsichtig sein, dass du mich nicht ansteckst«, verdrehe ich ein bisschen die Tatsachen.

»Sie ist so eine nette Frau, findest du nicht auch?«, erklärt Claire schniefend und berichtet mir, wie fürsorglich die alte Dame sich um sie gekümmert hat.

Nicht viel später ist Claire eingeschlafen, vollkommen erschöpft vom vielen Erzählen.

Als ich mich hinausschleiche, treffe ich in dem Zimmer, das ich mittlerweile als Küche erachte, wieder auf Mrs. Jenkins und ihren Enkel. Sie sitzen beide am Tisch. Darauf stehen drei dampfende Schüsseln und drei Gläser, vermutlich Tee.

»Setz dich, Liebes. Du musst einen Bärenhunger haben.«

Wie recht sie hat! In den vergangenen Wochen haben wir uns fast ausschließlich von Beeren und Baumobst ernährt. Ich kann mich an meine letzte warme Mahlzeit kaum mehr erinnern.

Irgendwoher haben sie einen dritten Stuhl geholt, auf den ich mich nun fallen lasse.

Die Suppe riecht verführerisch und als mir Mrs. Jenkins auffordernd zunickt, fange ich an, zu löffeln. Ich schmecke verschiedene Gemüsesorten heraus und ein paar Stücke Fleisch schwimmen auch darin herum. Ja, sie ist mindestens so lecker, wie sie duftet!

Wir essen schweigend unsere Schüsseln leer, bevor die Unterhaltung wieder in Gang kommt.

»Wieso haben Sie mir eigentlich die Tür geöffnet, Mrs. Jenkins?«, frage ich neugierig. »Alle anderen haben mich ignoriert.«

Daniel schmunzelt.

»Das liegt daran, dass alle anderen Hütten leer stehen«, antwortet die Frau. »Und bitte nenn mich doch Ann.«

»Heißt das, Sie leben hier ganz allein?« Ich bin überrascht. Nicht unbedingt darüber, dass niemand hier ist – Claire und ich waren ja auch nur zu zweit. Aber warum bewohnen die beiden denn ein ganzes Dorf, das sich ohne genügend Leute kaum verteidigen lässt?

»Wir sind so eine Art Außenposten für die eigentliche Kolonie«, erklärt Mrs. Jenkins. »Unsere Aufgabe ist es, die Noahs zu beobachten und nach Möglichkeit ein Durchbrechen des Verteidigungskreises zu verhindern.«

»Eigentlich ist es meine Aufgabe«, wirft Daniel ein, der sich ansonsten aus dem Gespräch raushält.

Mrs. Jenkins geht nicht darauf ein, sondern fährt mit ihrer Erklärung fort. »Unsere Stammkolonie ist ziemlich groß und liegt in der Mitte.« Dabei zeichnet sie mit dem Finger einen Kreis auf die Tischplatte, dann einen größeren drum herum. »Hier befinden sich in gleichmäßigem Abstand kleine Siedlungen, die von ein, maximal zwei Personen bewohnt werden. Sie sollen verlassen wirken, um uninteressant für Angreifer zu sein.«

Skeptisch sehe ich sie an. »Ich habe eure Spuren aber schon vor ein paar Tagen entdeckt.«

»Die hat Daniel bewusst gelegt. Seit einer Weile treibt sich eine größere Jagdgruppe der Noahs in der Gegend herum. Er wollte sie zu einer bestimmten Stelle locken, um sie dann dort auseinanderzutreiben. Einzeln sind sie weit weniger gefährlich. Dafür haben wir von der Kolonie auch die Kugel bekommen.«

»Die Tour habe ich euch dann wohl vermasselt ...«, sage ich kleinlaut.

Daniel zuckt mit den Schultern. »Ich hatte sie an einer Stelle, ich habe geschossen, sie sind in alle Richtungen davongerannt. Auftrag ausgeführt.« Seine Augen werden schmal. »Ich hoffe nur, du hast sie nicht hierhergeführt, als du uns gefolgt bist. Immerhin gehörst du nun zu ihnen. Nicht, dass sie ihr neues Familienmitglied zurückhaben wollen.«

»Denkst du, wir hätten so lange allein überlebt, wenn ich zu blöd wäre, meine Spuren zu verwischen?«, gifte ich ihn an. Trotzdem fährt mir ein kalter Schauer den Rücken hinab. Ich war ziemlich kopflos auf meinem Weg hierher …

»Davon überzeuge ich mich lieber selbst.« Er steht auf, öffnet den Kleiderschrank und entnimmt ihm eine Axt.

Ich schlucke trocken. Will er damit auf mich losgehen? Zuzutrauen wäre es ihm, so wie er mich ansieht.

»Keine Bange, ich werde sehr bald wieder verschwinden«, versuche ich, ihn zu beschwichtigen, während er zwei Schritte in meine Richtung macht. »Ich würde nur gern so lange bleiben, bis es Claire besser geht. Wäre das in Ordnung, Mrs. Jenkins?«

Mit dem letzten Satz spreche ich bewusst die alte Dame an. Bei ihrem aggressiven Enkel werde ich kaum eine Chance haben, doch sie hat mich so nett empfangen – vielleicht stimmt sie zu. Und ich habe das Gefühl, dass ihre Entscheidung mehr Gewicht hat als seine.

Sie zögert, allerdings nur kurz. »Natürlich, Liebes«, sagt sie dann. »Wenn du dich an gewisse Regeln hältst.«

Daniel schaut seine Großmutter wütend an. »Wenn wir das mal nicht bereuen.« Dann stapft er aus der Hütte und knallt die Holztür hinter sich zu.

Ann – sie besteht tatsächlich darauf, dass ich sie beim Vornamen anspreche – zeigt mir die Siedlung und weist mir die Hütte direkt neben der zu, in der Claire liegt und die wohl ihre eigene ist. Daniel bewohnt ein Haus am Rand, nahe des Wachturms.

Bei ihrem Vortrag, was ich wegen der Ansteckungsgefahr alles vermeiden soll, unterbreche ich sie höflich, denn das gehört ebenfalls zu dem Wissen, das meine Mutter mit uns geteilt hat.

Nachdem sie mich allein gelassen hat, um meiner Schwester ebenfalls etwas Suppe zu servieren, stromere ich weiter durch die Siedlung. Ich durchforste mehrere Hütten, in der Hoffnung, etwas Brauchbares zu finden – Fehlanzeige. Sicher hat Daniel schon alles eingesammelt, was sich als nützlich erweisen könnte. Zumindest finde ich etwas Kleidung in meiner Größe: eine neue schwarze Jeans und ein weißes Damenshirt. Weiß … ich kann es kaum glauben!

Danach gehe ich zu dem Wachturm zurück, an dem ich bei meiner Ankunft vorbeigekommen bin. Ich klettere hinauf und habe freie Sicht bis zum Waldrand, wie ich es mir schon gedacht habe. Die nächsten zwei Stunden verbringe ich damit, in Richtung der Bäume zu starren. Ich habe schon ziemliche Angst, dass man mir wirklich gefolgt ist.

Die Strapazen der letzten Wochen und die aufgeheizte Luft sorgen dafür, dass mir immer wieder die Augen zufallen. Ich freue mich bereits auf das kalte Bad, das Ann mir versprochen hat, und meine erste Nacht in einem Bett seit Monaten.

In dem Moment registriere ich eine Bewegung in der Ferne. Jemand tritt aus dem Schutz der Bäume auf das Feld.

Ich schiebe meine Brille nach vorn und kippe sie ein wenig, sodass sie wie ein Fernglas wirkt, und erkenne, dass es Daniel ist, der sich nun mit geschulterter Axt in meine Richtung bewegt.

Sofort rutsche ich etwas tiefer hinter die Wand der Kanzel, in der ich hocke. Durch einen Spalt zwischen zwei Brettern beobachte ich, wie er sich der Siedlung nähert. Mit der Axt schiebt er den Stacheldraht beiseite und sieht sich noch einmal prüfend um, bevor er sich durch die Lücke im Zaun schiebt.

Dabei gleitet sein Blick auch nach oben. Unsere Augen treffen sich, ich bin sicher, dass er mich sehen kann. Auf seiner Stirn bildet sich eine senkrechte Falte und der abschätzige Ausdruck, mit dem er mich schon bei meiner Ankunft gemustert hat, zeigt sich wieder. Er sagt allerdings nichts, sondern setzt seinen Weg in Richtung seiner Hütte fort.

Dass er zurück ist, kann nur bedeuten, dass die Umgebung sicher ist. Erleichterung durchströmt mich. Ich hätte es mir nie verziehen, wenn ich die Noahs zu Ann und Claire geführt hätte.

Ich steige von dem Wachturm hinunter, da ich nun keinen Grund mehr habe, meine Beobachtung fortzusetzen. Bevor ich jedoch der Verlockung von Bad und Bett nachgebe, mache ich noch einen kleinen Abstecher zu Claire, um mich zu vergewissern, dass es ihr gut geht.

Ich komme nicht einmal über die Türschwelle. Ann fertigt mich mit der Auskunft ab, Claire habe gegessen und würde nun schlafen. Ich vermute, dass mich die alte Dame nicht zu ihr lassen will, um eine Ansteckung zu verhindern – in welche Richtung, ist ja wohl klar.

Geknickt ziehe ich mich in mein zugewiesenes Quartier zurück. Ich weiß ja, dass Ann es nur gut meint. In Zukunft wird meine Schwester wohl ohne mich zurechtkommen müssen …

Beim Betreten meiner Hütte erwartet mich eine gefüllte Badewanne und meine Laune hebt sich wieder. Ann muss das Wasser schon vor einer Weile eingelassen haben, denn es ist nicht mehr brunnenkalt, sondern nur noch kühl. Außerdem steht eine weitere Schüssel von der leckeren Suppe bereit.

Nachdem ich diese verschlungen habe, ziehe ich mich aus und lasse mich in das erfrischende Nass gleiten. Vor allem meinem verletzten Arm tut die Kälte gut, der pochende Schmerz verschwindet darin fast vollständig.

Ich bleibe im Wasser, bis die Haut an meinen Händen ganz schrumpelig ist. Ohne mich abzutrocknen oder anzuziehen, nutze ich das noch halbwegs saubere Wasser, um meine Kleidung zu waschen. Die Hose lasse ich dabei außen vor, sie ist eh zu verschlissen und ich habe ja nun Ersatz. Doch Shirt, Hemd und Unterwäsche spüle ich kräftig durch und hänge sie danach über die umstehenden Möbel. Da sich die Luft auch in der Nacht kaum abkühlt, dürften die Sachen am nächsten Morgen trocken sein.

Noch bevor es beginnt, dunkel zu werden, lege ich mich auf das weiche Bett und ziehe die dünne Wolldecke über meinen nackten Körper. Ich komme gar nicht mehr dazu, mir noch irgendwelche Sorgen zu machen – so schnell bin ich auch schon eingeschlafen.

TAG 29

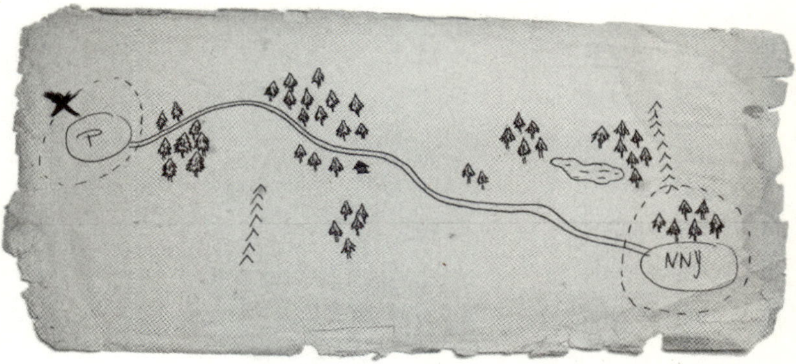

Am nächsten Morgen erwache ich von meinem eigenen Schrei. Panisch strample ich die Wolldecke von meinem nass geschwitzten Körper und erst als ich meine Brille aufsetze, wird mir bewusst, wo ich mich befinde. Mein Atem geht stoßweise, mein Puls rast.

»Ganz ruhig«, spreche ich mir selbst zu. »Das war nur ein Traum, nur Bilder deiner eigenen Fantasie.«

Wohl eher meiner eigenen Angst, füge ich in Gedanken hinzu. An viel kann ich mich schon jetzt nicht mehr erinnern. Ich weiß nur noch, dass ich Claire hinterhergerannt bin, die sich die Seele aus dem Leib gebrüllt hat. Der Blick, den sie mir über die Schulter zugeworfen hat, war eindeutig. So würde sie niemals ihre Schwester ansehen, sondern nur etwas, was nach ihrem Leben giert. Ich war die Gierige … ich war ein Noah.

Gott sei Dank weiß ich nicht mehr, wie es sich angefühlt hat.

Ich streiche mir mit zitternden Fingern das feuchte Haar aus der Stirn, während das Bild meiner gehetzten Schwester langsam verblasst.

Draußen setzt gerade die Dämmerung ein. Da an Schlaf nun ohnehin nicht mehr zu denken ist, stehe ich auf. Ich schlüpfe in die neue Jeans und mein grünes Tanktop. Das weiße Shirt hebe ich lieber auf, wer weiß, wozu es mal gut ist. Dann stelle ich mich ans Fenster und betrachte die kleine Siedlung, die im fahlen Morgenlicht gut zu erkennen ist. Still und friedlich liegt sie da, keine Bewegung ist zu sehen.

Vorsichtig fahre ich mit den Fingern über die Bisswunde. Mein Arm schmerzt kaum noch, aber ich kann jeden Zahnabdruck einzeln ertasten. Außerdem erkennt man sogar im Zwielicht den großen blauen Fleck drum herum.

Sofort beginne ich wieder, mir Gedanken darüber zu machen, wie es nun weitergeht, komme jedoch auch dieses Mal zu keinem Ergebnis, das mich zufriedenstellt.

Wie auch, wenn meine zukünftige Verwandlung unumgänglich ist?

Aus dem Nachbarhaus höre ich plötzlich ein lautes Husten, das in eine Art Anfall übergeht, der gar nicht mehr aufzuhören scheint. Arme Claire …

Ein Lichtschein fällt nun aus einem Fenster nebenan. Schnell verlasse ich meine Hütte, um hineinschauen zu können. Ich steuere eine Wand gegenüber an, von wo ich Anns Haus gut im Blick habe, und lehne mich dagegen.

Das erleuchtete Fenster gehört tatsächlich zu dem Zimmer, in dem Claire liegt. Ann sitzt an ihrem Bett und stützt meine kleine Schwester, streicht ihr liebevoll über den Rücken und den Kopf, bis der Hustenanfall abebbt. Dann reicht sie ihr einen Becher. Claire trinkt und lässt sich wieder ins Bett sinken.

Ann bleibt noch einen Moment bei ihr, bevor sie aufsteht und das Zimmer verlässt, nicht ohne die Öllampe zu löschen.

Es sieht nicht so aus, als würde sich Claires Erkältung bessern. Trotzdem beruhigt es mich wahnsinnig, zu beobachten, wie fürsorglich Ann sich um sie kümmert. Um meine Schwester muss ich mich nicht sorgen, sie ist hier gut aufgehoben.

Also fasse ich den einzig sinnvollen Entschluss. Ich gehe zurück in meine Hütte, stopfe die trockenen Kleidungsstücke in meinen Rucksack und dazu die Wolldecke. Es fühlt sich nicht gut an, sie zu nehmen, ohne zu fragen. Eigentlich halte ich nichts von Diebstahl, aber eine einzelne Decke wird hier wohl niemand vermissen.

Ich werfe mir den Rucksack über die Schulter, trete hinaus und wende mich der Richtung zu, in welcher der Wald liegt, aus dem ich gestern erst geflohen bin.

Vor Claires Fenster bleibe ich noch einmal kurz stehen und spähe hinein. Mittlerweile ist es hell, sodass ich sie gut erkennen kann. Ihr Gesicht glüht rot und das blonde Haar ist zerzaust. Im Schlaf hustet sie leise vor sich hin. So gern würde ich mich von ihr verabschieden …

In dieser Sekunde wird mir bewusst, dass ich meine kleine Schwester niemals wiedersehen werde. Sicher, das ›niemals‹ wird für mich keinen Monat andauern. Doch sie hat noch ihr ganzes Leben vor sich, in dem sie sich immer fragen wird, was aus mir geworden ist.

Bilder unserer gemeinsamen Kindheit tauchen vor mir auf. Meistens haben wir uns gestritten, wie das unter Geschwistern nun mal ist … Doch die letzten Monate haben uns zusammengeschweißt, so eng, wie ich es nie für möglich gehalten hätte. Und nun muss ich gehen, mit der Gewissheit, dem einzigen Menschen, den ich liebe, das Herz zu brechen.

Bisher hatte ich mich gut im Griff, doch jetzt fange ich wieder an zu weinen, und zwar so heftig und unerwartet, dass ich mir die Hand auf den Mund presse, um nicht laut aufzuschluchzen. So gern würde ich sie noch einmal in den Arm nehmen, mich verabschieden oder ihr wenigstens noch mal über die Wange streichen. Das könnte ich sogar, ich müsste mich nur durch das glaslose Fenster beugen und einen Arm ausstrecken.

»Was tust du denn da?«

Ich zucke zusammen und auch Claire regt sich bei Daniels lauter Stimme, wacht aber nicht auf.

Schnell fahre ich mir mit dem Handrücken über das nasse Gesicht. Ich will nicht, dass er weiß, dass ich geweint habe. Erst dann drehe ich mich zu ihm um.

Er steht in der offenen Tür zu Anns Hütte. Mit gerunzelter Stirn mustert er mich und bleibt mit den Augen an meinem Rucksack hängen. »Wolltest du abhauen?« Es klingt fast ein wenig belustigt, wie er das sagt.

Ich antworte nicht, sondern zucke nur mit den Schultern. Es geht ihn gar nichts an, was ich vorhabe.

Das scheint er genauso zu sehen, denn ohne weiter darauf einzugehen, sagt er: »Granny will dich sprechen.«

Ich zögere kurz, als er wieder im Haus verschwindet, folge ihm dann aber.

Ann sitzt in der Küche. Sie sieht müde und besorgt aus, ihr grauer Dutt sitzt schief und sie trägt dieselbe Kleidung wie gestern.

»Hallo, Liebes«, sagt sie mit matter Stimme. »Ich hoffe, du hattest eine angenehme Nacht.«

Bei ihrem Anblick befürchte ich, dass meine trotz des Albtraumes besser war als ihre. »Danke, so gut habe ich schon lange nicht mehr geschlafen«, antworte ich deswegen. Als sie mich anlächelt, habe ich jedoch die Vermutung, dass sie genau weiß, dass ich lüge.

»Wolltest du zu einer Wanderung aufbrechen?«, fragt sie und mustert mein Gepäck.

Ich lasse den Rucksack von meiner Schulter gleiten und setze mich Ann gegenüber. Aus meinem heimlichen Abgang wird wohl nichts.

»Ich weiß, was mit mir geschehen wird«, fange ich an, als mir Daniel auch schon ins Wort fällt.

»Ja, du wirst uns umbringen, wenn wir nicht schneller sind.«

Für diese Worte kassiert er einen scharfen Blick von seiner Großmutter. Dann nickt sie mir freundlich zu und ich spreche weiter.

»Auch wenn ich noch einige Tage Zeit habe, ist es unausweichlich, dass ich gehen muss. Je eher ich verschwinde, desto besser.«

Wieder öffnet Daniel den Mund, wagt es aber nicht noch einmal, dazwischenzureden.

»Ich weiß, dass es viel verlangt ist, mich einfach ziehen zu lassen, da ich womöglich bald zurückkomme, um …« *Um euch alle zu töten*, will ich sagen, doch ich kann den Gedanken nicht aussprechen. »Ich möchte euch trotzdem bitten, euch um Claire zu kümmern. Wenigstens ein paar Jahre, bis sie alt genug ist, um sich allein durchzuschlagen.«

Ann lächelt nun nicht mehr. »Es steht uns nicht zu, darüber zu richten, was mit dir wird. Dein Schicksal ist besiegelt, ob du damit leben willst, ist allein deine Entscheidung. Was deine Schwester betrifft: Wir werden sie ganz sicher nicht zurück in den Wald schicken. Im Gegenteil, sie kann in der Kolonie leben. Einer mehr oder weniger wird dort kaum auffallen. Allerdings gibt es ein Problem.«

Wie auf Kommando überfällt Claire im Nebenraum ein neuerlicher Hustenanfall, genauso heftig wie der, den ich vorhin beobachtet habe. Ann wartet, jederzeit bereit, aufzustehen und zu ihr zu gehen. Doch nach einer Weile beruhigt sich Claire und es wird wieder still.

»Ihre Erkältung ist schlimmer geworden. Ihr Körper glüht und sie verliert immer wieder das Bewusstsein. Es sieht aus wie eine Lungenentzündung. Ich fürchte, sie wird sich nicht erholen, wenn sie keine Medikamente bekommt.«

Mir ist, als würde ein schwerer Stein in meinen Magen fallen. Ich habe viel von unserer Mutter gelernt und weiß, dass in einem solchen Fall nur harte Sachen wirken, Antibiotika beispielsweise oder Penicillin. Doch diese sind in der heutigen Zeit mindestens so rar wie Munition.

Ich sacke in mich zusammen.

»Verzweifle nicht, Liebes. Auch in diesem Punkt ist es gut, dass ihr bei uns gelandet seid. In der Kolonie kann man ihr sicher helfen.«

»Der Wagen mit der monatlichen Lebensmittellieferung wird aber erst in zwei Wochen wiederkommen«, wirft Daniel ein.

Ich weiß, dass es dann zu spät sein wird. »Wie weit ist es zu Fuß bis dorthin?«, frage ich, ohne nachzudenken. »Ich werde sie hinschaffen.«

»Etwa ein Tagesmarsch«, antwortet Ann sofort.

Daniel, der sich hinter ihr aufgebaut hat, schnaubt. »Ich lasse es bestimmt nicht zu, dass ein Noah einfach so in die Kolonie spaziert.«

»Und ich lasse es ganz sicher nicht zu, dass meine Schwester einfach so stirbt.«

Wütend starren wir einander an.

Claire hustet wieder und ich erkenne, wie sich Daniels Gesicht kurz verändert. Der aggressive Ausdruck verschwindet und weicht etwas wie … Mitleid? Egal was es ist, es verschwindet sofort wieder, als sich Claire beruhigt.

»Noch ist Cassidy ein Mensch«, ergreift Ann Partei für mich. »Und solange das so ist, kann man es ihr nicht verdenken, dass sie ihre Schwester nicht im Stich lassen will.«

»Und wer garantiert uns, dass das morgen nicht schon anders ist?« Daniels Stimme klingt nun so hart wie seine Gesichtszüge aussehen.

»Ich«, antworte ich kühl. »Meine Mutter hat die Noahs lange studiert. Ein Infizierter hat mindestens dreißig Tage, eh er den Verstand verliert.«

Es ist eine Notlüge, eine kleine Übertreibung. Denn in Wahrheit waren dreißig Tage die längste Dauer bis zum Wahnsinn, die meine Mutter beobachten konnte.

Daniel schnaubt verächtlich.

Ann hingegen nickt. »Ich weiß von diesen Forschungen. Eleonore Dawsons Theorien sind weithin bekannt, zumindest unter uns Alten. Sie hat sich schon zu einer Zeit gegen das Archenticket ausgesprochen, in der es noch als ungefährlich galt, und an einem Gegenmittel gearbeitet.«

»Mir bleiben achtundzwanzig Tage. Das sollte locker reichen, um Claire in die Kolonie zu bringen und wieder zu verschwinden, oder?«

Daniel lässt sich nicht erweichen. »Selbst wenn das stimmt, werden sie dich nicht hineinlassen, ohne dich zu untersuchen. Wenn sie den Biss entdecken, bist du Geschichte und die Kleine gleich mit.«

»Es sei denn, sie ist in Begleitung von jemandem, der für sie bürgt.« Ann erhebt sich und geht zu einer Anrichte.

»Ich lasse es bestimmt nicht zu, dass du die nächsten Tage allein mit einer Infizierten verbringst, Granny!«

»Was schlägst du dann vor?«, fragt sie, während sie Brot und Butter herüberträgt und auf dem Tisch abstellt. Sie schneidet eine Scheibe von dem Laib ab, bestreicht sie mit Butter und legt sie vor mir ab, wiederholt die Prozedur und reicht Daniel die zweite Scheibe, der sie wortlos entgegennimmt. Erst als er ein großes Stück davon abbeißt, greife auch ich nach dem Essen.

Schweigend nehmen wir das Frühstück zu uns, das mir, ähnlich wie die Suppe am Vortag, wie ein Festmahl erscheint.

Erst nachdem Daniel eine weitere Brotscheibe verdrückt hat, sagt er mürrisch: »Wenn du willst, bringe ich sie hin.«

Überrascht sehe ich ihn an, dann Ann. Ihre Mundwinkel zucken verräterisch. Mich beschleicht das Gefühl, sie habe nur darauf gewartet, dass er das anbietet. Sie scheint ihren Enkel wirklich gut zu kennen.

Ich verspüre allerdings wenig Lust, mit diesem Jungen zu gehen, der sich nicht einmal bemüht, zu verbergen, dass er mich hasst. Und langsam bekomme ich das Gefühl, dass das nicht nur daran liegt, dass ich infiziert bin. Hätten wir uns unter anderen Umständen kennengelernt, würden wir uns wohl auch nicht viel besser vertragen. Denn ich mag ihn genauso wenig wie er mich. Trotzdem habe ich keine andere Wahl.

»Danke schön«, sage ich bemüht freundlich zu Daniel.

Er reagiert nicht darauf, fixiert mich nur weiter mit seinen dunkelbraunen Augen.

Mir schwant Übles. Wer weiß schon, ob er mir nicht gleich die Axt in den Nacken treibt, wenn wir Ann und die Siedlung hinter uns gelassen haben? Doch selbst wenn er das plant … irgendetwas sagt mir, dass er Claire danach trotzdem in die Kolonie schaffen wird. Und das ist alles, was zählt.

»Dann hole ich meine Schwester und wir brechen auf«, lege ich fest, doch Ann schüttelt den Kopf.

»Für den Weg werdet ihr einen ganzen Tag brauchen, es wäre also gut, wenn ihr mit Anbruch des Tages losgeht, um vor der Dunkelheit anzukommen. Eigentlich sollte der Bereich zwischen uns und der Kolonie frei von Noahs sein, aber man kann nie wissen.«

»Außerdem kann ich nicht einfach losstürzen«, knurrt Daniel. »Wenn ich dich schon allein lassen soll, will ich wenigstens vorher noch mal alle Fallen überprüfen.«

»Fallen?«, frage ich.

»Klar. Denkst du, die Noahs halten sich freiwillig von der Grenze fern?«

Meine Neugier ist geweckt. »Kann ich sie sehen?«

Ich weiß, dass er ablehnen will. Ann kommt ihm jedoch zuvor.

»Das ist eine gute Idee. Sie kann dir helfen, Daniel, und vielleicht etwas lernen, was ihr in den nächsten Wochen hilft. Außerdem solltet ihr die alte Schubkarre flottmachen. Ich denke nicht, dass Claire fähig sein wird, die Strecke zu Fuß zurückzulegen.«

»Vergiss es! Genug, dass ich die nächsten zwei Tage Babysitter spielen darf. Dann will ich wenigstens ohne Störung dafür sorgen, dass du während meiner Abwesenheit sicher bist.«

Ohne mich noch eines weiteren Blickes zu würdigen, stürmt Daniel an mir vorbei, reißt die Tür auf und knallt sie hinter sich zu.

»So ein arroganter …« Ich kann mich gerade noch bremsen, ihn laut vor seiner Großmutter zu beschimpfen.

»Er ist eigentlich ein ganz lieber Junge«, beschwichtigt Ann. »Nur Noahs kann er nicht leiden.« Bei diesen Worten wirft sie mir einen entschuldigenden Blick zu.

»Wer kann das schon …«, murmle ich.

»Komm, Liebes, lass uns nach deiner Schwester sehen.«

Claire geht es wirklich schlecht. Als ich zu ihr gehe, schläft sie. Besser gesagt, sie ist in einem nahezu apathischen Zustand, blinzelt mich nur kurz an, bevor ihr Kopf wieder matt zur Seite fällt.

Bevor ich mich auf die Bettkante setzen kann, ermahnt mich Ann sanft, ich solle an die Ansteckungsgefahr denken. So bleibe ich stehen und betrachte Claire. Ihr Gesicht ist vom Fieber gerötet und glänzt. Immer wieder wird ihr schmaler Körper von Hustenkrämpfen geschüttelt und auch sonst hebt und senkt sich ihre Brust in einem unregelmäßigen Rhythmus.

Nach einer Weile lässt mich Ann mit ihr allein. Sie scheint mir zu vertrauen, dass ich keine Dummheit mache und Claire fernbleibe. Über eine Stunde wache ich an ihrem Bett, rede ihr mit leiser Stimme gut zu und versuche mir dabei nicht anmerken zu lassen, wie viele Sorgen ich mir mache.

Ich muss seit Langem mal wieder an unsere Eltern denken. Wenn ich früher krank war, war Mutters Liebe die beste Medizin. Aber genau diese bleibt Claire verwehrt.

Irgendwann fangen meine Beine an, vom Rumstehen wehzutun. Ich verlasse Claires Zimmer und gehe aus dem Haus.

Auf meinem folgenden Streifzug durch die Siedlung laufe ich Ann über den Weg. Obwohl nur zwei Menschen hier leben, scheint es doch unmöglich, auch nur ein wenig Zeit für sich allein zu haben …

Sie führt mich zu einem Schuppen, in dem eine alte, hölzerne Schubkarre steht. Das Rad ist abmontiert und liegt daneben. Ich muss es nicht anfassen, um zu wissen, dass keinerlei Luft in dem Gummireifen ist.

Ann zeigt mir Werkzeuge und Material, mit dem ich das Rad reparieren und die Karre so umbauen kann, dass meine Schwester bequem darin wird liegen können. Es ist erstaunlich, wie gut sie und Daniel ausgestattet sind.

»Alles der Lohn für ein Leben im Namen der Kolonie«, erklärt Ann, was für mich etwas fanatisch klingt.

Zum ersten Mal bekomme ich beim Gedanken an unseren bevorstehenden Ausflug ein flaues Gefühl im Magen. Schließlich habe ich keine Vorstellung davon, was mich erwartet. Einen größeren Zusammenschluss von Menschen als in unserem früheren Heimatdorf habe ich nie gesehen. Aber in Anbetracht dessen, dass dies die einzige Möglichkeit ist, Claire zu helfen, schiebe ich meine Bedenken beiseite.

Nachdem Ann gegangen ist, mache ich mich an die Umbauarbeiten. In unserem alten Dorf bin ich den Männern oft zur Hand gegangen, wenn es galt, Häuser oder Geräte wieder instand zu setzen. Das geschah nicht unbedingt freiwillig, sondern eher in Ermangelung kräftiger Söhne. Jetzt bin ich froh darüber, denn so fällt es mir nicht schwer, aus der Schubkarre eine transportable Bahre zu machen. Den Reifen zu flicken, bereitet mir da schon eher Probleme.

Ich bin gerade dabei, ihn eingehend nach Löchern zu untersuchen, als Daniel hereinkommt.

Angestrengt versuche ich, meine Aufmerksamkeit weiter auf den Reifen zu richten, während er den Schuppen durchquert und vor meiner Bahre stehen bleibt.

Als er mit dem Fuß dagegen kickt, halte ich unweigerlich die Luft an. Aber es passiert nichts, meine Konstruktion hält. Nicht, dass ich daran gezweifelt hätte!

Er schaut zu mir herüber. »Nicht schlecht.« Echte Überraschung schwingt in seiner Stimme mit, was mich schon wieder wütend macht. Anscheinend traut er mir die einfachsten Arbeiten nicht zu.

Ich beachte ihn nicht weiter, sondern studiere akribisch den Schlauch in meinen Händen. Aus dem Augenwinkel sehe ich, wie Daniel ein Messer und einen Holzstab von der Werkbank nimmt, sich dann mit dem Rücken dagegen lehnt und beginnt, ein Ende des Stabes anzuspitzen. Dabei beobachtet er mich ebenfalls bei meiner Arbeit.

»Und was wird das da?«, fragt er nach einer Weile.

»Ich repariere den Reifen.«

»Indem du mit den Fingern die Löcher zustreichelst?«

Am liebsten würde ich ihm für seine überhebliche Art den Reifen an den Kopf werfen. Aber ich halte mich zurück.

»Vielleicht«, antworte ich möglichst gelassen. »Und du, machst du Schaschlikspieße fürs Abendessen?«

Einer seiner Mundwinkel hebt sich. »Könnte man sagen. Sie sind zwar für die Noahs, aber Schaschlik trifft es ganz gut.« Er deutet mit dem fertig gespitzten Holz auf einen Bottich vor dem Schuppen. »Puste Luft in den Schlauch und halte ihn dann ins Wasser. So siehst du, wo die kaputten Stellen sind.«

Ich dumme Nuss, wieso bin ich nicht selbst auf die Idee gekommen? Mir fällt aber auch kein gutes Gegenargument ein, wieso ich das bisher nicht versucht habe. Mürrisch ringe ich mir ein »Danke« ab und gehe hinaus.

Mich trifft fast der Schlag, als ich ins Freie trete. Im Vergleich zu der brütenden Hitze, die heute wieder herrscht, war es im Schuppen angenehm kühl. Bei der Arbeit habe ich gar nicht gemerkt, dass es bereits Nachmittag und damit die wärmste Zeit des Tages ist.

Die Idee mit dem Wasser ist gut, wie ich mir zähneknirschend eingestehen muss. Schon nach kurzer Suche habe ich drei kleine Löcher in dem Schlauch gefunden. Nachdem ich überzeugt bin, keine weiteren defekten Stellen übersehen zu haben, nehme ich den Reifen wieder aus dem Bottich.

»Rau die Stellen etwas an. Auf der Werkbank findest du Harzleim und Gummireste, die klebst du dann darauf«, weist Daniel mich an, der gerade mit einer Handvoll fertig bearbeiteter Spieße den Schuppen verlässt. »Aber mach den Reifen vorher trocken.«

»Ach, im Ernst? Ich dachte, nass klebt es besonders gut«, erwidere ich sarkastisch.

Er geht nicht darauf ein, wirft mir nur noch einen Blick zu, den man als *von oben herab* bezeichnen kann, und schlendert davon.

»Wofür sind denn nun die Spieße?«, rufe ich ihm hinterher. Meine Neugier ist einfach zu groß.

»Bolzen«, antwortet er über die Schulter, ohne stehen zu bleiben. Dabei wedelt er mit den Holzstäben in der Luft. »Für Selbstschussanlagen.«

Selbstschussanlagen? Zugegeben, ich bin beeindruckt. »Kann ich sie sehen?«

Er lacht nur auf seine arrogante Art, winkt ab und zieht von dannen.

Ich überlege, ihm heimlich zu folgen. Diese Dinger würde ich nur zu gern anschauen. Doch dann fällt mir der Schlauch in meiner

Hand ein. Die Trage für Claire fertigzustellen, ist wichtiger, und so mache ich mich daran, den Reifen zu reparieren.

Diese Prozedur dauert länger, als ich erwartet hätte. Immer wieder lösen sich die Flicken, weil ich die Stelle nicht gründlich vorbereite, zu wenig Harz verwende oder nicht lange genug mit dem Aufpusten des Reifens warte. Eh ich mich versehe, ist es auch schon Abend. Schließlich schaffe ich es doch und die Bahre steht fix und fertig vor mir.

Stolz auf mein Tagwerk, gehe ich zu Ann, die mich mit Suppe versorgt – wohl der Rest von gestern – und mich über Claires unveränderten Zustand informiert.

Wieder in meiner eigenen Hütte, stelle ich fest, dass die Badewanne heute leer ist. Natürlich darf man mit Wasser nicht verschwenderisch umgehen, selbst wenn man einen Brunnen besitzt. Doch irgendwie hatte ich gehofft, noch einmal in den Genuss eines Bades zu kommen. Na gut, zumindest ist mir eine weitere Nacht in einem Bett vergönnt.

Ich ziehe mich aus und betrachte die Wunde an meinem Arm. Beim Arbeiten habe ich sie kaum gespürt, doch jetzt pocht und sticht sie wieder ganz schön. Die bläuliche Verfärbung um die Zahnabdrücke ist etwas zurückgegangen, dafür hat sich ein weißer Kranz um die Bissstelle gebildet. Wenn man bedenkt, dass die Noahs von einer fahlen Hautfarbe gekennzeichnet sind, kann ich das wohl als sicheres Zeichen nehmen, dass ich mich infiziert habe. Die Verwandlung hat begonnen, wenn auch zunächst nur im Bereich der Wunde.

Auch der letzte Funke Hoffnung, ich könnte Glück gehabt und mich nicht angesteckt haben, schwindet. Ein derartiger Ekel vor mir selbst überkommt mich, dass mir speiübel wird. Mein Bauch verkrampft sich und ich schaffe es gerade noch, meinen Kopf aus dem Fenster zu strecken, eh ich mich der Suppe und allem anderen, was sich noch in meinem Magen befindet, entledige.

Ich bleibe eine Weile am Fenster und hoffe, dass nicht ausgerechnet jetzt Daniel einen Kontrollgang durch die Siedlung macht. Aber ich werde von seiner Anwesenheit verschont.

Auf die Fensterbank gestützt, warte ich, dass sich mein Körper wieder beruhigt. Von meinem Verstand ganz zu schweigen. Immer wieder sage ich mir selbst, dass es nichts bringt, in Panik und Selbstmitleid zu verfallen. Ich muss akzeptieren, wie die Dinge stehen. Niemand kann etwas daran ändern. Wenigstens schaffe ich es dadurch, nicht wieder zu heulen.

Als die Übelkeit abebbt, ziehe ich mich nach drinnen zurück. Ich hole die Wolldecke wieder aus meinem Rucksack, kuschle mich damit ins Bett und versuche, an schöne Dinge zu denken.

Ich komme nicht mehr dazu, mich zu wundern, dass dabei Daniels Gesicht auftaucht, als ich auch schon in einen unruhigen Schlaf gleite.

TAG 28

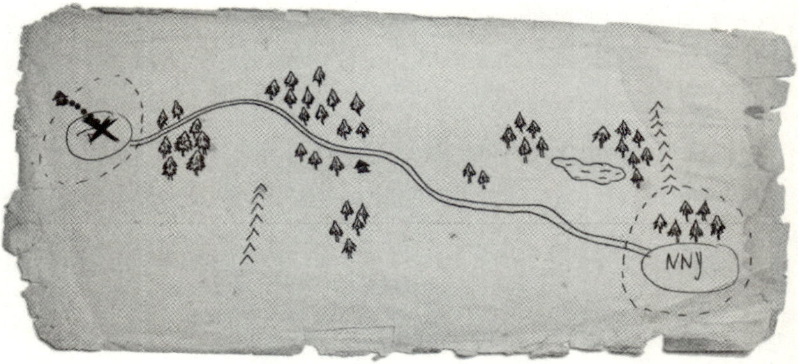

Noch bevor sich die ersten Sonnenstrahlen am Horizont zeigen, stehe ich mit meinem Rucksack und der umgebauten Schubkarre vor Anns Haus.

Die alte Dame hat bereits Decken und ein Kissen auf der Bahre platziert, um den Transport für Claire so angenehm wie möglich zu machen.Gerade trägt Daniel sie heraus. Sie stöhnt leise, als er sie ablegt, wacht aber nicht auf. Ann meint, sie befindet sich in einer Art Fieberkoma, was es umso dringlicher macht, dass wir sie schnell in die Kolonie bringen.

Während Daniel noch einmal ins Haus zurückgeht, um sein Gepäck zu holen, stehe ich unbeholfen neben Claire. Nur schwer kann ich mich zurückhalten, ihr über die erhitzte Wange zu streicheln. Mein einziger Trost ist, dass sie es wohl ohnehin nicht mitbekommen würde.

Unfreiwillig höre ich mit, wie sich Ann und Daniel im Haus unterhalten.

»Morgen Nacht bin ich wieder da«, verspricht er gerade. »Ich werde sie bei einer anderen Siedlung zurücklassen, dann ist sie nicht mehr unser Problem.«

Wie nett, er will mich aussetzen wie ein Tier. Soll mir aber egal sein, ich habe eh noch keinen Plan, was ich tun soll, wenn ich allein bin …

»Das werden wir sehen …«, erwidert Ann zweifelnd. »Denk nur immer an die Regeln: Teile keinen Proviant. Vermeide jede Berührung. Und das Wichtigste: Schließ sie nicht ins Herz – denn in weniger als dreißig Tagen würdest du sie töten müssen!«

Daniel fängt laut zu lachen an. »Mach dir da mal keine Sorgen, Granny! Selbst wenn sie kein Noah wäre, hätte ich an so einem Küken sicher kein Interesse.«

So ein Arsch!

Du bist auch nicht so toll, wie du dir vorkommen magst, hätte ich am liebsten in die Hütte gebrüllt, verkneife es mir aber. Es würde nichts bringen, außer dass die Reise mit ihm noch unangenehmer werden würde. Besser, ich tue so, als hätte ich es nicht gehört.

»In ihr steckt mehr als ein Noah. Aber es ist wohl besser, wenn du das gar nicht erst erkennst.« Durch die geöffnete Tür sehe ich, wie

Ann ihren Enkel umarmt. »Pass gut auf dich auf, und auf die Mädchen!«

»Geht klar.« Daniel schiebt sie von sich und kommt dann zu mir. »Bist du bereit, Noah?«

Ann schüttelt hinter ihm mit dem Kopf. »Ich wünsche dir viel Glück, Liebes, was auch immer dich erwartet«, sagt sie an mich gewandt.

Ich schlucke trocken. Der Abschied fällt mir schwerer, als ich gedacht hätte. Auch wenn ich Ann erst vorgestern kennengelernt habe, wird sie mir fehlen. Sie ist ein herzensguter Mensch.

»Vielen Dank für alles«, bringe ich raus, bevor der Kloß in meinem Hals mir die Sprache raubt. Ich blinzle die Tränen in meinen Augen weg und könnte schwören, dass es Ann ähnlich geht.

»Dann mal los«, zerstört Daniel den andächtigen Moment und deutet auf die Schubkarre.

Ich lächle Ann noch mal zu und packe dann die Griffe. Beim Anschieben der Karre ist Claires Gewicht deutlich spürbar, aber ich lasse mir nichts anmerken.

Wir verlassen die Siedlung an der Stelle mit dem Wachturm. Daniel erklärt mir, dass sich hier die einzige Öffnung im Stacheldrahtzaun befindet. Mit einem langen Ast, der scheinbar zufällig in der Nähe liegt, drückt er ihn soweit auseinander, dass ich Claire gefahrlos hinausschieben kann. Den Stock wirft er zurück an seinen Platz, nachdem er mir gefolgt ist.

Danach umrunden wir das kleine Dorf, wobei wir Ann noch einmal zuwinken können. Also, Daniel winkt – ich habe nur damit zu tun, die Schubkarre vom Fleck zu bewegen.

Während wir uns von der Siedlung entfernen, wird das Schieben immer anstrengender. Auch wenn das kniehohe Gras auf dem Feld halb verdorrt ist, stellt es sich dem Rad doch mit erstaunlichem Widerstand entgegen.

Wir sind noch keine Viertelstunde unterwegs, da fangen meine Arme bereits an, zu brennen. Ich beiße die Zähne zusammen und halte mit Daniel Schritt, der jetzt vorangeht und zumindest eine kleine Bresche ins Gras schlägt.

Ich werde ihm schon zeigen, was dieses Küken kann! Die Wut, die der Gedanke an diese freche Bezeichnung in mir weckt, gibt mir Kraft.

Zumindest für eine weitere Viertelstunde, dann schaffe ich es einfach nicht mehr, die Bahre anzuheben. Ruckartig bleibe ich stehen und setze sie ab.

Daniel geht noch ein paar Schritte weiter, bis er merkt, dass ich ihm nicht mehr folge.

Als er sich umdreht, wische ich mir gerade den Schweiß von der Stirn.

»Können wir vielleicht … Also ich bräuchte …« Ich bringe es einfach nicht fertig, um eine Pause zu bitten.

»Wenn wir in dem Tempo weitergehen, schaffen wir es nie bis heute Abend in die Kolonie«, sagt er und deutet mit dem Kinn hinter mich.

Ich drehe mich um und muss feststellen, dass wir bisher kaum Abstand zur Siedlung gewonnen haben. Nun kann ich ein Stöhnen nicht unterdrücken.

Auch Daniel stöhnt, allerdings nicht vor Erschöpfung. »Ich frage mich wirklich, wie ihr so lange überleben konntet.« Er greift in seine Tasche, holt ein paar Handschuhe hervor und zieht sie über. »Lass mich mal, Noah.«

Ich trete zur Seite und überlasse ihm die Bahre. Mit einer Leichtigkeit, als würde sich Claire nicht darauf befinden, schiebt er sie an. Das Einzige, was eine gewisse Anstrengung verrät, sind seine Oberarmmuskeln, die nun deutlich hervortreten.

»Geh vorneweg«, weist er mich an. »Ich will nicht, dass du mir plötzlich an der Kehle hängst, wenn es dich überkommt.«

Ich kann nicht deuten, ob er das ernst meint. »Du bist echt …«

»Willst du lieber weiterschieben?«, fragt er provokant, bevor ich ausreden kann. Dabei hebt sich sein Mundwinkel, genau wie gestern im Schuppen.

Mir ist nicht nach lachen zumute. Ich presse die Lippen zusammen und übernehme die Führung.

Mit dieser Aufgabenteilung kommen wir wesentlich schneller voran. Mehrere Stunden lang durchqueren wir Felder, Wiesen und kleinere Baumgruppen, wobei Daniel nur mit mir spricht, um mir eine Richtungsanweisung zu geben. Wenn wir anhalten, dann höchstens für einen Schluck Wasser. Daniels Kondition ist erstaunlich.

Gegen Mittag beschließen wir aber doch, eine längere Pause zu machen. Im Schatten eines Baumes essen wir etwas Brot – jeder aus seinem eigenen Rucksack. Außerdem flößt Daniel Claire etwas Brühe ein, die Ann ihm extra für sie mitgegeben hat.

Ich darf ihm nur zusehen – mich selbst lässt er nicht an meine Schwester heran. Dabei bemerke ich rote Schwielen an seinen

Händen. Die Handschuhe scheinen nicht viel genutzt zu haben, denn ich entdecke sogar eine kleine Blase dort, wo die Griffe der Schubkarre an seiner Haut gerieben haben.

»Soll ich jetzt wieder übernehmen?«, frage ich in einem Anflug von schlechtem Gewissen, aber er lehnt ab. »Wie weit ist es denn noch?«, will ich wissen.

»Wir liegen sehr gut in der Zeit«, antwortet er, während er den Rest seines Proviants wieder in seiner Tasche verstaut. »Wenn wir diesen Wald dort vorn durchquert haben, können wir die Kolonie schon sehen. Willst du dich noch etwas ausruhen?«

Jetzt bin ich diejenige, die den Kopf schüttelt.

Wir brechen auf und Daniel lotst uns auf einen ausgetretenen Pfad, breit genug für einen Pferdewagen, wo wir nebeneinander gehen können.

»Das ist der Weg, auf dem uns sonst unsere Verpflegung gebracht wird«, erklärt er, dieses Mal ohne dass ich nachfragen muss. »Zu Fuß braucht man allerdings viel weniger Zeit, wenn man sich durch die Wildnis schlägt, da der Pfad sehr weite Kurven macht.«

»Warum lebst du eigentlich mit deiner Großmutter im Exil?«, will ich wissen, um das Gespräch in Gang zu halten. Meine Wut über Daniels Arroganz ist im Laufe unserer Wanderung abgeflaut und nun finde ich die Stille zwischen uns nur noch nervig.

Mit gerunzelter Stirn sieht er mich an. »Was hat Granny dir denn schon alles erzählt?«

»Nur, dass ihr so etwas wie Wächter seid und es mehrere solcher Siedlungen wie eure gibt.«

»Dann weißt du ja alles.« Er schaut wieder nach vorn.

»Ja, aber du bist so jung und sie so alt … Nicht gerade die perfekte Besatzung.«

»Und das muss ich mir von einer Noah sagen lassen, die mit einem Kind allein herumzieht?« Er lacht auf eine Art, dass ich nicht deuten kann, ob er mich auslacht oder sich einfach amüsiert.

»Wir haben das ja nicht freiwillig gemacht.«

»Warum gehst du davon aus, dass *wir* es freiwillig tun?«

Ich beiße mir auf die Unterlippe. »Deswegen frage ich ja …«, murmle ich.

»Ich bin in der Siedlung aufgewachsen«, eröffnet er mir zu meiner Überraschung. »Meine Eltern waren schon in der Zeit vor der Archenkrise bei der Armee und haben ganz selbstverständlich diesen Stützpunkt übernommen. Da war ich knapp ein Jahr alt. Als ich fünfzehn war, fanden sie die Zeit reif dafür, dass ich Verantwortung übernehme. Sie haben mir ihren Posten überlassen und sich den Widerständlern angeschlossen, die immer noch versuchen, die Noahs vollständig zu vernichten. Seitdem habe ich sie nicht mehr gesehen.«

Ich muss unweigerlich an meine Eltern denken. »Sind sie … tot?«

»Ich glaube nicht. Die Kolonie hat wohl Kontakt zu den Widerständlern und lässt mir manchmal Briefe überbringen. Das war es aber auch.« Er sagt es ganz trocken.

»Vermisst du sie nicht?«

»Sie waren keine sehr fürsorglichen Eltern«, weicht er aus. »Granny war immer meine Familie.« Sein Gesicht verschließt sich. Das Thema scheint für ihn beendet und ich frage auch nicht weiter nach.

Nachdem wir das Waldstück durchquert und nun weithin freie Sicht haben, bleibe ich mit offenem Mund stehen. Der Anblick der Kolonie ist überwältigend.

Ich vermute, dass es früher einmal eine große Stadt gewesen sein muss, auch wenn von den höheren Gebäuden viele verfallen wirken, selbst auf diese Entfernung. Kleinere Häuser kann ich nicht erkennen, denn die Kolonie ist von einer hohen Mauer aus grauem Beton umgeben. Was ich sehe, ist keine Stadt – es ist eine uneinnehmbare Festung. Kein Noah könnte diese Mauer durchbrechen, geschweige denn darüber klettern.

»Herzlich willkommen in Paddingtown«, sagt Daniel mit einer ausschweifenden Handbewegung. Auch er ist stehen geblieben und hat die Schubkarre für einen Moment abgestellt.

»Das ist unglaublich«, entfährt es mir. »So etwas habe ich noch nie gesehen. Wie viele Menschen leben dort?«

Daniel zuckt mit den Schultern. »Keine Ahnung … Tausende, vermute ich.«

»Und das funktioniert? Wir hatten schon in unserem kleinen Dorf Probleme, alle bei Laune zu halten.«

Er lacht. »Du bist ein echtes Landei, Noah. Natürlich ist das Zusammenleben in der Kolonie nicht einfach. Würde jeder machen, worauf er Lust hat, wäre das ein einziges Chaos. Obwohl es unter Fat Pad auch nicht unbedingt geordnet zugeht.«

»Fat wer?«

»Lord Richard Paddington der Zweite, selbst ernannter Gouverneur der Kolonie in dritter Generation. Nach seinem Großvater ist die Stadt benannt, ich habe keine Ahnung, wie sie früher hieß.

Alles, was in Paddingtown passiert, muss von ihm genehmigt werden, nichts bleibt ihm verborgen. Und wer gegen seine Regeln verstößt, wird hart bestraft.« Daniels Augen verengen sich etwas, während er über den Gouverneur spricht, und mich beschleicht die Vermutung, dass er eine solche Bestrafung bereits am eigenen Leib zu spüren bekommen hat.

»Trotzdem ist das Leben in der Stadt sehr angenehm im Vergleich zu dem in der Siedlung. Es gibt fließend Wasser und sogar Elektrizität. Siehst du das da?« Er deutet mit dem Finger auf das Dach eines hohen Gebäudes, auf dem zwei windmühlenartige Gebilde stehen. »Das sind Windräder, die erzeugen Strom. Nicht viel, aber immerhin reicht es zur Versorgung dieses Hauses.«

»Lass mich raten: Es ist das Haus des Gouverneurs«, schlussfolgere ich.

»Unter anderem«, bestätigt er. »Es ist aber auch der Ort, an den wir deine Schwester bringen. Neben der Wohnung von Fat Pad enthält es verschiedene Lagerbereiche, Kühlkammern und eben das Krankenhaus.«

Ein neuerlicher Hustenanfall von Claire unterbricht seine Erklärung und drängt uns zur Eile.

»Na los, Noah. Wenn wir uns beeilen, lassen sie uns sogar heute noch bis ins Zentrum.«

Nachdem wir einige Schritte gegangen sind, fällt mir etwas ein.

»Wenn wir in der Stadt sind, solltest du mich vielleicht nicht mehr Noah nennen, wenn niemand misstrauisch werden soll.«

Er hält inne und betrachtet mich von der Seite. »Das wird das kleinere Problem.« Er deutet mit dem Kinn auf meinen Arm. »Hast du irgendwas mit längeren Ärmeln?«

Auch ich schaue auf die Wunde. Der Gedanke, mich wieder in das warme Hemd zwängen zu müssen, gefällt mir gar nicht. Bleibt also nur meine neue Errungenschaft, denn so geht es wirklich nicht.

Ich krame in meinem Rucksack und ziehe das weiße Shirt hervor.

Daniel setzt die Schubkarre erneut ab und beobachtet mich.

»Würdest du dich bitte umdrehen?«, frage ich in bestimmendem Ton, als ich ihm den Rücken zukehre.

Auf sein zustimmendes Murren hin ziehe ich mein Tanktop aus. Zur Sicherheit werfe ich noch einmal einen Blick über meine Schulter und muss feststellen, dass er sich keineswegs von mir abgewandt hat, sondern grinsend und mit verschränkten Armen meinen nackten Rücken betrachtet.

»Du bist so ein Vollidiot!«, schimpfe ich und ziehe mir schnell das Shirt über.

Daniel lacht. »Jetzt weiß ich, wovor Granny mich gewarnt hat. Nicht übel für einen Noah.«

»Hör auf, mich so zu nennen« Ich wirble zu ihm herum und hole aus, um diesem elenden Spanner eine Ohrfeige zu verpassen, doch er ist schnell und weicht nach hinten aus.

»Nicht berühren, denk dran« erinnert er mich, muss aber weiter lachen. Dann hebt er abwehrend die Hände. »Okay, okay, Ms. Dawson. Gefällt dir das besser?«

Ich verdrehe die Augen. »Können wir jetzt weiter?« Je eher wir in der Kolonie sind, desto eher bin ich ihn los.

»Das Shirt steht dir ja echt gut, aber es reicht nicht«, sagt er wieder etwas gefasster.

Tatsächlich ist die Unterkante des Bisses noch immer zu sehen.

Daniel greift in seine Hosentasche. »Komm her.« Er zieht ein blaues Baumwolltuch hervor, das mit weißen dünnen Linien gemustert ist, und beginnt, es zu einem Streifen zusammenzufalten.

Ich halte ihm meinen Arm hin und er bindet das Tuch mit spitzen Fingern um die Wunde, wobei er es schafft, nicht ein einziges Mal meine Haut zu berühren.

Es irritiert mich, wie nah er mir plötzlich ist, wo er in den letzten Tagen doch stets darauf bedacht war, mir so fern wie möglich zu bleiben.

Als er den Knoten straff gezogen hat, rücke ich sofort von ihm ab. Ich bedanke mich, bin aber froh über die erneute Distanz. Seine Nähe ist mir unangenehm.

Dann stapfe ich los, der Stadt und all den neuen Dingen entgegen, die mich dort erwarten.

Paddingtown ist weiter entfernt, als ich dachte, und so marschieren wir noch mal über drei Stunden, bevor wir endlich vor ihren Toren stehen.

Von Nahem ist die Mauer, die die Kolonie umgibt, noch viel beeindruckender. Ich schätze, sie ist mindestens zehn Meter hoch. Ein dickes Eisentor, ungefähr drei mal drei Meter, versperrt den Weg ins Innere.

Daniel stellt Claires Bahre mit den Worten ab: »Jetzt schiebst du wieder.« Dann klopft er an.

Das blecherne Geräusch scheint im Inneren widerzuhallen und es dauert einen Moment, bis ein kleines Sichtfenster in dem Tor geöffnet wird.

»Mein Name ist Daniel Jenkins. Ich bin der Wächter von Siedlung vierzehn«, erklärt er ohne Aufforderung.

Das Fenster schließt sich wieder und es vergehen ein paar Minuten, ohne dass etwas passiert.

Ich will Daniel gerade fragen, ob das ein schlechtes Zeichen ist, da höre ich, wie das Tor von innen entriegelt wird. Kurz darauf schwingt ein Flügel quietschend auf.

Zwei Männer, beide in schwarzer Uniform und mit Gewehren im Anschlag, treten hervor und nehmen uns sofort ins Visier. Ihnen folgt ein dritter, der wesentlich jünger ist als die beiden anderen.

Ich schätze, dass er in Daniels Alter ist. Seine Statur ist etwas schmaler, aber nicht weniger muskulös. Er hat lange blonde Haare, die er im Nacken zusammengebunden hat. Obwohl sein Gesicht recht kantig ist, wirkt er mit seinen blauen Augen und den schmalen Lippen ziemlich attraktiv.

»Nehmt die Waffen runter, er ist es«, sagt der Blonde, bevor er sich umdreht und zurück ins Stadtinnere verschwindet.

Die älteren zwei lassen die Gewehre sinken und winken uns ebenfalls durch.

Während ich Claire an ihnen vorbeischiebe, werfen sie einen angewiderten Blick auf sie. Mir schenken sie keine Beachtung.

Hinter dem Tor erwartet uns ein längerer Gang, der durch die Mauer führt und sich am Ende in die Stadt öffnet. Auf der rechten Seite steht eine Tür offen, vor welcher der blonde Wächter stehen geblieben ist.

Er weist mit einer leichten Verbeugung hinein. »Bitte schön, nach euch.«

»Was wird mit Claire?«, frage ich Daniel leise, als ich die Schubkarre abstelle.

»Lass sie hier, es wird nicht lange dauern.«

Es gefällt mir gar nicht, meine Schwester in ihrem Zustand allein zu lassen. Aber angesichts der zwei Männer hinter uns und ihren Gewehren bleibt mir kaum eine andere Wahl.

Wir treten nacheinander durch die Tür in einen kleinen Raum, in dem nichts außer ein paar Stühlen steht. Auf einer Seite ist ein vergittertes Fenster angebracht, durch welches ich zurück auf den Pfad schauen kann, auf dem wir gekommen sind. Von außen habe ich dieses Fenster gar nicht bemerkt.

»Daniel, schön, dass du uns mal wieder die Ehre gibst«, begrüßt ihn der Blonde und ich meine, einen sarkastischen Unterton hören zu können. »Und wen hast du uns mitgebracht?«

Er mustert mich mit unverhohlenem Interesse. Sein Blick ist so intensiv, dass ich spüren kann, wie ich darunter erröte.

»Ihr Name ist Dawson«, stellt Daniel mich knapp vor.

»Cassidy«, ergänze ich kleinlaut und lächle zaghaft.

»Sehr angenehm. Ich bin Jeff.« Er streckt mir eine Hand entgegen und ich will den Gruß schon erwidern, als Daniels barsche Stimme mich zurückzucken lässt.

»Nur anschauen, nicht anfassen!«

Ich weiß, dass er mich meint, doch Jeff fühlt sich genauso angesprochen.

»Ist sie deine neue Freundin? Das wird Rita aber gar nicht gefallen.« Er grinst Daniel hämisch an.

»Klappe, McDougle.«

Daniel hat anscheinend ein echtes Problem damit, Leute bei ihrem Vornamen zu nennen.

»Dawson ist vor ein paar Tagen in unserer Siedlung aufgetaucht«, schildert Daniel in grobem Tonfall. »Zusammen mit ihrer Schwester, die dort draußen liegt. Granny meint, sie hat eine Lungenentzündung. Deswegen habe ich sie in die Kolonie gebracht.«

»Sie soll also ins Krankenhaus«, schlussfolgert Jeff.

»Ja«, mische ich mich in die Unterhaltung ein. Es nervt mich, dass Daniel redet, als wäre ich nicht anwesend. »Sie braucht dringend Medikamente.«

»Darüber entscheidet am Ende Fat Pad. Außenstehenden gegenüber ist er nicht besonders spendabel. Oder habt ihr vor, zu bleiben?«

Da ich mit der Antwort zögere, übernimmt Daniel wieder. »Nur das Mädchen. Dawson und ich wollen die Kleine nur abliefern und verschwinden dann wieder.«

»Ich denke, sie ist deine Schwester?«, spricht mich Jeff direkt an.

»Ich … Also …«

»Ihre Gründe gehen dich nichts an, McDougle. Lass uns zum Krankenhaus gehen. Dann bist du uns ganz schnell wieder los.«

»Wenn du einer ihrer Gründe bist, geht es mich sehr wohl etwas an.«

Die Jungen starren sich einen Moment an. Sie lächeln beide, trotzdem ist die Stimmung so eisig, dass ich eine Gänsehaut bekomme. Ich wüsste zu gern, was zwischen ihnen vorgefallen ist …

»Okay«, gibt Jeff nach. »Wir machen die Leibesvisitation und dann macht, was ihr wollt. Zieht euch aus.«

Ich soll bitte was tun? Meine Augen fallen mir fast aus dem Kopf, so weit reiße ich sie auf. Bisher hat mich noch nie ein Mann nackt gesehen – mein Vater einmal ausgenommen, und da war ich noch ein Kind! Und jetzt soll ich gleich vor zwei von ihnen die Hüllen fallen lassen? Reicht es nicht, dass Daniel meinen Rücken zu Gesicht bekommen hat?

Dieser zieht sich bereits das Shirt über den Kopf.

Beim Anblick seines flachen Bauches und der kräftigen Brustmuskeln wird mir mit einem Schlag ganz heiß. Schnell senke ich den Kopf und zupfe verlegen am Saum meines Tops.

»Und wo ist deine Kollegin?«, fragt Daniel, der dem Geräusch nach gerade seine Hose öffnet.

Oh Gott, oh Gott, oh Gott…

»Ich habe allein Dienst. Personalmangel …«, meint Jeff.

»Und wer soll dann Dawson untersuchen?«, fragt Daniel beiläufig.

»Ich natürlich. Ich bin auch ohne Unterstützung gründlich genug, keine Sorge.« Jeff sagt es so anzüglich, dass ich am liebsten im Boden versinken möchte.

Daniel hält inne. »Du weißt, dass das nicht erlaubt ist?«

Ich schaue auf.

Seine Hände liegen an seinem geöffneten Hosenbund, der zu meiner Erleichterung noch auf seinen Hüften sitzt. Jeffs Blick ist finster geworden. Ganz klar – Daniel vermasselt ihm gerade die Tour.

»Dann kann ich euch leider nicht in die Stadt lassen«, versucht er es trotzdem weiter.

»Ach komm, McDougle, mach kein Drama daraus. Mich kannst du ja gern filzen und für Dawson bürge ich.«

Daniel sagt das so leichthin, als wäre er wirklich vollkommen überzeugt, dass ich gesund bin.

Zähneknirschend wedelt Jeff mit der Hand. »Lass gut sein, Daniel, mir reicht, was ich sehe.« Er geht wieder zum Ausgang. »Herzlich willkommen in Paddingtown.« Er verneigt sich übertrieben, während er die Tür öffnet.

Daniel wirft mir einen kurzen Blick zu und zieht sich dann wieder an.

Ich kann gar nicht sagen, wie erleichtert ich bin. Erst jetzt wird mir bewusst, wie brenzlig die Situation gerade wirklich war. Wenn Jeff Ernst gemacht hätte, wäre ihm mit Sicherheit die Bisswunde aufgefallen und ich wäre aufgeflogen!

»Ich würde mich freuen, wenn ihr später noch mal bei uns vorbeischaut«, meint Jeff, als wir an ihm vorbei den Raum verlassen. Er grinst mich an und fügt an Daniel gewandt hinzu: »Rita sicherlich auch.« Dann schließt er die Tür hinter uns von innen.

»Das war verdammt knapp«, murmelt Daniel und nimmt sich der Schubkarre an. »Von ihm solltest du dich fernhalten, Dawson.«

»Warum? Ich finde ihn eigentlich ganz sympathisch.«

Daniel verzieht abschätzig das Gesicht. »Wenn du mich schon für einen Idioten hältst, dann warte ab, bis du Jefferson McDougle kennengelernt hast.« Dann schiebt er die Schubkarre in Richtung Stadtinneres.

Es dauert eine ganze Weile, bis wir uns die Straßen entlang ins Zentrum durchgekämpft haben.

Als wir an dem Gebäude mit den Windrädern auf dem Dach ankommen, bin ich immer noch benommen von den vielen neuen Eindrücken.

Die Mauer ist in einem weiten Kreis um die Stadt gezogen, sodass am Rand ein breiter Streifen für Felder und Viehzucht geblieben ist. Ich habe Schafe gesehen, Ziegen, Hühner und Schweine. Auch danach ist Paddingtown ringartig aufgebaut. In den äußeren Wohngebieten leben die Bauern, wie Daniel mir erklärt hat. Dann folgen die Handwerker und Militaristen und nahe der Mitte die Bediensteten des Gouverneurs. Im Zentrum selbst befinden sich neben dessen Haus, das mit einem Schild als ›Palast‹ ausgewiesen ist, nur noch ein paar Geschäfte und ein großer Marktplatz, auf dem reges Treiben herrscht.

Nie zuvor habe ich eine solche Ansammlung von Menschen gesehen!

Vor dem ›Palast‹ nimmt Daniel Claire aus der Schubkarre. Auf beiden Armen trägt er sie hinein und ich folge ihm.

In dem Gebäude ist es angenehm kühl, was durch die Ventilatoren kommt, die von der Decke hängen.

Daniel weist mich an, im Eingangsbereich zu warten, während er Claire in den Krankentrakt in der zweiten Etage bringen will. Meine Bitte, ihn zu begleiten, lehnt er ab.

»Ich weiß nicht, mit welchen Technologien sie mittlerweile ausgestattet sind, um Noahs frühzeitig zu erkennen.«

Während ich auf ihn warte, sehe ich mich in der hohen Eingangshalle um. Nach rechts und links gehen Gänge ab und es gibt eine breite Treppe, die ins nächste Stockwerk führt. Dort entlang ist Daniel verschwunden.

Ich werfe einen Blick nach oben und erkenne, dass es insgesamt vier Ebenen gibt. Eine große Tafel neben der Treppe erklärt, wo sich was befindet. Demnach hat der Gouverneur seine Wohnung ganz oben, die Empfangs- und Gästezimmer befinden sich eine Etage tiefer. Hier im Erdgeschoss sind nur Lagerräume, wenn ich das richtig deute.

Das war es dann auch schon mit interessanten Dingen.

Ich setze mich auf die unterste Treppenstufe und strecke die Beine aus. Nach der langen Wanderung tut es gut, ein bisschen auszuruhen.

Mein Magen knurrt, woraufhin ich den Apfel aus meinem Gepäck fische. Er ist zwar schon etwas schrumpelig, aber er muss reichen. Von Anns gutem Brot habe ich nämlich nichts mehr.

Ich beiße in den Apfel. Er ist mehlig und für meinen Geschmack viel zu süß. Mein Bauch gibt aber Ruhe. Er ist nicht so wählerisch, wenn es um seine Füllung geht.

Ich ziehe meine Knie an, lege die Arme und den Kopf darauf ab und schließe die Augen. Einen kurzen Moment nur …

Als Schritte im Treppenhaus widerhallen, fahre ich hoch. Ich bin tatsächlich eingedöst!

Ich schaue nach oben und sehe Daniel die Stufen hinablaufen.

»Was ist passiert? Haben sie Claire aufgenommen? Wird sie Medizin bekommen? Wie geht es ihr?«, sprudelt es aus mir heraus, noch während ich mich erhebe.

Daniel bleibt auf dem Absatz über mir stehen. »Sie wird gerade von den Schwestern versorgt, allerdings nur mit einfachen Hausmitteln. Ob sie ihr härtere Sachen geben, entscheidet Fat Pad.« Er mustert mich einen Moment.

Sein Blick gefällt mir nicht.

Auf unserem Weg durch die Stadt hatte ich das Gefühl, dass die Stimmung zwischen uns etwas besser geworden ist, doch nun liegt wieder dieser Ausdruck in seinem Gesicht – eine Mischung aus Abscheu und Misstrauen.

Oder bilde ich mir das nur ein?

»Der Gouverneur, er will … dich sehen.« Daniel seufzt.

»Ich werde mir schon nichts anmerken lassen«, beruhige ich ihn.

»Darum geht es nicht.«

Ich will die Treppe hinaufgehen, aber er versperrt mir den Weg.

»Lass dich auf nichts ein, okay? Dieser Typ ist …«

»Schlimmer noch als Jeff?«, mutmaße ich. »Wie wäre es, wenn du mir zur Abwechslung mal gestattest, mir meine eigene Meinung zu bilden?«

Als wir in das Büro von Fat Pad vorgelassen werden, wird mir sofort klar, woher er seinen Spitznamen hat. Hinter dem massiven Schreibtisch sitzt ein Fleischberg von Mann. Er trägt einen dunklen Anzug, dessen Jackett sich wahrscheinlich gar nicht zuknöpfen lässt, und ein hellblaues Hemd. Sogar eine Krawatte hat er um den breiten Hals gelegt. Sein hellbraunes Haar steht in starkem Kontrast zu der eleganten Kleidung. Es hängt in fettigen Strähnen auf seine Schultern herab und auch sonst ekelt mich sein Anblick irgendwie an, was ich aber eher seiner Ausstrahlung als dem Aussehen zuschreibe.

»Daniel, schön, dich mal wiederzusehen«, begrüßt er uns freundlich, steht aber nicht auf – das wäre vermutlich zu anstrengend. »Und Sie müssen Ms. Dawson sein!«

Er fordert uns mit einer Handbewegung auf, uns auf die zwei Stühle vor seinem Schreibtisch zu setzen. Dann schlägt er eine Mappe auf, die vor ihm auf dem Tisch liegt. Dabei schnauft er, da ihn sein Bauch beim Vorbeugen behindert

»So … dann wollen wir mal sehen …« Er studiert die zwei Blätter, die in der Mappe liegen. »Sie und Ihre Schwester möchten also Mitglieder meiner Kolonie werden.« Er hebt den Kopf und grinst mich an. Dabei entblößt er eine Reihe schief stehender gelber Zähne.

Ich bin so bemüht, mir meine Abneigung nicht anmerken zu lassen, dass ich nur nicke.

Daniels Gesicht ist immer noch finster, genau wie vorhin auf der Treppe. Jetzt verstehe ich, dass dieser Ausdruck nicht für mich, sondern für den Gouverneur bestimmt war.

»Nur die Kleine, Claire, soll bleiben. Ms. Dawson wird mit mir in die Siedlung zurückgehen«, korrigiert er.

Stimmt, ich hatte für den Moment vergessen, dass ich nicht bleiben kann. Langsam finde ich meine Fassung wieder.

»Claire ist krank, sie …«

»Ich weiß, ich weiß«, unterbricht mich Fat Pad und wedelt mit einem der Blätter. Seine Miene ist nun ernst. »Es hat sie ganz schön erwischt. Und da liegt das Problem.« Er legt den Zettel ab, stützt sich auf den Tisch und neigt sich etwas in meine Richtung. »Jeder, der hier leben will, muss sich seinen Platz erarbeiten, Ms. Dawson.

Ihre Schwester ist dazu nicht in der Lage, braucht sogar spezielle Zuwendung. Es wird eine ganze Weile dauern, eh sie der Kolonie etwas zurückgeben kann.« Er lehnt sich wieder nach hinten in seinen Stuhl. »In Anbetracht der Lage bleibt mir nichts anderes übrig, als ihre Bitte abzulehnen.«

Für einen kurzen Moment verschlägt es mir die Sprache. Verzweifelt schaue ich Daniel an, der jedoch weiter den Gouverneur fixiert, ohne etwas zu sagen. Natürlich ist es ihm egal, wie Fat Pad entscheidet. Er hat die Bitte seiner Großmutter erfüllt und Claire hergebracht. Mehr Hilfe kann ich von ihm wohl nicht erwarten.

»Können Sie ihr nicht wenigstens Medizin geben?«, versuche ich, das Beste herauszuholen, aber Fat Pad schüttelt den Kopf. Verzweifelt beuge ich mich vor und stütze mich auf dem Tisch ab. »Bitte, Sir Paddington!« bettle ich. »Meine Schwester bedeutet mir alles und Sie sind meine letzte Hoffnung, sie zu retten!«

Fat Pad kratzt sich an seinem stoppeligen Kinn. »Wenn sie Ihnen so wichtig ist, warum wollen Sie sie dann allein in der Kolonie zurücklassen?«

»Ein Leben mit mir ist zu gefährlich«, antworte ich wahrheitsgemäß. »Dorthin, wo ich hingehe, kann sie mich auf keinen Fall begleiten.«

Nachdenklich betrachtet mich der Gouverneur. Dann ergreift er meine Hand. Ich merke, wie sich Daniel beim Anblick dieser Berührung versteift.

»Sie werden Ihre Gründe haben, Ms. Dawson. Und ich finde es ganz bezaubernd, wie Sie sich für Ihre Schwester einsetzen.«

»Ich würde alles tun ...«

Das widerliche Grinsen kehrt zurück. »Wenn das so ist …« Er sieht mich noch einmal eindringlich an, eh er mich wieder loslässt. »Ich werde veranlassen, dass Ihre Schwester … Wie hieß sie noch gleich?«

»Claire.«

»Genau … Also dass Claire jede notwendige Behandlung bekommt. Wenn sie genesen ist, suchen wir ihr ein hübsches Zuhause.«

Ich will ihm schon danken, als er weiterspricht.

»Die Bezahlung für mein Entgegenkommen werden Sie übernehmen, Ms. Dawson. Ich bin sicher, da wird sich etwas finden lassen …«

Der lüsterne Blick, mit dem er mich nun mustert, gefällt mir gar nicht.

»Daniel, du wirst ja sicher wieder bei den McDougles unterkommen«, wendet sich Fat Pad von mir ab.

»Um ehrlich zu sein, Ms. Dawson und ich werden uns sofort auf den Rückweg machen«, erklärt Daniel.

»Das denke ich nicht«, erwidert der Gouverneur. »Du kannst ja gern mitten in der Nacht zu deiner Siedlung zurückkehren.«

»*Meine* Siedlung!«, schnaubt Daniel, doch Fat Pad bringt ihn mit einer Handbewegung zum Schweigen.

»Ms. Dawson wird mein Gast sein, bis wir den Preis für die Aufnahme ihrer Schwester festgelegt haben.« Als er meinen erschrockenen Gesichtsausdruck bemerkt, fügt er hinzu: »Keine Bange, wir werden uns schon einig. Lassen Sie mich nur eine Nacht darüber schlafen.« Er zwinkert mir zu und ich ringe mir ein Lächeln ab. »Mein Zimmermädchen wird Sie zu einem Gästezimmer führen. Leider liegt es auf dieser Etage und nicht in meinem Wohnbereich, aber ich denke, Sie werden es trotzdem komfortabel haben.« Er nickt uns noch einmal gönnerhaft zu.

Wir sind entlassen.

Ohne ein weiteres Wort erhebt sich Daniel und geht zur Tür. So schnell ich kann, folge ich ihm.

Draußen wartet bereits eine junge Frau in Dienstkleidung, die mich bittet, ihr zu folgen. Doch Daniel hält mich zurück.

»Bist du eigentlich wahnsinnig?«

Ich glaube, er spielt auf das Händchenhalten mit dem Gouverneur an.

»Jaja, ich weiß … anschauen, nicht anfassen – schon klar.« Ich versuche, meiner Stimme einen genervten Klang zu geben, kann aber nicht vermeiden, dass sie zittert. Das Gespräch eben sitzt mir noch in den Knochen.

Er runzelt die Stirn. »Ob du ihn infizierst, ist mir scheißegal. Wahrscheinlich würdest du der Stadt damit einen großen Gefallen tun. Ich meine, ist dir klar, was du da gerade getan hast? Du hast deine Seele an den Teufel verkauft!«

»Nun werd nicht gleich so theatralisch. Ich bin stark, ausdauernd und nicht auf den Kopf gefallen. Er wird mir keine Aufgabe stellen, der ich nicht gewachsen bin«, gebe ich mich vor Daniel unbeeindruckt. Eigentlich habe ich die Hosen aber gestrichen voll. Die Männer in dieser Kolonie sind mir alle ein Stück zu aufdringlich, vor allem der in dem Büro hinter mir.

Daniel reibt sich mit zwei Fingern über die Stirn. »Wir haben einen Deal, Dawson«, sagt er schließlich. »Ich habe dich eingeschleust und Claire im Krankenhaus abgeliefert. Sie wird behandelt und darf bleiben. Mein Teil ist erfüllt, nun halte du dich auch an deinen. Lass uns verschwinden!«

»Glaubst du wirklich, er hält sich an sein Wort, wenn ich jetzt abhaue?«

Daniel lässt die Schultern hängen. Er weiß, dass meine Zweifel berechtigt sind.

»Ich gehe nirgendwohin, bis ich nicht sicher sein kann, dass für Claires Zukunft gesorgt ist«, entscheide ich. »Es stimmt, du hast deinen Teil getan, Daniel. Also kannst du gehen. Danke für alles.«

»Denkst du, ich lasse dich hier allein? Ich bin der Einzige, der weiß, wie gefährlich du bist und dass man dich aufhalten muss, wenn du nur das kleinste Anzeichen von … von … *Wildheit* zeigst.«

»Erzähl es doch einfach deinem guten Freund Jefferson. Dann kann er mich bei Bedarf über den Haufen schießen.«

Wütend drehe ich mich um und stapfe hinter dem Dienstmädchen her, das in ein paar Schritt Entfernung auf mich gewartet hat. Ich hoffe nur, sie hat von unserem Streit nichts mitbekommen.

Kurz bevor der Korridor eine Biegung macht, sehe ich mich noch mal um. Daniel ist verschwunden.

»Hier befindet sich der Gästebereich«, fordert das Mädchen wieder meine Aufmerksamkeit. »Es hat ein eigenes Badezimmer und eine kleine Küche. Ich wünsche Ihnen eine angenehme Nacht.«

Ich betrete das Zimmer und schließe die Tür hinter mir. Als Erstes drehe ich den Schlüssel im Schloss und fühle mich gleich etwas behaglicher. Mit diesem widerlichen Gouverneur unter einem Dach zu schlafen, ist kein angenehmes Gefühl, doch jetzt kann er wenigstens nicht einfach über mich herfallen. Wenn ich an seinen Blick denke … Zuzutrauen wäre es ihm!

Und dann zieht mich nur noch eines wie magisch an: ein großes Himmelbett mitten im Zimmer, bedeckt mit sauberen Kissen und Decken. Ohne mich auszuziehen, lasse ich mich darauf fallen und sinke einige Zentimeter in die weiche Matratze. Auf so etwas habe ich noch nie gelegen!

Ich rolle mich zusammen und will nur noch schlafen.

Dabei kitzelt mich etwas an der Nase. Es ist eines der Enden von dem Tuch, das Daniel um meine Bisswunde gebunden hat.

Sofort überkommt mich ein schlechtes Gewissen. Ich war ziemlich unfair zu ihm, nachdem er Claire für mich den ganzen Tag durch die Gegend geschoben hat. Und das Schlimmste: Ich habe mich noch nicht mal richtig verabschiedet …

Meine Hoffnung auf einen ruhigen Schlaf schwindet, als die ersten Tränen über meine Wangen laufen.

TAG 27

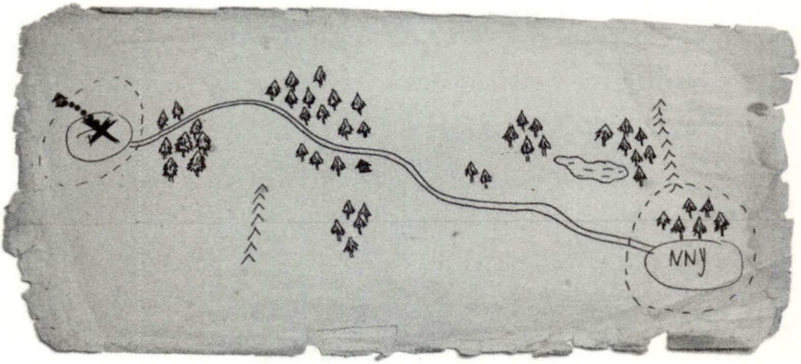

Der Gouverneur lässt mich zappeln.

Als ich am Morgen mein Zimmer verlassen will, steht ein bewaffneter Mann in Militärkleidung davor und erklärt mir, dass Fat Pad Hausarrest für mich angeordnet hat. Ich bin also vorerst eine Gefangene.

Gut, über die Versorgung kann ich mich nicht beschweren. Frühstück wie auch Mittag werden mir gebracht und bestehen aus reichhaltigen Dingen wie gegartem Gemüse, gebratenem Ei und frischem Brot. Außerdem besucht mich Claires Ärztin. Sie erzählt mir, dass es meiner Schwester besser geht. Das Penicillin, das sie bekommen hat, schlägt an, ihr Fieber ist gesunken und der Husten etwas weniger geworden. Aufgewacht ist sie allerdings noch nicht.

Da man mich nicht zu ihr lässt, verbringe ich den Tag damit, auf der breiten Fensterbank zu sitzen und das Treiben in der Stadt zu beobachten. Von hier habe ich eine gute Sicht auf den Markt und die angrenzenden Straßen. Unendlich viele Menschen sind dort unterwegs, Frauen, Männer und Kinder jeden Alters. Ich würde zu gern hinuntergehen und erfahren, wie es ist, hier zu leben. Es kommt mir vor, als wäre das dort unten eine ganz andere Welt als die, in der ich aufgewachsen bin.

Immer wieder gleiten meine Gedanken ab. Was Ann wohl gerade macht? Ob Daniel bereits wieder in der Siedlung angekommen ist? Unser Abschied hätte anders verlaufen sollen … Vielleicht bleibt mir noch genug Zeit, sie noch einmal zu besuchen, bevor ich mich verwandle. Nein, das wäre zu gefährlich …

Ich frage mich auch ständig, was Fat Pad für mich plant. Wenn es das ist, was ich denke – wieso lässt er mich dann so lange warten? Abgesehen davon, dass ich ganz sicher nicht bereit bin, Claires Aufnahme mit körperlichen Diensten zu bezahlen! Wenn ich mich aber weigere, wird er mich bestimmt dazu zwingen. Pah, ich zeige ihm einfach meinen Biss, da wird ihm die Lust auf mich schnell vergehen. Wahrscheinlich wird er mich dann allerdings töten lassen – und davor habe ich mindestens genauso viel Angst. Nur warum? Wieso klammere ich mich noch immer an dieses verdammte Leben, in dem es für mich nur die Perspektive gibt, zu einer hirnlosen Bestie zu mutieren?

Immer verworrener kreisen meine Gedanken und am Ende male ich mir schon aus, dass Fat Pad mich hier schmoren lässt, bis meine Zeit abgelaufen ist und ich als frischgebackener Noah Amok in der Stadt laufe. Paddingtown wird dann ganz schnell zum Noahgebiet – und Claire eine von ihnen.

Erst am späten Nachmittag klopft es an meiner Tür. Als ich öffne, steht dieser Jefferson davor.

»Hey, Cassidy« begrüßt er mich und breitet die Arme aus, in Erwartung einer Umarmung.

Ich sehe ihn misstrauisch an. »Was machst du denn hier?«

»Ich soll dich zu Fat Pad bringen. Ihr habt da was zu klären, habe ich gehört.« Er zwinkert mir zu. »Keine Bange, ich habe ein kleines Gerücht gestreut, das dich vor dem größten Übel bewahren sollte.«

Bevor er mir das genauer erklären kann, betritt der Militarist, der mich bewacht hat, ebenfalls den Raum.

»Folgen Sie uns bitte, Ms. Dawson«, sagt Jeff höflich und ich setze mich in Bewegung.

Die beiden eskortieren mich zu dem Büro, in dem Daniel und ich gestern schon empfangen wurden.

Fat Pad thront hinter seinem Schreibtisch und grinst mich breit an, als ich eintrete. Jeff schließt die Tür von außen und ich bin mit dem Gouverneur allein.

Ein ungutes Gefühl breitet sich in meiner Magengegend aus und ich rufe mir ins Gedächtnis, dass alles, was er fordert, unbedeutend ist. Es geht nur um Claire und ich werde tun, was er verlangt.

»Liebe Ms. Dawson, ich bin hocherfreut, Sie zu sehen.« Fat Pad erhebt sich und streckt mir die Hand entgegen.

»Wie nett, dass Sie sich endlich Zeit für mich nehmen.« Ich lege gerade so viel Vorwurf in meine Stimme, dass dieser nicht zweifellos erkennbar ist. Seine Hand ignorierend, setze ich mich auf denselben Stuhl, auf dem ich gestern schon gesessen habe. »Sind Sie sich über den Preis für die Aufnahme meiner Schwester klar geworden?«

Er nimmt wieder Platz, stützt die Ellbogen auf den Tisch und legt die Fingerspitzen aneinander. Sein Grinsen ist trotz meines abweisenden Verhaltens nicht geringer geworden.

»Zuerst habe ich eine Frage, wenn Sie gestatten. Sie erwähnten gestern, dass Sie mit Daniel in seine Siedlung zurückkehren wollen. Warum?«

Nervös knete ich meine Finger in meinem Schoß. Wie soll ich jetzt reagieren? Natürlich werde ich ihm nicht die Wahrheit erzählen, aber was will er hören?

Als ich nicht antworte, stiehlt sich Enttäuschung auf sein Gesicht. »Es stimmt also, dass Sie eine Beziehung mit Daniel haben?«

Ich kann spüren, dass ich knallrot werde. Das ist also das Gerücht, von dem Jeff gesprochen hat.

Meine körperliche Reaktion ist dem Gouverneur Bestätigung genug. »Das ist schade. Ich hätte Sie gern in meine Dienste gestellt, aber die Mädchen meines Cousins sind tabu …«

Seines *was*? Mir klappt die Kinnlade herunter, was ziemlich dämlich aussehen muss, denn Fat Pad lächelt amüsiert.

»Ach, hat er Ihnen nicht erzählt, dass wir verwandt sind? Na ja, es wundert mich nicht. Unser Verhältnis ist nicht das beste.« Er macht eine kurze Pause, in der sich nachdenkliche Falten auf seine Stirn legen. »Gut, dann werden Sie Ihre Schuld bei dieser Stadt auf andere Weise begleichen müssen. Es sei denn, Sie möchten lieber als Dienstmädchen bei mir anfangen, anstatt mit Daniel zu gehen?«

»Hierzubleiben kommt für mich nicht infrage«, erkläre ich knapp und er nickt.

Ein Klopfen unterbricht unsere Unterhaltung. Auf Geheiß des Gouverneurs wird die Tür geöffnet und ich höre Jeffs Stimme.

»Er ist da, soll ich ihn hineinschicken?«

»Danke. Ach, Sie bleiben bitte auch, McDougle.«

Ich höre Schritte hinter mir, wage aber nicht, mich von Fat Pad abzuwenden. Was erwarte ich denn – dass er sich auf mich stürzt, sobald ich ihm den Rücken zukehre?

Jemand setzt sich neben mir auf den freien Stuhl und ich stelle verblüfft fest, dass es nicht Jeff ist, sondern Daniel.

»Was machst du denn hier?«, frage ich.

»Ich habe nach ihm schicken lassen, da ich davon ausgehe, dass er Sie bei Ihrer bevorstehenden Mission begleiten wird«, erklärt Fat Pad mit hämischem Unterton.

Daniel sagt gar nichts, begrüßt den Mann nicht mal, mit dem er verwandt ist.

Mich irritiert das alles nur. Daniel sollte bereits wieder in der Siedlung sein, aber nun sitzt er neben mir. Ich kann nicht abstreiten, dass ich mich darüber freue, so sehr sogar, dass ich nicht aufhören kann, ihn von der Seite anzusehen.

Fat Pad räuspert sich. Er hat wohl erwartet, dass ich nachfrage, von welcher Mission er da spricht. Da ich stumm bleibe, obwohl ich ihm den Kopf wieder zudrehe, redet er einfach weiter.

»Ich habe Ihrer Schwester Medikamente gegeben, Ms. Dawson. Auch wenn wir die selbst herstellen können, brauchen wir die nötigen Reagenzien. Sie werden mir welche besorgen. Östlich unseres Schutzkreises, den die Siedlungen bilden, gibt es eine weitere Kolonie, mit der wir handeln. Oder besser: gehandelt haben. Vor zwei Monaten ist der Kontakt zu unseren Nachbarn abgebrochen und mittlerweile wissen wir, dass sie den Noahs zum Opfer gefallen sind. Die Stadt wurde nahezu überrannt und auch die Siedlungen drum herum sind gefallen wie Dominosteine.«

Mir läuft es eiskalt den Rücken hinunter. Wenn ich nicht bald von hier verschwinde, wird Paddingtown das gleiche Schicksal ereilen.

»Auch wenn die Stadt verloren ist, will ich wenigstens das Wertvollste retten. Es gibt dort ein Labor, in dem die Grundlagen für unsere Medikamente hergestellt wurden. Ich will, dass Sie, Ms. Dawson, alle Stoffe holen, die sich noch dort befinden. Viel wird es nicht sein, aber es wird uns über Wasser halten, bis wir einen neuen Handelspartner gefunden haben.«

»Hast du den Verstand verloren?«, fährt Daniel wütend hoch. »Du kannst sie doch nicht in eine Stadt voller Noahs schicken! Sie ist noch ein halbes Kind!«

Eigentlich müsste mich Daniels Bemerkung ärgern, doch ich bin so überrollt von dem, was Fat Pad von mir verlangt, dass alles andere an mir vorbeirauscht. Benebelt versuche ich, dem Streit der beiden Männer zu folgen.

»Wir sind hier nicht bei der Wohlfahrt, Daniel!«, wettert Fat Pad. »Ich habe für eine ganze Stadt zu sorgen, da kann ich nicht leichtfertig Güter verschenken.«

»Aber dir muss doch klar sein, dass sie es gar nicht schaffen *kann*! Schick doch deine Soldaten.« Daniel deutet mit dem Daumen auf Jeff, der immer noch hinter uns steht.

»Obwohl ich hier jeden Mann zur Verteidigung und zur Erhaltung von Ruhe und Ordnung brauche, bin ich bereit, Ihnen Unterstützung mitzugeben, Ms. Dawson«, wendet sich der Gouverneur wieder mir zu. »Mr. McDougle wird sie begleiten.«

»Was?« entfährt es Daniel und Jeff gleichzeitig.

»Und du wirst deine neue Freundin ja sicherlich auch nicht im Stich lassen, habe ich nicht recht?«, grinst Fat Pad Daniel an.

Es ist eine Prüfung, ganz klar. Er will austesten, ob an der Sache zwischen Daniel und mir wirklich etwas dran ist. Mein Herz klopft immer stärker und meine Hände sind mittlerweile schweißnass. Gleich wird Daniel das Ganze richtigstellen und Fat Pad mich händereibend als Bedienstete willkommen heißen. Und ich habe schon gedacht, ich würde darum herumkommen …

Daniel gibt einen knurrenden Laut von sich, eh er sagt: »Gibst du uns wenigstens Waffen mit?«

Zehn Minuten später stehen wir wieder auf dem Korridor. Fat Pad hat uns zugesichert, uns mit allem Nötigen ausstatten zu lassen: einer Karte von unserem Ziel, Munition für das Gewehr, das Jeff ohnehin schon hat, und Proviant.

Laut seinen Worten ist das alles, was er uns geben kann. Mehr in mich zu investieren, kann er von den Bewohnern seiner Stadt angeblich nicht verlangen.

»Schöne Scheiße …«, murmelt Jeff, sobald wir allein sind.

Wenn ich genauer darüber nachdenke, verliert diese Mission ihren Schrecken für mich. Ich bin sowieso infiziert – was ist also schlimm daran, in eine Stadt voller zukünftiger Artgenossen zu spazieren? Es ist zumindest die bessere Option, als bei Fat Pad zu bleiben und Gott weiß was für Dienste für ihn zu verrichten. Es gibt nur eine Sache, die ich nicht akzeptiere.

»Ich will nicht, dass ihr mitkommt«, sage ich in bestimmendem Tonfall. »Wenn ich bitte dein Gewehr bekommen könnte, Jeff?«

»Kommt gar nicht infrage.« An der Art, wie Jeff das sagt, erkenne ich, dass es nicht um die Waffe geht.

»Allein wirst du es nicht mal bis an die Stadtmauer schaffen, ohne dass die Noahs dich bemerken«, pflichtet Daniel ihm bei.

»Was soll mir schon passieren?«

»Lass mich überlegen … Vielleicht, dass du gefressen wirst? Oder – schlimmer noch – gebissen?«, ereifert sich Jeff.

Ich sehe Daniel mit hochgezogener Augenbraue an. Wir beide wissen, dass das wohl das geringste Übel wäre.

Mit beiden Händen fährt Daniel sich durch das struppige schwarze Haar. »Mitgegangen, mitgehangen, Dawson. Selbst wenn wir hierbleiben wollten – Fat Pad wird schon dafür sorgen, dass wir zumindest von der Bildfläche verschwinden. Ihm wäre es nur recht, wenn wir uns weigern. Er spekuliert geradezu darauf, denn dann kann er dich für sich beanspruchen.« An Jeff gewandt fügt er hinzu: »Und genauso Rita.«

Jeff nickt. »Siehst du, Cassy, wir haben gar keine andere Wahl, als deine Beschützer zu spielen.«

Er will mir einen Arm um die Schultern legen, doch ich tauche darunter hinweg.

»Ich will aber nicht, dass ihr euch in solche Gefahr bringt.«

Jeff nimmt das Ganze mit Humor. »Pah, Gefahr … das wird ein Kinderspiel: Rein. Medis holen. Raus. Fertig.«

Daniel hingegen ist stinksauer. »Ich hätte dich einfach erschießen sollen, nachdem du an unsere Tür geklopft hast.«

Ein dicker Kloß bildet sich in meinem Hals, denn ich weiß, was er meint. Er ist nur wegen mir in dieser verzwickten Lage.

»Du hättest eh keine Kugel für mich gehabt«, antworte ich trotzdem zynisch.

»Schluss jetzt mit den albernen Streitereien, Kinder«, geht Jeff dazwischen. »Wir holen jetzt erst mal die Ausrüstung. Dann gehen wir zu mir und besprechen, wie wir vorgehen wollen.«

Etwa eine Stunde später kommen wir bei Jeffs Haus an. Es liegt nicht weit entfernt vom ›Palast‹. Jeff erklärt mir, dass alle Mitglieder seiner Familie für Fat Pad arbeiten und sie deswegen im inneren Kreis wohnen dürfen. Als er mir mit harter Stimme erzählt, dass seine Mutter die privaten Räume des Gouverneurs reinigt, verstehe ich, warum er mir geholfen hat. Mit Sicherheit weiß er, was es bedeutet, Fat Pad zu dienen.

»Und was ist mit deinem Vater?«, frage ich, während Jeff die Tür aufschließt.

»Er arbeitet als Techniker bei den Kühlkammern. Dort werden unsere Lebensmittel gelagert.«

Wir treten in die Diele und Daniel stellt den Jutesack mit den Vorräten, die wir abgeholt haben, neben dem Eingang ab. Wir werden sie später auf unsere Rucksäcke aufteilen.

Daniel ist immer noch wütend. Ständig wirft er mir böse Blicke zu und ich kann es ihm nicht mal verdenken.

Auch meine Laune ist im Keller. Neben den Sorgen um meine Schwester und meine eigene, zugegeben kurze, Zukunft, habe ich nun noch ein furchtbar schlechtes Gewissen den beiden Jungs gegenüber.

»Hört mal …«, setze ich an, mich noch einmal zu entschuldigen, da betritt jemand die Diele.

»Wo seid ihr denn so lange gewesen?«

Die hohe Stimme gehört zu einem Mädchen mit kurzen blonden Locken, die von einem Tuchband zurückgehalten werden. Sie trägt einen schwarzen Rock, ein rot-schwarz gestreiftes Shirt und gleichfarbige Leggins. Ihren Gesichtszügen nach ist sie eindeutig mit Jeff verwandt.

Er gibt ihr einen kurzen Kuss auf die Wange. »Hattest du etwa Angst um uns, Schwesterchen?«, neckt er sie.

»Du bist mir herzlich egal, Jefferson, aber …« Ein strahlendes Lächeln erscheint auf ihrem Gesicht. »Daniel!«, ruft sie aus.

Dieser geht ein paar Schritte auf sie zu. Dann wirft sie sich an seinen Hals und küsst ihn stürmisch, mitten auf den Mund.

Das mit anzusehen, irritiert mich auf ganz eigenartige Weise.

Nachdem sich das Mädchen von ihm gelöst hat, entdeckt es mich. Das sympathische Lächeln verschwindet aus ihrem Gesicht, als sie mich mustert und ihre Augen an dem Tuch an meinem Arm hängen bleiben, das immer noch meine Bisswunde verbirgt.

Weiß sie etwa, was ich damit verstecke?

»Und wer ist die?«, fragt sie abweisend.

»Das ist Cassidy, eine Freundin von Daniel«, stellt Jeff mich vor. »Cassy, das ist Rita.«

Nun weiß ich wenigstens, über wen die Jungs andauernd gesprochen haben. Rita ist also die Schwester von Jeff … und offensichtlich die Freundin von Daniel! Warum hat er nicht erzählt, dass er jemanden in der Kolonie hat, sondern den einsamen Siedlungswächter gemimt?

»Soso, deine Freundin also«, wendet sich Rita an Daniel.

»Jefferson übertreibt. Ich habe Dawson lediglich von unserer Siedlung in die Kolonie gebracht.«

»Dawson?«, fragt Rita.

»Das bin ich.« Ich hebe ein wenig die Hand und versuche ein Lächeln.

Dieses Mädchen ist ganz schön einschüchternd, und das, obwohl sie bestimmt jünger als ich ist.

»Und warum trägt sie dein Tuch?« Ritas Stimme ist so bissig, dass ich zusammenzucke.

»Ich habe mich verletzt und er hat mich verarztet«, erkläre ich schnell, um Daniel in Schutz zu nehmen. Vielleicht versöhnt ihn das ein wenig mir gegenüber.

»Pffff …« Rita betrachtet mich mit einem Blick, den ich von Daniel mittlerweile zu gut kenne. Sie würde mir am liebsten an die Gurgel springen, so eifersüchtig ist sie.

Jeff ist es schließlich, der die Situation entspannt. Er stellt sich neben mich und legt einen Arm um meine Schultern. Dieses Mal lasse ich es geschehen, auch wenn ich sehe, wie Daniels Kiefermuskeln sich anspannen.

»Reg dich ab, Rita. Cassy hat einen besseren Geschmack als du, da fällt Daniel durchs Raster, stimmt's?« Auffordernd sieht er mich an und ich lächle abermals.

»Außerdem haben wir ganz andere Probleme«, fügt Daniel hinzu und schildert Rita in Kurzform, was passiert ist und was uns bevorsteht.

Sie ist vollkommen entsetzt. »Dieser widerliche Bastard«, schimpft sie. »Euch vor eine unlösbare Aufgabe zu stellen … Ihr werdet dabei alle draufgehen!«

»Na vielen Dank für dein Vertrauen«, entgegnet Jeff. »Ich bin überzeugt, dass wir das hinkriegen. Wir müssen uns nur genau überlegen, wie wir vorgehen.« Er lässt mich los und zieht die Karte aus der Tasche, die Fat Pad uns übergeben hat. Er bedeutet uns, ihm zu folgen.

In einem der Nebenräume befindet sich die Küche. In ihrem Zentrum steht ein großer Esstisch mit sechs Stühlen. Jeff breitet die Karte auf der großen Tischplatte aus. »Das ist unser Ziel.« Er deutet auf ein umrandetes Gebiet im rechten Teil der Karte, das mit ›NNY‹ überschrieben ist.

»Was bedeutet die Abkürzung?«, will ich wissen.

»New New York. Der Koloniegründer war ein wenig größenwahnsinnig«, antwortet Jeff zwinkernd.

Neben NNY und Paddingtown kann ich auf dem Plan noch drei weitere große Orte und auch jede Menge kleine Siedlungen erkennen, die bei allen Städten ähnliche Vorposten bilden.

»Rita, holst du bitte die Aufzeichnungen von Daniels Vater? Und einen Stift«, fordert Jeff seine Schwester auf, die daraufhin das

Zimmer verlässt und wenige Minuten später mit einem Stapel Papier zurückkommt.

Jeff blättert darin herum und fischt irgendwann eines der Blätter heraus.

Dann beginnt er, auf der Karte von Fat Pad herumzukritzeln. Nachdem er sie um einige Symbole in dem Bereich zwischen unserem Siedlungsring und dem von NNY ergänzt hat, beginnt er, zu erklären.

»Wenn wir morgen früh aufbrechen, können wir die Nacht sicher in der Siedlung der Halliwax' verbringen. Die nächste Siedlung liegt dann allerdings ein ganzes Stück entfernt. Ich schätze, wir werden fünf oder sechs Tage brauchen, wenn wir die Nächte rasten – was besser wäre, denn dort werden sich jede Menge Noahs rumtreiben. Allerdings gibt es ein paar alte Gutshöfe, Forsthütten und so was auf der Strecke.« Er deutet auf seine Kritzeleien. »Die sollten sich nachts ganz gut verteidigen lassen, falls es nötig wird.«

»Selbst wenn wir die nächste Siedlung erreichen, bedeutet das keine sichere Station für uns«, wirft Daniel ein, der neben Jeff steht. »Die Siedlung gehört zu NNY. Laut Fat Pad ist der Schutzkreis genauso gefallen wie die Kolonie.«

»Davon müssen wir ausgehen«, pflichtet Jeff ihm bei. »Aber wenn wir es bis dahin schaffen, ist es nicht mehr weit. Noch ein weiterer Tag und wir erreichen die Stadt.« Er kramt abermals in den Papieren, bis er fündig wird. »Das ist ein Stadtplan von NNY. Und hier …« Er kreist ein Gebäude ein. »Hier liegt das Labor. Wenn wir irgendwo auf die Dächer gelangen, kommen wir ohne Probleme dorthin.«

So wie er es sagt, klingt es nach einer ganz einfachen Sache. Wenn ich den beiden Jungs aber ins Gesicht schaue, wird klar, dass es genau das Gegenteil ist. Aber uns bleibt nichts anderes übrig.

Rita und ich stehen auf der gegenüberliegenden Seite des Tisches. Ich werfe ihr einen kurzen Blick zu. Sie hat die Arme vor dem Körper verschränkt und die Sorge um Bruder und Freund zeichnet tiefe Falten in ihre Stirn.

»Müsst ihr das wirklich tun?«, fragt sie und nun wirkt sie gar nicht mehr so tough wie vorhin.

Jeff richtet sich auf, geht um den Tisch und nimmt sie in den Arm. »Wenn du nicht auch für Fat Pad arbeiten möchtest, dann müssen wir das. Bisher hat er dich in Ruhe gelassen, weil du Daniels Freundin bist. Aber wenn wir uns weigern …« Er lässt den Rest unausgesprochen.

Mir schnürt es die Kehle zu. Sie ist also das Druckmittel für die Jungs – nicht ich. Wahrscheinlich hätte er sie sowieso losgeschickt und ich war nur ein guter Vorwand. Dieser Gedanke beruhigt und enttäuscht mich gleichzeitig.

»Dann kommt heute Abend wenigstens noch mit zum Markt. Es ist Schlachtfest und dieses Mal gibt es sogar Lamm und Schwein.«

»Wir haben keine Zeit«, meint Daniel. »Wir müssen packen und …«

»Und danach den Abend mit mir verbringen«, unterbricht Rita ihn, die sich aus Jeffs Umarmung gelöst hat. »Wenn etwas schiefgeht, will ich wenigstens noch einmal ausgelassen mit euch gefeiert haben!«

So etwas wie dieses Fest habe ich noch nie erlebt. Der Marktplatz ist voll von Menschen, alle in ausgelassener Stimmung. An mehreren Plätzen sind Feuerstellen aufgebaut, über denen ganze Tiere gebraten werden. Dazu gibt es gebackene Kartoffeln, geröstetes Knoblauchbrot oder frittierte Teigtaschen. In der Mitte des Marktplatzes ist ein größeres Feuer, um dass die Menschen gemütlich zusammensitzen.

Je später es wird, desto mehr Erwachsene verschwinden, bis Jeff und Daniel schließlich zu den ältesten Anwesenden gehören.

Erst dann beginnt die eigentliche Party, wie mir Rita erklärt. Nachdem wir ausgiebig gegessen und etwas Wein getrunken haben, hat sich ihr Groll gegen mich gelegt und nun spricht sie ganz unbefangen mit mir.

Einige Jugendliche haben Gitarren und Trommeln ausgepackt, auf denen sie spielen. Ab und an singt ein dunkelhäutiges Mädchen mit rauer Stimme Lieder in einer Sprache dazu, die ich nicht verstehe. Aber es klingt gut.

Ich habe mich auf einen Stamm etwas abseits gesetzt und beobachte, wie immer mehr Jugendliche zu tanzen beginnen. In meiner Hand halte ich einen Becher, der noch bis zur Hälfte mit Wein gefüllt ist. Es ist nicht mein erster und ein leichter Nebel hat meine Gedanken umhüllt, sodass ich mich tatsächlich ein wenig entspannen kann.

Gerade zieht Rita Daniel in den Kreis der Tanzenden. Er folgt ihr nur widerwillig, das kann ich sehen, wohingegen sie sofort beginnt, sich im Rhythmus der berauschenden Musik zu bewegen. Sie schlingt die Arme um seinen Nacken und wiegt ihre Hüften eng an den seinen, reibt sich geradezu an ihm. Es sieht so anzüglich aus, dass ich automatisch das Gesicht verziehe.

Daniel hingegen scheint es zu gefallen. Er legt eine Hand an ihre Taille, die andere an ihren Hintern und passt sich ihren Bewegungen an. Dann rutscht seine Hand tiefer, unter ihren Rock.

Spätestens in diesem Moment hätte ich ihm eine kräftige Ohrfeige verpasst!

Rita hingegen scheint es zu genießen. Sie reckt ihren Kopf nach oben und küsst seinen Hals.

Als ich mich peinlich berührt abwende, bemerke ich, dass die anderen tanzenden Paare ähnlich intim miteinander werden. Anscheinend gehört das zu dieser Feier dazu.

Die Sängerin verstummt und auch die Gitarristen nehmen sich etwas zurück. Dafür wird der Rhythmus der Trommler noch mitreißender, noch ekstatischer.

Ich schaue wieder zu Rita und Daniel. Nun liegt seine zweite Hand nicht mehr an ihrer Taille, sondern hat sich unter ihr Shirt geschoben. Ich kann nur erahnen, was sie dort tut …

Ich stütze einen Ellbogen auf den Knien ab und knabbere an dem Nagel meines Mittelfingers. Was würde ich dafür geben, mit Rita zu tauschen …

Moment, was habe ich da gerade gedacht? Erschrocken über mich selbst, richte ich mich auf. Sie macht dort gerade in aller Öffentlichkeit mit Daniel rum! Das ist ja nun gar nichts für mich. Vor allem nicht mit Daniel!

Okay, er sieht wirklich gut aus, mit diesen strubbeligen Haaren und dem muskulösen Oberkörper. Unweigerlich muss ich an unsere Ankunft denken, wie er sein Shirt für die Visitation ausgezogen hat. Ich frage mich, wie es sich wohl anfühlt, über seinen festen Bauch zu fahren …

Schnell nehme ich einen großen Schluck Wein. Himmel – solche Gedanken hatte ich ja noch nie! Ich habe vorher aber auch noch nie einen Jungen wie Daniel getroffen. In unserem Heimatdorf gab es kaum Jungs in meinem Alter und mit Sicherheit keinen, der sich mit ihm messen ließ.

Gott sei Dank setzt sich in diesem Moment Jeff zu mir und unterbricht meine missratenen Fantasien. Er hält in jeder Hand einen Becher Wein und streckt mir einen davon entgegen.

»Danke«, lehne ich ab und halte zur Begründung meinen eigenen in die Höhe. Ich habe bereits genug getrunken, wenn man bedenkt, dass dies hier vielleicht meine dritte Erfahrung mit Alkohol ist.

Er sieht das offensichtlich anders. So schnell, dass ich nichts dagegen sagen kann, kippt er den Wein aus einem seiner Becher in meinen, bis dieser randvoll ist. »Auf eine gute Reise und darauf, dass wir überleben«, sagt er und wir stoßen an.

Dann schaut auch er zu den Tanzenden. Rita ist gerade damit beschäftigt, Daniel sein T-Shirt über den Kopf zu ziehen. Sie sind keineswegs die Einzigen, die ihrer Leidenschaft freien Lauf lassen. Andere sind bereits bis auf die Unterwäsche entkleidet, was mich beschämt zu Boden schauen lässt.

»Ist so etwas in eurer Kolonie normal?«, frage ich und bekomme langsam Zweifel, dass Claire hier wirklich gut aufgehoben ist.

»Wir haben nicht viele Möglichkeiten, uns zu amüsieren«, antwortet Jeff schulterzuckend und trinkt einen Schluck. »Diese inspirierenden Feuerabende sind so ziemlich die einzige Ablenkung von unserem tristen Alltag.«

»Wieso tanzt du dann nicht?«

»Mir fehlt die richtige Partnerin.« Er sieht mich wieder an und zwinkert mir zu. »Hast du denn Lust, zu tanzen?« Die Art, wie er das sagt, lässt keinen Zweifel, wie er das meint.

Ich spüre, wie ich knallrot werde. »Ich … habe noch nie … *getanzt.*«

Er lacht und rutscht näher an mich heran. »Ich kann es dir beibringen, wenn du möchtest.« Als Nächstes liegt seine Hand an meinem Kinn und er dreht meinen Kopf zu sich. »Hat dir schon mal jemand gesagt, wie hübsch du bist, Cassy?«

Mein Herz rast. Das, was ich eben gespürt habe, während ich Daniel und Rita beobachtet habe, empfinde ich nun für Jeff. Er hat mit einem Mal eine enorme Anziehungskraft auf mich.

Seine Augen haben sich leicht verengt und die Andeutung eines Lächelns umspielt seine Lippen. Er stellt den Weinbecher ab und streicht mir eine Haarsträhne hinters Ohr. Dann legt er beide Hände an meine Wangen.

»Du machst mich verrückt, schon seit ich dich vor dem Tor gesehen habe«, sagt er und kommt mir noch ein Stück näher. »Und du glaubst nicht, wie ich mich freue, die nächsten Wochen mit dir verbringen zu können.«

Sein Gesicht ist meinem nun ganz nah. Reflexartig schließe ich die Augen. Ob es an der Musik, dem Wein oder meiner verzweifelten Situation liegt, kann ich nicht sagen. Aber ich habe das tiefe Verlangen nach Nähe und er ist bereit, sie mir zu geben. Ganz leicht öffne ich meinen Mund und warte, dass er mich küsst. Ich kann bereits seinen Atem spüren, der meine Lippen streift.

Das ist eine ganz neue Erfahrung für mich. Ein bisher ungekanntes Kribbeln breitet sich von meinem Bauch bis zu meiner Kehle aus, und genauso auch in tiefere Regionen. Gleich werde ich meinen ersten Kuss erhalten …

Doch es kommt nicht so weit.

Mit einem Ruck lösen sich Jeffs Hände von meinem Gesicht. Als ich die Augen öffne, sehe ich, dass Daniel ihn zurückgestoßen hat, sodass er nun hinter dem Baumstamm im Gras sitzt.

»Spinnst du?«, beschwert er sich, doch Daniel richtet seine ganze Aufmerksamkeit auf mich.

»Bist du eigentlich vollkommen bescheuert?«, fährt er mich an.

So wütend habe ich ihn bisher noch nicht erlebt. Seine zur Faust geballte Hand zuckt und ich bereite mich darauf vor, einem Schlag auszuweichen.

Doch er kann sich beherrschen.

»Ich habe nur ein paar Minuten kein Auge auf dich und schon bist du dabei, absolute Scheiße zu bauen!«

Ich will ihn schon fragen, was sein Problem ist, doch da begreife ich es von selbst. Ich war gerade kurz davor, mich von Jeff küssen zu lassen. Ich, die das Noahvirus in sich trägt!

Ich hätte ihn hundertprozentig angesteckt, wenn Daniel nicht dazwischengegangen wäre …

Über mein eigenes Handeln erschrocken, presse ich mir eine Hand vor den Mund. »Oh Gott«, entfährt es mir.

»Was spielst du dich hier so auf, Dan?«, schimpft Jeff, dem Rita gerade aufhilft.

»Ich hab dir gerade den Arsch gerettet«, erwidert Daniel bissig.

»Was soll das denn heißen? Hat sie einen großen, gefährlichen Freund, der mich umbringt, wenn ich sie anfasse?«

»Damit bist du verdammt nah dran«, presst Daniel hervor, der langsam seine Fassung zurückgewinnt. Er wendet sich wieder mir zu. »Die Party ist vorbei, Dawson. Wir gehen.«

Rita hat anscheinend damit gerechnet, denn sie hat ihm bereits sein Shirt geholt, das er sich jetzt überstreift.

Als ich nicht aufstehe, wiederholt er: »Wir gehen.«

Jeff reicht mir eine Hand, doch ich erhebe mich ohne seine Hilfe.

»Es tut mir leid«, sage ich leise. »Ich habe nicht nachgedacht …«

Daniel schnaubt nur. Wortlos dreht er sich um und läuft los.

»Komm mit. Du schläfst bei uns«, fordert mich Rita auf, eh sie Daniel folgt.

Ich werfe Jeff einen entschuldigenden Blick zu, den er mit dem Hochziehen einer Augenbraue erwidert. Dann machen auch wir uns schweigend auf den Heimweg.

TAG 26

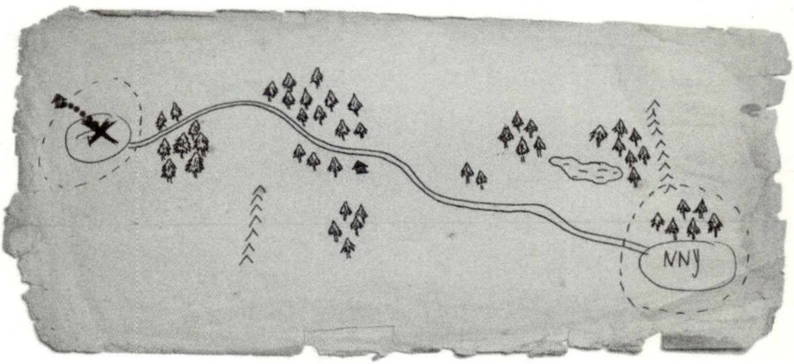

Als ich aufstehe, ist es im ganzen Haus ruhig.

Jeff war es, der mir die kleine Kammer gezeigt hat, in der ich schlafen und mich frisch machen konnte. Das Bett ist nicht mehr als eine Holzpritsche mit einigen Decken darauf, aber immerhin besser als ein Waldboden oder ein Platz in einer Baumkrone.

Trotzdem habe ich nicht besonders gut geschlafen. Immer wieder bin ich aufgewacht und je weniger Alkohol sich in meiner Blutbahn befand, desto klarer wurde mein Kopf. Damit rückte mir aber auch immer mehr ins Bewusstsein, was für einen Bockmist ich hier gerade baute. Ich bin verantwortlich dafür, dass zwei junge Männer zu einer extrem gefährlichen Mission aufbrechen sollen, und zu allem Überfluss habe ich einen von ihnen beinahe angesteckt.

Irgendwann habe ich es aufgegeben, wieder einschlafen zu wollen, und stattdessen einen Plan geschmiedet.

Jetzt ziehe ich mir schnell meine Sachen über, schnappe meinen Rucksack, der fertig gepackt in der Ecke der Kammer steht, und schleiche hinaus in die Diele.

Ich lausche noch einmal, aber es ist nichts zu hören. Die anderen scheinen noch zu schlafen.

In der Diele stehen die beiden Rucksäcke der Jungs, ebenfalls voll beladen. Ich krame in den Seitentaschen von Jeffs Rucksack, bis ich die zusammengefalteten Karten finde. Sorgsam verstaue ich sie in meinem eigenen Gepäck. Danach verlasse ich das Haus.

Die Stadt liegt vollkommen ruhig vor mir, da die Sonne noch nicht aufgegangen ist. Alles ist in ein schummriges Halbdunkel getaucht. Das bunte Treiben, das ich gestern vom ›Palast‹ aus beobachtet habe, wird erst in ein paar Stunden wieder einsetzen.

Ich schultere meinen Rucksack und ziehe die Träger fest. Auch wenn die Jungs meinen, mich begleiten zu müssen, steht mein Entschluss, allein loszuziehen, unwiderruflich fest. Wenn sie Rita beschützen wollen, können sie das sowieso besser, wenn sie in der Kolonie bleiben.

Leider kann ich mich wieder nicht angemessen verabschieden, aber so ist es nun einmal. Daniel wird ohnehin keinen Wert darauf legen.

Ich schaue in Richtung des ›Palastes‹. Kurz überlege ich, einen Umweg dorthin zu machen, um wenigstens Claire Lebewohl zu sagen, aber ich entscheide mich dagegen. Es ist zu gefährlich. Außerdem komme ich doch bald zurück und wenn Jeffs Kalkulation aufgeht, bleibt mir noch genügend Zeit, mich in aller Ruhe von ihr zu verabschieden.

Also schlage ich den Weg ein, der mich meiner Erinnerung nach zum Tor führen müsste. Ich bin noch keine zwanzig Meter weit gekommen, da höre ich, wie eine Tür hinter mir geöffnet wird. Schnelle Schritte folgen und dann hält mich jemand am Rucksack fest.

»Dawson, was machst du denn hier?« Ich erkenne Daniels Stimme sofort, obwohl sie vom Schlaf noch belegt und ausnahmsweise ohne jeglichen Vorwurf ist.

Wo kommt er denn nun wieder her?

Ich drehe mich zu ihm um, wobei er mich loslässt. Nur mit einer Unterhose bekleidet, steht er vor mir. Sein Haar ist noch zerzauster als sonst und sein Gesicht sieht etwas zerknautscht aus. Aber zumindest ist der Ausdruck darauf nicht mehr so kalt und abweisend wie am Abend zuvor.

Ich will ihm erklären, dass ich jetzt verschwinde – ganz wie es von Anfang an sein Wunsch war. Doch als ich den Mund öffne, hebt er eine Hand und bringt mich zum Schweigen.

»Ich kann mir schon vorstellen, was in deinem Kopf vorgeht.« Er schaut mich nachdenklich an, dann lächelt er. »Wahrscheinlich jede Menge Blödsinn, wie immer. Los, komm. Lass uns wenigstens noch frühstücken, bevor wir aufbrechen.«

Ich kann nicht anders, als sein Lächeln zu erwidern. Mein Plan, heimlich zu verschwinden, hat sich wohl gerade erledigt, er wird mich nicht gehen lassen. Also folge ich ihm zurück ins Haus.

Ich stelle meinen Rucksack zu den anderen, bevor ich Daniel in die Küche begleite. Er stellt einen Kessel Wasser auf den Herd und entzündet ein Feuer darunter. Dann nehmen wir beide an dem großen Tisch Platz.

»Das, was gestern Abend passiert ist …«, setze ich an, denn ich will unbedingt mit ihm darüber sprechen, solange wir allein sind. »Ich verspreche dir, dass so etwas nicht wieder vorkommt. Ich habe kapiert, was ich für eine Gefahr darstelle, und werde mich von euch fernhalten, so gut es geht.«

Er nickt. »Das ist eine schwere Situation für dich, das ist mir klar. Aber wir kriegen das schon hin, es sind ja nur ein paar Tage.« Dann grinst er. »Im Nachhinein ärgere ich mich fast, dass ich euch unterbrochen habe. Es war ja nur Jefferson, den es getroffen hätte. Kein großer Verlust also. Okay, dass du auf so einen Typen abfährst, hätte ich nicht erwartet …«

Du bist ja nicht mehr frei …, fährt es mir durch den Kopf, aber ich behalte es für mich. Wenn er sich nur wenigstens etwas anziehen würde … Vielleicht würde sich meine Fantasie dann endlich mal beruhigen, die schon wieder auf Hochtouren arbeitet.

»… denn du machst nicht gerade den Eindruck einer naiven Romantikerin auf mich«, beendet er seinen Satz.

»Ich bin sonst keinen Alkohol gewohnt«, versuche ich mich zu rechtfertigen. »Und das, was ihr anderen da veranstaltet habt, war ziemlich verwirrend.«

»Soso, die kleine Dawson ist in solchen Dingen also noch unerfahren.« Er hat wieder dieses halbe Lächeln aufgesetzt, das so typisch für ihn ist und – ich gebe es zu – das ich unheimlich anziehend finde.

Das Pfeifen des Wasserkessels rettet mich davor, diese Unterhaltung fortsetzen zu müssen. Daniel steht auf und nimmt den Kessel vom Herd. In dem Moment kommt Rita in die Küche.

»Guten Morgen«, nuschelt sie und gähnt herzhaft. Sie trägt Daniels T-Shirt, unter dem ihre nackten Beine hervorschauen. Es ist eindeutig, dass sie die Nacht miteinander verbracht haben.

Ohne ein weiteres Wort holt sie vier Tassen aus einem der Schränke und füllt ein braunes Pulver hinein. Dann nimmt sie den Kessel, drückt Daniel aber vorher noch einen Kuss auf die Wange.

Es ist irgendwie süß und trotzdem zieht sich etwas in mir zusammen, während ich das beobachte. Wahrscheinlich ist es nur der Neid, dass mir so etwas nun niemals passieren wird.

Rita stellt eine Tasse vor mir ab und füllt heißes Wasser hinein. Sofort breitet sich der würzige Duft von Kaffee in der Küche aus und als wäre er durch alle Räume gedrungen, gesellt sich Jeff zu uns, während Rita gerade die letzte Tasse aufgießt.

»Guten Morgen«, grüßt er ebenfalls und setzt sich neben mich.

Daniel hat inzwischen Brot und Marmelade sowie Teller und Messer aus einem Schrank geholt und alles auf dem Tisch aufgebaut.

»Henkersmahlzeit«, witzelt Jeff.

Keiner reagiert darauf und wir beginnen zu essen. Ich nehme mir zuerst etwas Marmelade und Butter auf meinen Teller, sodass ich mit meinem Messer nicht noch einmal in die Töpfe muss, wenn ich es benutzt habe. Daniel sieht mich zufrieden an, als es ihm auffällt.

Ja, ich bin lernfähig, was das Minimieren der Ansteckungsgefahr betrifft.

Nach dem Frühstück bleibe ich allein in der Küche zurück. Die Jungs bereiten sich auf die Abreise vor und auch Rita hat sich in ihr Zimmer zurückgezogen.

Geräusche von der Diele locken mich schließlich hinaus.

Dort treffe ich auf Jeff, der gerade die Karte in seinen Rucksack stopft, die ich ihm beim Essen zurückgegeben habe.

Nach dem, was gestern Abend vorgefallen ist, fühle ich mich etwas unwohl, so mit ihm allein. Als er sich aufrichtet und mich mit ernster Miene ansieht, wird mir klar, dass es ihm wohl ähnlich geht.

»Erklärst du mir, warum Daniel sich gestern so aufgeführt hat?«

»Vielleicht irgendwann …«, fertige ich ihn mit einem schiefen Grinsen ab, das er sogleich erwidert.

»Ich mag geheimnisvolle Frauen.« Er zwinkert mir auf sehr attraktive Weise zu.

In diesem Moment stößt Daniel zu uns. Er greift seinen Rucksack und hievt ihn auf seinen Rücken. »Kann's losgehen?«

Wir tun es ihm nach.

»Rita!«, brüllt Jeff. »Wir brechen auf!«

»Einen Moment noch!«, schallt es aus dem Nachbarzimmer.

Jeff stöhnt und auch Daniel rollt mit den Augen, was ich mit einer gewissen Genugtuung wahrnehme.

Rita ist gar nicht so übel, aber ich stelle immer wieder fest, dass irgendetwas in mir sofort dichtmacht, wenn es um sie geht.

Jetzt öffnet sich eine weitere Tür und Rita tritt in die Diele. Sie hat sich ebenfalls angezogen, trägt aber heute keinen Rock, sondern eine beige Cargohose, dazu ein schwarz-grün gemustertes Top mit dünnen Trägern. Ihre Locken stecken unter einer grünen Schiebermütze und über ihrer Schulter hängt ein großer grüner Rucksack.

Sie sieht aus, als wäre sie … reisefertig?

»Was soll der Aufzug?«, knurrt Daniel, der anscheinend das Gleiche denkt wie ich.

»Ich habe beschlossen, euch zu begleiten«, erklärt Rita grinsend.

Daniel öffnet den Mund, seine Züge künden bereits von heftigen Widerworten. Doch Jeff bremst ihn mit einer Handbewegung aus.

»Lass gut sein, Dan. Das hat eh keinen Sinn. Du kennst ihren Sturkopf.«

Es herrscht kurz Ruhe in der Diele, die plötzlich klein und erdrückend wirkt. Daniel und Rita fechten ihren Streit mit einem Anstarrwettbewerb aus, den Daniel schließlich verliert.

Wortlos geht er daraufhin zur Tür und wir brechen auf.

Mein Stand bei den Jungs ist leider nicht so gut wie der von Rita. Obwohl ich mehrfach bitte, ja geradezu bettle, verlassen wir die Stadt auf direktem Weg, ohne noch einmal bei Claire vorbeizuschauen. Ich kann nur hoffen, dass es ihr besser geht.

Einige Stunden lang marschieren wir schweigend. Die Jungs gehen vorneweg, Rita und ich hinterher.

Die Stille ist wie Gift für meine Fantasie. Mir gehen verschiedenste Szenarien durch den Kopf, was uns in den nächsten Tagen erwarten könnte, eines furchteinflößender als das nächste.

Gegen Mittag machen wir Rast an einem kleinen Bach, an dem wir uns erfrischen und etwas trinken können. Jeder ist für seinen eigenen Proviant verantwortlich und dafür, wie lange dieser reicht. Da ich von dem mehr als reichhaltigen Essen in den letzten Tagen noch völlig gesättigt bin, verzichte ich darauf, meine Vorräte anzugreifen.

Daniel gönnt uns nur eine Viertelstunde, eh er zum Weitergehen drängt.

Zu meiner Erleichterung brechen die Gespräche, die während der Pause eingesetzt haben, danach nicht ab. Auch wenn es zum Teil um Sachen geht, bei denen ich nicht mitreden kann, ist es trotzdem interessant, zu hören, wie sich Jeff und Rita über das Leben in der Stadt unterhalten.

Daniel hält sich dabei ebenfalls raus. Ob es daran liegt, dass er viel weniger Zeit in der Stadt verbracht hat als die anderen beiden, oder ob er einfach keine Lust hat, sich einzubringen, kann ich nicht sagen.

Irgendwann geraten Rita und Jeff in einen typischen Geschwisterstreit, den ich von Claire und mir nur zu gut kenne. Rita setzt sich neben ihren Bruder an die Spitze unserer Gruppe. Im Gegenzug lässt sich Daniel etwas zurückfallen und läuft schließlich neben mir.

Schweißperlen stehen auf seiner Stirn, die er in Falten gelegt hat. »Zusammen sind die beiden so anstrengend«, murmelt er. »Wären wir lieber nur zu zweit gegangen …«

Diese Vorstellung gefällt mir und ich muss unweigerlich lächeln, was Daniel nicht entgeht.

»Woran denkst du, Dawson?«, fragt er und zieht eine Augenbraue nach oben.

»Ach … Ähm … Nicht so wichtig«, stammle ich verlegen. Ich kann ihm ja kaum auf die Nase binden, dass ich nur zu gern Zeit mit ihm allein verbringen würde. Eigentlich will ich das ja auch nicht. Warum auch? Nicht, dass ich ihn sonderlich mögen würde, so ruppig, wie er immer mit mir umgeht. Und außerdem läuft drei Schritte vor mir seine Freundin – was ein total dämliches Argument ist, wenn ich so darüber nachdenke.

Daniel betrachtet mich noch immer skeptisch, dann schleicht sich ein Grinsen auf sein Gesicht. Auch wenn er vielleicht ahnt, was ich denke, behält er einen Kommentar dazu für sich, wofür ich ihm sehr dankbar bin. Das Ganze ist schon peinlich genug.

»Die werden sich schon wieder einkriegen«, versuche ich abzulenken. »Claire und ich haben uns auch ständig in der Wolle. Das entlädt sich und dann ist wieder alles gut.«

»Da bin ich ja beruhigt«, nimmt er den Faden auf. »Hoffen wir nur, dass sie mit ihrem Gezeter keine Noahs auf den Plan rufen.«

Daniels Sorge bleibt unbegründet und wir erreichen die Siedlung der Halliwax' noch vor der Dämmerung.

Irgendwie habe ich eine Familie erwartet, die diesen Stützpunkt besetzt. Doch es ist ein einzelner älterer Mann, den wir antreffen. Auch die Siedlung selbst ist ganz anders, als ich es mir vorgestellt habe. Sie besteht nicht aus mehreren Hütten, wie die von Daniel, sondern aus einem einzelnen Haus. Es muss wohl an die zweihundert Quadratmeter Grundfläche haben und besteht dazu noch aus zwei Stockwerken und einem aufgesetzten Turm mit zwei weiteren Etagen.

Mr. Halliwax ist überrascht über den unangemeldeten Besuch. Trotzdem begrüßt er uns sehr freundlich und hat nichts dagegen, dass wir die Nacht bei ihm verbringen. Das Haus hat genug leer stehende Räume, sodass wir jeder ein eigenes Zimmer beziehen können.

Der lange Marsch hat uns alle erschöpft und ich kann den anderen ansehen, dass sie am liebsten sofort schlafen gehen würden, genau wie ich. Aber unser Gastgeber besteht darauf, dass wir gemeinsam mit ihm essen. Dabei löchert er uns so lange mit Fragen über unsere Ziele und Pläne, bis Jeff ihm die ganze Geschichte erzählt hat.

Mr. Halliwax findet es wahnsinnig aufregend und spannend. Als wir ihm jedoch erzählen, dass wir lediglich mit einem Gewehr und ein wenig Munition ausgerüstet sind, ist er regelrecht empört.

»So kann man doch nicht in einen Krieg ziehen«, schimpft er. »Da hätte euch Fat Pad wirklich mehr Waffen geben müssen. Einer allein kann euch nicht verteidigen, wenn ihr gegen eine Horde Noahs antreten müsst.«

»Wir hoffen ja, dass wir eine direkte Konfrontation vermeiden können«, wirft Jeff ein.

»Allerdings würde ich mich mit einer eigenen Waffe bedeutend sicherer fühlen«, ergänzt Rita und klimpert Mr. Halliwax mit ihren langen Wimpern an.

Ich ahne, worauf sie es anlegt. Und tatsächlich erhebt sich der alte Mann und verlässt wortlos den Raum.

»Rita, wir können keine Waffen von ihm annehmen«, flüstert Daniel, der ihren Plan ebenfalls durchschaut hat.

Sie sieht das anders. »Die Siedlungen bekommen doch alles zur Verfügung gestellt, was sie wollen. Er kann sich einfach neue bei der Kolonie bestellen!«

Daniel schnaubt abfällig und will noch etwas sagen, doch da kommt Mr. Halliwax bereits zurück, die Arme reich beladen. Polternd legt er die Gegenstände auf dem Esstisch ab, wobei er nicht auf die dreckigen Teller achtet, die von unserem Abendessen noch dort stehen.

Zuerst nimmt er ein kantiges Lederding mit kurzem Griff wieder auf. Er zieht die Hülle ab und ich erkenne, dass es sich um eine Handaxt handelt. Ich brauche sie nicht anzufassen, um zu wissen, dass ihr Blatt gefährlich scharf ist. Ohne Worte steckt Mr. Halliwax die Axt zurück in die Hülle und reicht sie Daniel. Dieser zögert, fasst dann aber doch nach dem Griff.

»Vielen Dank, Mr. Halliwax.«

Nun liegen noch ein kleines Fernglas und zwei identische Gegenstände auf dem Tisch. Ich weiß sogar, was das für Waffen sind, denn in meiner Kindheit hatten wir ähnliche zum Spielen: Es handelt sich um Zwillen. Diesen hier kann man ansehen, dass sie wesentlich mehr Kraft haben als die kleinen Steinschleudern, die Claire und ich uns früher selbst gebastelt haben. Sie sind aus dicken, Y-förmigen Ästen gebaut, an deren oberen Enden breite Gummibänder befestigt sind, die wiederum in ihrer Mitte eine Art Lederbeutel haben, wo die Munition hineinkommt.

Mr. Halliwax deutet darauf. »Das dürfte wohl passend für die Damen sein. Habt ihr mit so etwas Erfahrung?«

Ritas Augen leuchten. »Na klar! Ich hatte genau so eine, bis Fat Pad sie vor einem Jahr verboten hat.«

»Weil irgendjemand seinem Pferd an den Hintern geschossen hat und er sich beim Sturz einen Arm brach, als es durchgegangen ist.«

Jeff, der gerade nach dem Fernglas greift, grinst Rita an und sie streckt ihm die Zunge raus. Dann nimmt sie sich eine der Schleudern vom Tisch.

Ich greife nach der anderen. Erst will ich nachfragen, wie man sie benutzt, lasse es dann aber doch sein. Es ist mir einfach zu peinlich, wo Rita anscheinend bestens damit vertraut ist. Man kann ja auch nicht sagen, dass ich keine Erfahrung damit habe … Der Unterschied zu den Mini-Steinschleudern wird ja nicht allzu groß sein.

Nachdem wir uns alle eine gute Nacht gewünscht haben und in unsere Zimmer verschwunden sind, warte ich noch ein paar Minuten, bevor ich meins wieder verlasse.

Mit der Zwille in der Hand schleiche ich mich nach draußen. Klar kann es nicht so schwer sein, damit zu schießen. Aber es kann auch nicht schaden, es in Ruhe und unbeobachtet auszuprobieren.

Ich entdecke einen Heuballen, der sich wunderbar als Zielfläche eignet, da das Auftreffen der Munition keinen Lärm verursachen wird. Allerdings ist er sehr groß, was für Zielübungen eher ungeeignet ist.

Ich schaue noch mal zum Haus, ob noch immer alles dunkel ist, und streife mir kurz entschlossen mein Shirt über den Kopf. Es sieht mich ja eh keiner und außerdem trage ich einen BH darunter.

Das Weiß des Shirts ist im Halbdunkel auch auf etwas Abstand gut zu erkennen. Ich stopfe es so ins Heu, dass es eine kopfgroße Zielscheibe bildet, und entferne mich dann einige Meter.

Gebückt suche ich den Boden ab, auf dem sich genügend kleine Steine befinden, die ich als Munition verwenden kann. Einen davon lade ich in die Lederlasche der Zwille, lege an und spanne den Gummi, so stark ich kann. Dann lasse ich los. Erst schnalzt es, dann surrt es, als der Stein durch die Luft fliegt – und an dem Heuballen vorbeizieht.

Was war das denn? Null zu eins für das Heu, oder wie? Ich versuche es noch einmal, treffe dieses Mal zumindest den Heuballen, bin aber noch nicht mal in der Nähe des weißen Ziels.

Nach zwei weiteren Fehlversuchen habe ich schon keine Lust mehr. Außerdem fangen meine Armmuskeln bereits an, zu brennen.

Daniel hatte recht – ich bin ein echtes Weichei! Nun habe ich schon eine Waffe und bin zu schwächlich und blöd, mich damit zu verteidigen, sollte es nötig werden. Und ich wollte tatsächlich allein losziehen?

Ich will es auf einen letzten Versuch ankommen lassen. Wenn der wieder danebengeht, breche ich hier ab.

Ich bücke mich nach einem Stein.

Als ich mich wieder aufrichte, steht plötzlich Daniel neben dem Heuballen. Er jagt mir einen solchen Schreck ein, dass ich Stein wie auch Zwille fallen lasse.

»Bist du wahnsinnig?«, fahre ich ihn halblaut an. »Willst du mich zu Tode erschrecken?«

Über das ganze Gesicht grinsend, kommt er auf mich zu. Erst da wird mir bewusst, dass ich ja fast nackt bin. Schnell halte ich mir die Arme vor die Brust.

»Was willst du hier?«, zische ich wütend.

»Ich wollte einen kleinen Rundgang machen«, antwortet er schulterzuckend. »Alte Gewohnheit, wenn ich mich in einer Siedlung aufhalte. Und was machst du hier?«

»Ich wollte die Zwille ausprobieren.«

Er sieht über seine Schulter auf meine provisorische Zielscheibe, dann wieder zu mir. »Sieht nicht so aus, als ob dir das gut gelingt.«

»Mir fehlt ein wenig die Übung.« Ich schlinge die Arme noch ein wenig enger um meinen Oberkörper.

Diese Geste scheint ihm nicht zu entgehen. »Ach Dawson. Hab dich nicht so. Schließlich hast du mich schon mehr als einmal mit freiem Oberkörper gesehen.«

»Das ist etwas ganz anderes«, grummle ich.

»Finde ich nicht.« Er bückt sich und hebt die Zwille und einen Stein auf. Dann dreht er sich um, zielt auf den weißen Fleck und trifft voll in die Mitte.

Mir bleibt der Mund offen stehen.

»Soll ich es dir beibringen?«, fragt er und hält mir die Schleuder hin.

Ich bringe es einfach nicht über mich, meine Arme von meinem Körper zu lösen.

Daniels Grinsen wird noch breiter, falls das überhaupt möglich ist. »Meine Güte, bist du verklemmt.« Er zieht sich sein T-Shirt über den Kopf. »Bitte schön, ist es so leichter für dich?«

Ähm … nein? Im Gegenteil?

Mir wird mit einem Mal ganz heiß, so wie jedes Mal, wenn ich ihn so entblößt sehe. Er hat aber auch einen guten Körperbau.

Daniel wackelt mit der Zwille vor meinen Augen. Ich gebe mir einen Ruck, löse meine Umklammerung und nehme ihm die Schleuder und den Stein ab.

»Könntest du wenigstens aufhören, so zu grinsen, wenn dieser Anblick so selbstverständlich für dich ist?«

»Wer sagt, dass es selbstverständlich für mich ist?« Er zwinkert mir zu, reißt sich dann aber zusammen. »Lass uns anfangen, bevor es zu dunkel wird. Zeig mir mal, wie du schießt.«

Ich lege den Stein ein, hebe die Zwille und ziehe an dem Leder.

»Nein, nein«, unterbricht mich Daniel, bevor ich den Gummi richtig gespannt habe. »Lass noch mal los. Nun lass erst mal die Schultern locker. Ellbogen etwas höher und schön gestreckt halten. Und du musst die Zwille quer nehmen, etwa so.« Er korrigiert meine Haltung, wobei seine Finger zu meiner Enttäuschung immer knapp über meiner Haut innehalten. »Wenn du jetzt schießt, orientiere dich beim Zielen an der oberen Befestigung des Gummis. Und halte die Arme nach dem Loslassen noch einen Moment in der Position«, weist er mich an. Dann stellt er sich hinter mich, so dicht, dass ich die Wärme, die von seinem Körper ausgeht, spüren kann.

Es fällt mir schwer, mich zu konzentrieren. Trotzdem versuche ich, umzusetzen, was er gesagt hat. Ich spanne, schieße und treffe … nicht.

»Das kannst du doch besser, Dawson«, murmelt Daniel nah an meinem Ohr.

Ich kann ihm anhören, dass er dabei schmunzelt. Schnell hebe ich einen weiteren Stein auf und wage einen neuen Versuch, der genauso scheitert.

»Wie hast du dich eigentlich in der Zeit verteidigt, während du mit deiner Schwester rumgezogen bist?«, will Daniel in ernsterem Ton wissen.

»Wir haben uns nicht verteidigt, sondern sind immer davongelaufen«, gebe ich etwas beschämt zu. »Wir Dorfkinder können sehr gut klettern, weißt du?«

Endlich rückt er ein Stück von mir ab, sodass ich meine Aufmerksamkeit vollständig der Schleuder widmen kann. Und siehe da – es klappt, der Stein trifft ins Weiße.

»Jawohl!«, juble ich, während Daniel leise klatscht.

Wir üben noch ein bisschen weiter, aus verschiedenen Winkeln und Abständen, bis es zu dunkel ist, um noch irgendein Ziel zu erkennen.

»Vielen Dank für den Unterricht«, sage ich zu Daniel, als wir neben dem Heuballen stehen und ich mein Shirt herausziehe. Es hat zwar nun einige Flecken an den Stellen, wo ich es getroffen habe, aber zum Glück keine Löcher.

Er wischt meinen Dank mit einer Handbewegung beiseite. »Reiner Eigennutz. So muss ich etwas weniger auf dich aufpassen.«

»Du musst überhaupt nicht auf mich aufpassen«, erwidere ich trotzig.

»Ich will aber.«

In der Dunkelheit erkenne ich nur seine Silhouette, aber ich kann seinen Blick förmlich auf mir spüren. Jetzt ist es mir nicht mehr unangenehm, im Gegenteil. Ein wohliges Prickeln läuft mir über die Arme und den Rücken.

Irgendetwas zwischen uns hat sich verändert. Gestern Abend noch hat er mich angebrüllt und nun geht er so vertraut mit mir um … Mit einem Mal begreife ich, was es ist: Die Ablehnung, die er mir entgegengebracht hat, seit ich an seine Tür geklopft habe – sie ist verschwunden. Zum ersten Mal habe ich das Gefühl, dass er mich als den Menschen betrachtet, der ich bin, und nicht als die Noah, die ich bald sein werde.

Während ich noch den Moment genieße, geht plötzlich ein Ruck durch Daniel, den ich sogar in der Dunkelheit erkennen kann.

»Also …«, sagt er und räuspert sich. »Ich will es, weil ich es Granny versprochen habe.« Seine Stimme hat nun wieder den distanzierten Klang, den ich sonst von ihm gewohnt bin.

Die angenehme Stimmung, die gerade noch zwischen uns geherrscht hat, ist mit einem Schlag verschwunden.

Er wendet sich von mir ab. »Dann sehen wir mal zu, dass wir wenigstens noch etwas Schlaf bekommen. Morgen geht es ins Noah-Gebiet.« Er geht in Richtung des Hauseinganges. »Nacht, Dawson. Und denk daran, dass du dich von Jeff fernhältst!«

Ich sehe ihm noch nach, bis er im Haus verschwunden ist. Dann stülpe ich mir vollkommen verwirrt mein Shirt über den Kopf. Was bitte sollte das denn? Habe ich irgendetwas falsch gemacht? Hätte ich etwas sagen sollen? Oder liegt sein Stimmungswechsel einfach daran, dass er doch bloß ein launisches Arschloch ist?

TAG 25

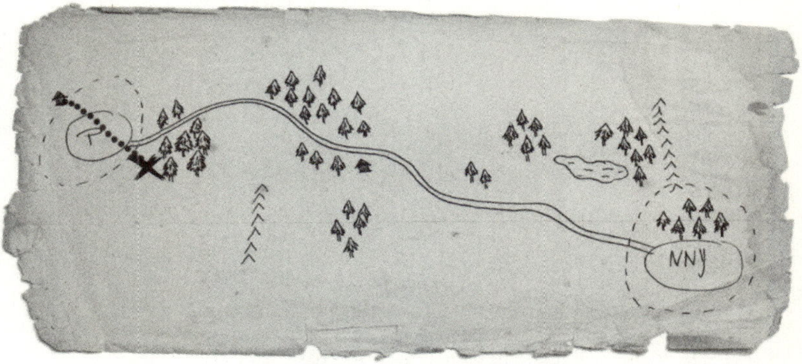

Es ist noch immer dunkel draußen, als mich Daniel mit lautem Klopfen aus dem Schaf reißt. »Aufwachen, Dawson! Wir wollen aufbrechen!«

Am liebsten würde ich ihn ignorieren. Ich habe wirklich schlecht geschlafen, war immer wieder wach und habe mir über tausend Dinge den Kopf zerbrochen. Und nun soll ich auch noch vor der Sonne aufstehen …

Trotzdem quäle ich mich hoch, denn schließlich unternehmen wir diese Reise ja nur meinetwegen.

Nachdem ich mich angezogen habe und auf den Gang im ersten Stock hinaustrete, in dem mein Zimmer liegt, höre ich gedämpfte Stimmen von der Treppe. Ohne große Anstrengung erkenne ich Jeff und Daniel. Der Stimmlage nach zu urteilen, streiten sie.

Von Neugier getrieben, spitze ich die Ohren, um sie besser verstehen zu können.

»Hast du mich deshalb so angemacht?«, blafft Jeff gerade. »Weil du sie willst?«

»Du spinnst doch«, verteidigt sich Daniel. »Ich bin mit deiner Schwester zusammen, du Idiot.«

»Doch auch nur noch aus Mitleid, um sie vor deinem dämlichen Cousin zu beschützen, der sonst sofort über sie herfallen würde!«

»Halt dich raus aus Dingen, die du nicht kapierst und die dich verdammt noch mal nichts angehen«, zischt Daniel. »Ich hab keinen Bock, mich wegen dir schon wieder mit Rita zu streiten.«

»Wegen mir? Du bist derjenige, der mit einer anderen rummacht!«

»Noch mal: Wir haben nicht rumgemacht. Ich habe ihr gezeigt, wie man die Zwille benutzt!«

Oha, es geht also um mich. Anscheinend hat Jeff uns gestern beobachtet.

»Ich bin nicht bescheuert, Dan«, sagt dieser jetzt. »Ich habe gesehen, dass ihr halb nackt wart. Meines Wissens nach muss man sich beim Schießen mit einer Zwille nicht ausziehen.«

Ich kann spüren, wie ich rot anlaufe. Ich habe die halbe Nacht damit zugebracht, mir einzureden, dass gestern Abend nichts Verfängliches passiert ist. Jeff macht das mit einem Satz zunichte.

Daniel hingegen klingt, als wäre nichts dabei gewesen. »Komm runter, Mann. Du kennst mich, diese Dawson ist ganz sicher nicht mein Fall. Ich stehe auf wilde Katzen wie Rita, nicht auf kleine Mäuse. Außerdem ist Dawson flach wie ein Brett …«

Mein Magen krampft sich zusammen. Nein, nicht mein Magen, wie ich bemerke, sondern mein Herz. Gleichzeitig presse ich die Zähne aufeinander. Was nimmt der Typ sich raus, so über mich zu sprechen?

Die Mischung aus Wut und Enttäuschung treibt mir die Tränen in die Augen. Ich schaffe es gerade noch zurück in mein Zimmer, bevor sie mir auch schon über die Wangen laufen.

Nach einem kurzen inneren Kampf gewinnt die Wut die Oberhand. Es ist ja nicht so, dass es in meiner Situation wichtig wäre, was Daniel über mich denkt. Allerdings ist mir vorher noch nie ein Junge so nah gekommen wie er gestern Abend – rein körperlich betrachtet, natürlich.

Ich wische mir über die Augen und sehe an mir herunter. Gut, ich bin vielleicht nicht ganz so bestückt wie Rita. Trotzdem war ich zufrieden mit meinem Aussehen. Quatsch – ich *bin* zufrieden. Ich lasse mir von so einem Trampel doch keine Komplexe einreden. Ich werde sowieso bald eine Noah, verdammt – wen interessieren dann noch meine Brüste? Außerdem kann er sich sicher sein, dass ich ihn mit meinem Anblick nicht noch einmal belästigen werde. Das Thema Daniel hat sich für mich erledigt. Also … das Thema hat es nie gegeben. Fertig.

Schniefend wische ich die restlichen Tränen weg. Dabei fällt mir auf, dass ich meine Brille noch gar nicht aufgesetzt habe.

Beim Umsehen entdecke ich sie auf dem kleinen Schränkchen neben dem Bett. Dann stutze ich. Wieso kann ich sie sehen? Ich setze sie auf und sofort verschwimmt alles vor meinen Augen, wird erst wieder klar, nachdem ich sie abgenommen habe. Mein halbes Leben habe ich eine Brille benötigt, aber auf einmal sehe ich ohne sie scharf wie ein Luchs. Auch als ich ans Fenster trete und in den Hof und auf die umliegenden Felder starre, kann ich alles klar erkennen, sogar viel besser, als ich es je mit der Brille konnte.

Schlagartig verstehe ich, was passiert ist, und mir wird ganz schlecht. Meine Verwandlung in einen Noah muss die Ursache sein, sie ist weiter fortgeschritten. Ich befinde mich wohl in dem Stadium, in dem Krankheiten und Gebrechen verschwinden. Dass es bei meiner Sehkraft beginnt, heißt hoffentlich nicht, dass sich der Virus schneller auf mein Gehirn ausbreitet. Denn wenn er dort angekommen ist, geht es bergab mit meinem bewussten Verstand …

Ich verstaue die Brille in meinem Rucksack. Wer weiß, ob ich sie nicht doch noch einmal brauche. Dann warte ich noch einen Moment, bis ich sicher bin, nicht noch mal weinen zu müssen.

Dass sich der Noah in mir meldet, hat eigentlich auch sein Gutes. Es macht mir bewusst, dass meine Probleme mit Daniel – ich will nicht mal denken, es könnten Gefühle sein – total unwichtig sind. Es zählt nur die Mission. Ein Danach gibt es für mich ohnehin nicht.

Als ich in die Küche im Erdgeschoss komme, sind Rita und Mr. Halliwax damit beschäftigt, Frühstück zu machen.

Daniel steht hinter Rita, schlingt bei meinem Eintreten die Arme um ihre Taille und küsst ihren Nacken. Ich werde das Gefühl nicht los, dass er mir und auch Jeff, der schon am Tisch sitzt, damit eine Botschaft schicken will.

Ich ignoriere die beiden, genau wie den kleinen Stich, den mir der Anblick versetzt.

»Guten Morgen, Jeff«, trällere ich stattdessen gut gelaunt. »Und auch Ihnen, Mr. Halliwax. Rita, Daniel.« Ich nicke den dreien zu.

Jeff strahlt mich an und zieht den Stuhl zu seiner Rechten zurück. »Guten Morgen, Cassy. Na, du bist ja bei bester Laune.«

Meine Stimme trieft vor Ironie, als ich antworte. »Natürlich. Es verspricht ja auch, ein wundervoller Tag zu werden.«

Er runzelt kurz die Stirn. »Hast du nicht gestern noch eine Brille getragen? Ist sie kaputt, soll ich was reparieren?«

»Ich … ähm … Danke, nein. Ich brauche sie eigentlich nur zum Lesen«, starte ich einen schwachen Versuch, mich zu erklären.

Jeff runzelt kurz die Stirn, dann hebt er einen Mundwinkel. »Ich muss sagen, ohne Brille siehst du noch viel heißer aus.«

Ich gebe zu, nach Daniels harter Ansage vorhin sind Jeffs Worte Balsam für meine Seele. Ich will mich gerade zu einer entsprechenden Antwort hinreißen lassen, doch Daniel schneidet mir scharf das Wort ab.

»Verschiebt eure Turteleien auf später, wir haben was zu besprechen.«

»Daniel hat recht. Das Lachen wird euch gleich vergehen, wenn ihr hört, was Mr. Halliwax uns gerade erzählt hat«, stimmt Rita zu und stellt jeweils einen mit Eiern und Gemüse gefüllten Teller vor mir und Jeff ab.

»In der Tat, Kinder«, pflichtet der alte Mann ihr bei.

Bei dem Wort *Kinder* rollt Jeff mit den Augen, sagt aber nichts.

Mr. Halliwax fährt ungerührt fort: »Rita hat mir erzählt, welchen Weg ihr gehen wollt. Aber das ist verrückt! Ihr wollt der Straße folgen, die von hier nach NNY führt. Das ist viel zu gefährlich, denn die Noahs wissen genau, dass sich ihr Futter dort langbewegt. Ihr hättet eure Munition verschossen, noch bevor ihr den Schutzkreis von NNY erreicht.«

»Was schlagen Sie vor?«, fragt Daniel, der sich mir gegenübersetzt.

»Auch wenn es etwas länger dauert, würde ich einen Umweg nehmen. Lasst die Straße links liegen, haltet euch auf den Feldern und umgeht die Wälder.«

»Das kostet uns mindestens einen Tag«, wirft Jeff ein. »Außerdem kommen wir so nicht an irgendwelchen Schutzhütten vorbei, zumindest an keinen, die ich kenne ...«

»Quatsch mit Soße! Es gibt genug alte Bauernhöfe oder Fabriken, in denen ihr übernachten könnt. Wenn ihr euch auf den Feldern haltet ... aber ich habe euch nichts vorzuschreiben. Macht, was ihr wollt.« Damit ist das Thema für Mr. Halliwax durch und er widmet sich der Vertilgung seiner gebratenen Eier.

Wenig später stehen wir mit geschultertem Gepäck vor dem großen Haus.

»Also ...« Rita schaut in die Runde. »Was machen wir jetzt? Welchen Weg wollen wir gehen?«

»Ich bin immer noch dafür, auf der Straße zu bleiben«, meint Jeff. »Da wissen wir, woran wir sind, und können unsere Rastpunkte gut planen.«

»Aber Mr. Halliwax hat recht, die Noahs werden sich dort in Massen herumtreiben, jetzt, wo die Straße nicht mehr regelmäßig gesäubert wird«, wirft Rita ein. »Ich bin dafür, wir halten das Risiko so gering wie möglich. In NNY werden wir auf genügend dieser Biester treffen. Außerdem treibt uns doch nichts. Dieser eine Tag mehr oder weniger …«

Ich schaue von Jeff zu Rita und dann zu Daniel, der hinter ihr steht. Er erwidert meinen Blick und ich kann förmlich in seinen Augen lesen, was er denkt: *›Doch, uns treibt eine Menge – und zwar du!‹*

Im Kopf gehe ich kurz durch, wann ich infiziert wurde und wie lange es noch bis zu meiner endgültigen Verwandlung dauert. Fest steht für mich, dass ich Claire vorher noch einmal besuchen will, aber auch weit genug von Paddingtown weg sein möchte, wenn es so weit ist. Nach dem, was Jeff uns über die Reisedauer erzählt hat … Doch, es müsste zu schaffen sein!

»Ich gebe Jeff recht«, sagt Daniel. »Der direkte Weg ist der bessere.«

»Wir gehen über die Felder«, beschließe ich laut. Daniel will etwas erwidern, doch ich rede einfach weiter. »Es ist *meine* Mission. Ihr könnt mir weiter folgen oder es lassen. Und ich gehe kein zusätzliches Risiko ein.«

Ohne auf eine Antwort zu warten, marschiere ich in die entgegengesetzte Richtung zu der, aus der wir gestern gekommen sind. Rita ist sofort neben mir und grinst über beide Ohren. Nach einigen Metern schließen auch die Jungs zu uns auf, wenngleich ihre Mienen deutlich finsterer sind.

In einiger Entfernung kann ich die geteerte Straße erkennen. Ein Schild ist dort aufgestellt, wo der kleine Trampelpfad von Mr. Halliwax' Haus darauf trifft. Dank meiner neuen Supersehkraft kann ich es sogar auf eine Distanz von fünfzig Metern entziffern: Nach rechts geht es in Richtung Paddingtown, nach links führt die Straße nach NNY. Ich folge ihrem Verlauf mit den Augen. Es dürfte kaum ein Kilometer sein, der noch über freies, einsehbares Gelände führt, eh sie in einem größeren Waldgebiet verschwindet.

»Wir können den Wald südlich umgehen«, schlägt Jeff vor, der sich mit dem neuen Plan schnell angefreundet hat. »Über das Feld würden wir sich nähernde Noahs zeitig genug sehen, um im Notfall in den Wald und auf die Bäume zu flüchten.«

»Beschlossen und verkündet«, sage ich und lenke meine Schritte über die Straße hinweg.

Mehrere Stunden marschieren wir über das zugewachsene Feld, dessen Gräser uns teilweise bis zur Hüfte reichen. Dabei sprechen wir kein Wort. Die Anspannung ist spürbar, jetzt, wo wir den halbwegs sicheren Ring um Paddingtown verlassen haben und jederzeit mit einem Angriff rechnen müssen.

Rita ist die Erste, die zu schnaufen beginnt, was mich ziemlich verwundert. Gestern hat sie locker mitgehalten, nebenbei noch mit Jeff gestritten und mit Daniel geturtelt. Wahrscheinlich fehlt ihr heute einfach die Ablenkung, während wir uns nur auf unsere Schritte und die Umgebung konzentrieren.

Auch mir geht die Puste langsam aus, als das Feld zusätzlich beginnt, anzusteigen. Doch Daniel treibt uns unerbittlich voran. Nicht mal zum Essen halten wir an, das erledigen wir nebenbei.

Das einzig Gute an diesem Tag ist, dass wir keinen einzigen Noah zu Gesicht bekommen.

Am Nachmittag kann Rita sich nicht länger zurückhalten und beginnt lautstark zu protestieren. »Wenn ihr wollt, dass ich morgen auch nur einen Schritt mache, solltest du uns schleunigst eine Bleibe für die Nacht suchen«, faucht sie ihren Bruder an.

»Ich kenne mich hier auch nicht aus. Alles, was ich von der Gegend weiß, beschränkt sich auf den Bereich nahe der Straße«, antwortet er gereizt.

Wir sind alle erschöpft von der Wanderung und ich gebe Rita insgeheim recht. Auch meine Beine melden jetzt schon einen Muskelkater an. Ich schirme meine Augen mit einer Hand ab und schaue mich um.

»Da vorn, ist das eine Hütte?«, frage ich die anderen, als mir ein brauner Fleck in dem hohen Gras auffällt.

Jeff holt sein Fernglas hervor und sieht in die Richtung, in die ich zeige.

»Tatsache«, bestätigt er meine Vermutung. »Mensch, Cassy, gestern noch Brillenschlange und heute ein Adlerauge. Ich hätte die bestimmt nicht entdeckt.«

Jeff sieht mich skeptisch an, doch bevor er weiter nachbohren kann, stößt Daniel ihn in den Rücken. »Na, dann wissen wir ja, wo wir nächtigen.«

Die Hütte ist näher, als wir denken. Schon nach einer halben Stunde weiterem straffen Laufen kommen wir an. Leider ist sie auch kleiner als erwartet. Sie ist mehr eine Art Schuppen, der wohl von einem Bauerngut übrig geblieben ist, das hier mal gestanden hat.

Anscheinend sind wir nicht die Ersten, denen sie als Unterschlupf dienen soll. Die Fenster sind von innen vernagelt und auch die Tür macht einen soliden Eindruck. Gelüftet wurde hier allerdings schon lange nicht mehr, bei dem modrigen Geruch, der uns beim Öffnen entgegenschlägt. Trotzdem sind wir froh, sie entdeckt zu haben.

Der Innenraum ist groß genug, dass wir uns alle auf den Boden legen können. Aber zunächst lassen wir die Tür noch weit geöffnet, um etwas frische Luft hinein zu bekommen, und entzünden ein kleines Feuer vor dem Schuppen. Rita zaubert zwei Konservendosen mit Suppe aus ihrem Rucksack hervor, die sie darüber erwärmt und auf vier kleine Emailleschüsseln aufteilt.

Geschmacklich ist es kein Vergleich zu den Mahlzeiten der letzten Tage, aber ich habe schon bei Weitem schlechter gegessen. Außerdem füllt es den Magen und das ist alles, was zählt.

Die Sonne ist noch nicht untergegangen und das Feuer glimmt noch vor sich hin, als wir uns ins Innere der kleinen Hütte zurückziehen.

»Ihr Mädchen könnt euch gern schlafen legen«, sagt Jeff und verriegelt die Tür von innen. »Wir Männer übernehmen die Wache.«

»Gute Idee, du männlicher Mann«, prustet Rita. »Dann kannst du gleich damit anfangen.« Sie lässt sich in einer Ecke des kleinen Raumes nieder und zieht Daniel mit sich nach unten.

Bereitwillig legt er einen Arm um sie und zieht sie dicht an sich. Schon hängt sie halb über ihm und küsst ihn innig.

Jeff verzieht das Gesicht. »Wehe, ihr macht irgendwelche schweinischen Sachen!«

Daniel lacht, schiebt Rita aber von sich und bringt sie mit sanftem Druck dazu, sich hinzulegen. »Dein Bruder wird sonst unruhig, kennst ihn doch«, raunt er ihr zu, während er sich von hinten an sie schmiegt.

»Pfui, Gott sei Dank ist es bald dunkel«, kommentiert Jeff das Ganze und bezieht Position neben der Tür.

Dann ist Ruhe.

Rita seufzt leise, kuschelt sich noch enger an Daniel und schließt die Augen.

Auch ich bin fix und fertig und froh darüber, mich endlich ausruhen zu können. Ich habe mich in der Ecke gegenüber dem Eingang hingelegt. Genau so, dass ich Jeff und die Tür, aber auch Daniel und Rita gut im Blick habe.

Draußen wird es zunehmend düsterer und in der Hütte verschwimmen die Konturen.

Ritas Atmung geht langsam und regelmäßig. Anscheinend ist sie schon eingeschlafen. Anders Daniel, wie ich bemerke, als ich zu den beiden hinüberschaue. Er hat die Augen weit geöffnet und … starrt mich an.

Kein Zweifel, so dunkel ist es noch nicht, dass ich nicht erkennen würde, dass sein Blick direkt auf mich gerichtet ist. Auf seiner Stirn zeichnet sich wieder diese Falte ab, die er immer hat, wenn er nachdenkt.

Zu gern würde ich jetzt in seinen Kopf schauen können …

Im Schlaf bewegt sich Ritas Hand suchend. Er greift danach, zieht sie noch fester an sich und küsst ihren Scheitel. Dann schließt auch er die Augen.

Ich drehe mich um und starre die Wand an. Nach dem, was ich heute Morgen mit anhören durfte, ist es mir den ganzen Tag nicht schwergefallen, Daniel zu ignorieren. Ihn aber jetzt mit Rita rumschmusen zu sehen, kann und will ich mir nicht antun. Dabei geht es nicht einmal um Daniel, sondern mehr um die Tatsache, dass ich niemals das Glück erleben werde, das die beiden teilen.

Ich versuche, meine Gedanken zu etwas anderem zu lenken. Wie es Claire wohl gerade geht? Ich hoffe, die Medikamente haben angeschlagen. Dann ist sie mittlerweile bestimmt aus ihrem Koma aufgewacht. Wie sie es wohl aufgenommen hat, dass ich sie zurückgelassen habe?

Während ich so nachgrüble, gleite ich langsam in einen unruhigen Schlaf.

TAG 24

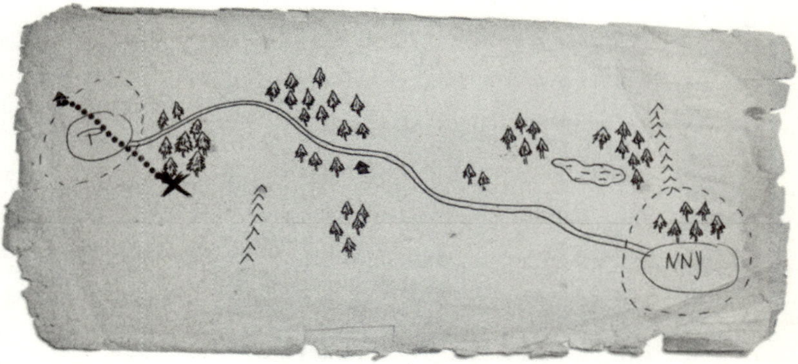

Es ist noch stockdunkel, als jemand sachte an meiner Schulter rüttelt.

Erschrocken fahre ich hoch.

»Shhhh«, macht Jeff. »Bleib ganz ruhig.«

Benommen versuche ich, die Situation zu erfassen. Warum hat er mich geweckt?

Da fallen mir raschelnde Geräusche außerhalb der Hütte auf. Irgendetwas schleicht da draußen herum.

»Was ist das?«, flüstere ich so leise wie möglich.

Jeff zuckt mit den Schultern. »Im besten Fall ein Fuchs, könnte aber auch ein Noah sein.«

Ich reibe mir über das Gesicht. Trotz der Dunkelheit kann ich Rita gut erkennen, die mit angezogenen Knien neben mir hockt. Scheinbar hat nicht nur meine Sehstärke zugenommen, sondern auch meine Fähigkeit zur Nachtsicht.

Jeff richtet sich wieder auf, stellt sich vor uns und legt das Gewehr an, dessen Lauf auf den Eingang gerichtet ist.

Direkt daneben hat sich Daniel aufgebaut. In seinen Händen liegt die Axt, bereit zum Schwung, sollte sich die Tür wider Erwarten öffnen.

Abermals höre ich ein Rascheln von draußen, gefolgt von einem Kratzen an einem der vernagelten Fenster.

Rita stößt ein leises Keuchen aus. Sie hat panische Angst, das ist ihr anzusehen. Ich rutsche zu ihr hinüber und nehme ihre Hand. Viel zu fest erwidert sie den Druck und schaut mich dankbar an.

Ein plötzliches Rütteln an der Tür lässt uns beide zusammenfahren und eh ich mich versehe, hat Rita ihre Arme um mich geschlungen. Mein Herz klopft vor Angst so sehr, dass es wehtut. Das klang nicht wirklich nach einem Fuchs!

Über Ritas Schulter sehe ich, wie Jeff den Hahn des Gewehrs spannt. Doch Daniel schüttelt demonstrativ den Kopf.

Noch einmal rüttelt jemand – oder etwas – an der Tür. Dann folgt ein Laut, der entfernt an menschliche Sprache erinnert. Es ist eindeutig ein Noah, der gerade versucht, zu uns hineinzukommen.

Rita zittert am ganzen Körper und ihre Panik überträgt sich auf mich. Ich kneife die Lider zusammen, in Erwartung, dass dieses

Biest jeden Moment hereinstürmt oder Jeff einen unüberlegten Schuss abfeuert. Aber nichts geschieht.

Im Gegenteil: Den Geräuschen von draußen nach zu urteilen, entfernt sich der Noah von der Hütte.

Einige Minuten lang wagt keiner von uns, sich auch nur einen Millimeter zu bewegen. Dann, wie als Zeichen, dass es sicher ist, lässt Daniel die Axt sinken. Auch Jeff sichert das Gewehr.

Sanft schiebe ich Rita von mir. »Er ist weg.«

Daniel kommt zu uns, geht neben uns auf die Knie und legt jeder eine Hand auf die Schulter. »Alles in Ordnung mit euch?«

In seinem Blick liegt echte Sorge, auch als er mich ansieht, sodass mir warm ums Herz wird. Daran kann nicht mal etwas ändern, dass er die Hand sofort zurückzieht, als hätte er sich an mir verbrannt.

»Das war ein Noah … oder?«, stammelt Rita noch immer vollkommen aufgelöst und wirft sich nun an Daniels Hals.

»Jap«, bestätigt Jeff.

»Aber er ist weg«, versucht Daniel, Rita zu beruhigen. »Ich glaube auch nicht, dass er uns gewittert hat, sonst hätte er viel energischer versucht, hier einzudringen.«

Mühsam stehe ich auf und merke sofort, dass meine Beine sich anfühlen wie Pudding. Wenn ich mich nicht gleich irgendwo festhalten kann, werde ich einfach wieder zusammensacken.

Da ist plötzlich Jeff neben mir. Das Gewehr noch in der Hand, legt er die Arme um mich und zieht mich an sich. Normalerweise hätte ich ihn zurückgestoßen, doch jetzt bin ich dankbar, dass er mich hält. Ich lege meine Arme um seine Taille und spüre, wie er seine Wange auf meinen Scheitel legt.

»Schon okay, Cassy ...«, murmelt er in mein Haar, als ich anfange zu zittern.

Während wir uns in unmittelbarer Gefahr befunden haben, waren meine Muskeln gespannt wie Drahtseile. Doch jetzt, wo sich das Adrenalin aus meinem Körper zurückzieht, fühle ich mich zerbrechlich wie ein Strohhalm und die beruhigende Umarmung von Jeff droht jede Schleuse in mir zu öffnen. Ich spüre, wie mir Tränen in die Augen steigen, und presse erneut die Lider zusammen. Nicht nur ein Kuss von mir, sondern auch eine starke Schulter zum Ausweinen ist gefährlich für Jeff. So gut seine Nähe gerade tut, ich kann sie nicht zulassen.

Sanft, aber bestimmt mache ich mich von ihm los.

»Er war allein«, durchbreche ich mit rauer Stimme das bedrückende Schweigen. »Vielleicht nur ein Kundschafter.«

»Wenn er mit seinem Rudel zurückkommt ...«, Jeff tätschelt das Gewehr, »werden wir sie gebührend empfangen. Keine Angst, kleine Cassidy. Wir passen schon auf euch auf!«

Nachdem der Noah geklopft hat, hat in dieser Nacht niemand von uns mehr schlafen können, auch wenn es keine weiteren Störungen gab. Als endlich die Sonne aufgeht und die Gefahr herumziehender Noahs damit sinkt, sind wir alle erleichtert.

Trotzdem halten Jeff und Daniel ihre Waffen im Anschlag, während sie die Tür entriegeln. Selbst als sie feststellen, dass die Luft rein ist, stecken sie sie nicht weg.

»Gut, dass wir Mr. Halliwax' Rat beherzigt haben«, gibt Daniel zu. »Mit Sicherheit war der Noah heute Nacht ein Späher für eine Gruppe, die in dem Wald dort lebt.«

»Wir können von Glück reden, dass wir nicht die Ersten waren, die hier übernachtet haben«, meint Jeff. »Scheinbar war unser Geruch nicht so intensiv, dass er dem Noah aufgefallen ist, da es hier immer ein bisschen nach Mensch riecht. Sonst wäre er wohl kaum einfach so wieder abgezogen.«

Rita ist immer noch blass und sehr wortkarg, während wir, so schnell es geht, unser Zeug zusammenraffen.

Auch wir Mädchen lassen unsere Schleudern nicht im Rucksack, sondern schieben sie griffbereit unter den Hosenbund. Nachdem wir unsere Taschen mit ein paar Steinchen Munition bestückt haben, machen wir uns auf den Weg.

Wider Erwarten verläuft der Tag ruhig. Wir gönnen uns unterwegs zwei kleine Pausen, wobei immer einer von uns den Waldrand im Blick behält.

Bei der zweiten Rast nimmt Daniel Rita, die noch immer kaum ein Wort spricht, zur Seite. Er unterhält sich eindringlich mit ihr, wobei ich nur Fetzen des Gesprächs verstehe. Scheinbar macht er ihr in aller Deutlichkeit klar, dass die Geschehnisse der letzten Nacht noch harmlos waren gegen das, was uns in NNY erwartet, und sie sich zusammenreißen muss.

Jeff bleibt den ganzen Tag an meiner Seite. Ab und zu unterhalten wir uns leise. Da ich befürchte, er könne in die verzweifelte Umarmung zu viel hineininterpretieren, gebe ich ihm unmissverständlich zu verstehen, dass es nichts zu bedeuten hatte.

Er sehe das genauso, meint er, was ihn aber nicht davon abhält, ständig mit mir zu flirten – mal äußerst charmant, dann wieder anzüglich.

Ich kann nicht durchschauen, was er damit bezweckt. Hat er wirklich Interesse an mir oder sucht er nur nach einem kleinen Abenteuer?

Was auch immer es ist, Jeffs Avancen sorgen zumindest dafür, dass ich mich nicht mit Daniel auseinandersetzen muss, dessen Miene sich jedes Mal verfinstert, wenn sich unsere Blicke zufällig treffen. Ich habe keine Ahnung, womit ich ihn nun schon wieder provoziert habe, und langsam ist es mir auch egal. Vielleicht hat er einfach seine Tage, falls man das bei Männern auch so sagt.

Für die folgende Nacht finden wir leider keine so gemütliche Bleibe wie den alten Schuppen. Es dämmert bereits, als wir zumindest einen Jägerhochstand entdecken, in dem wir alle Platz haben, wenn auch nur sitzend oder stehend.

Wieder wechseln sich die Jungs mit der Wache ab, während Rita und ich versuchen, zu schlafen. Mit angezogenen Knien hocke ich mich neben sie, Jeff nimmt auf der anderen Seite Platz.

Ich gebe mir alle Mühe, doch obwohl ich hundemüde bin, kann ich nicht schlafen. Irgendwann tut mir der Rücken von der unmöglichen Sitzposition so weh, dass ich aufstehe.

Daniel sieht mich kurz an, als ich mich neben ihn stelle, schaut dann aber wortlos zurück auf den Waldrand.

Auch ich lasse meinen Blick darüber schweifen und stelle überrascht fest, dass ich trotz der Dunkelheit jeden einzelnen Baum genau erkennen kann. Früher wäre mir das nicht mal bei Tag gelungen! Es ist atemberaubend, macht mir aber auch ungeheuerliche Angst.

»Meine Sehkraft wird immer stärker«, wispere ich Daniel zu. Ich muss einfach mit jemandem darüber sprechen.

Er antwortet nicht, aber ich sehe, wie sich seine Kiefermuskeln anspannen.

»Wenn du so weitermachst, wirst du dir irgendwann einen Zahn ausbeißen«, versuche ich, ihn aus der Reserve zu locken.

Es klappt nicht ganz wie erwartet. Zwar huscht ein überraschter Ausdruck über sein Gesicht, als er kapiert, dass ich ihn trotz der Dunkelheit genau sehen kann, doch er hat sich sofort wieder im Griff.

»Dann mach dich nützlich und halte nach deinen Artgenossen Ausschau. Und hör auf, mich zuzuquatschen.«

Mir bleibt der Mund offen stehen. Seit unserer Abreise von Mr. Halliwax sprechen wir zum ersten Mal allein miteinander und er fertigt mich so ab?

»Das Ganze ist echt nicht einfach für mich«, suche ich nach Verständnis.

Doch Daniel blockt ab. »Es ist mir scheißegal, was es für dich ist, Dawson.«

Ich habe keine Worte mehr. Gestern noch sagt er, er will mich beschützen, und heute ist es ihm scheißegal, wie es mir geht. Vielen Dank, du …

Ich nehme meinen Platz neben Rita wieder ein. Auch wenn ich jetzt erst recht nicht schlafen kann – neben Daniel halte ich es keine Minute länger aus!

TAG 23

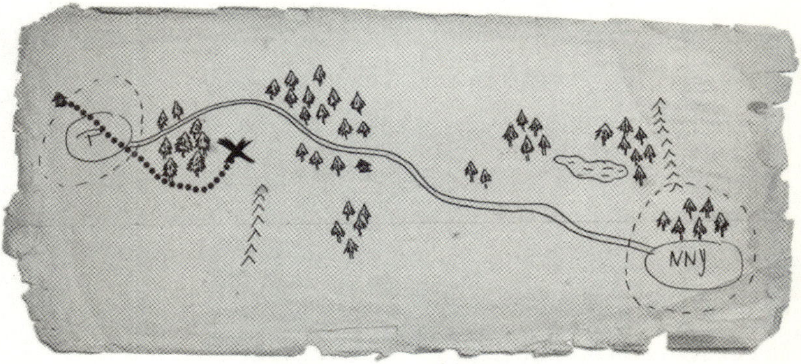

Am nächsten Tag bin ich diejenige, die unsere kleine Gruppe antreibt.

Während ich die halbe Nacht wach gelegen habe, konnte ich viel nachdenken. Ich will diesen Auftrag so schnell wie möglich hinter mich bringen, damit ich genug Zeit habe, mich von Claire zu verabschieden.

Außerdem will ich einfach nur noch weg von Daniel. Mit Rita und Jeff komme ich gut klar, aber er zeigt mir so oft wie möglich, wie groß seine Abneigung gegen mich ist. Blicke, Worte, Gesten – wann immer sich eine Möglichkeit bietet, lässt er es mich spüren.

Gegen Mittag erreichen wir die Ausläufer des Waldes, der zu unserer Linken liegt, und ich kann die Straße wieder sehen. Obwohl sie weit entfernt ist, kann ich einige Hütten an ihrem Verlauf ausmachen – und ebenso die Noahs, die darum herumstromern. Ohne vorerst meine Entdeckung zu erwähnen, lasse ich mir von Jeff das Fernglas geben. Ich muss sie ja nicht noch misstrauischer machen, was mein Sehvermögen betrifft.

Bevor ich die anderen warne, betrachte ich die Bestien kurz. Würden sie sich nicht bewegen, könnte man sie kaum von gesunden Menschen unterscheiden. Sicher, ihre Kleidung ist dreckig und zerschlissen und bei den meisten von ihnen zusätzlich mit Blut besudelt. Ansonsten sehen sie aber nicht viel anders aus als wir – bleiben sie ja nach ihrer Wandlung in der körperlichen Verfassung, in der sie infiziert wurden. Alle Veränderungen, die das Altern mit sich bringt, werden unterbunden: Körperwachstum, Faltenbildung, Bartwuchs oder Haarausfall …

Nein, es ist eher ihr Verhalten, an dem ich schon auf große Distanz erkannt habe, dass es sich um Noahs handelt. Wenn sie auch aufrecht gehen, wirken ihre Bewegungen hektisch und aggressiv. Und auch ihre Interaktionen untereinander erinnern irgendwie mehr an Tiere. An ein Rudel Wölfe zum Beispiel, das sich um die frisch erlegte Beute oder den besten Platz in der Sonne streitet.

Bei diesem *Rudel* vor uns kann ich Frauen und Männer, Alte und Junge erkennen. Nur Kinder sieht man nie unter ihnen. Noahs selbst sind unfruchtbar, das weiß ich von meiner Mutter. Warum sie aber keine Menschenkinder infizieren, ist mir ein Rätsel. Vielleicht fressen sie diese ja, selbst wenn sie zu einem Noah geworden sind …

»Die Straße wird von Noahs belagert«, sage ich schnell, um mich davon abzubringen, diesen Gedanken weiterzuverfolgen.

»Das ist ein Problem«, überlegt Jeff laut, der die Karte in der Hand hält. Er deutet nach vorn. »Wenn wir diesen Hügel überquert haben, geht es steil runter. Ohne Kletterausrüstung kommen wir da nicht weiter. Wir müssen auf die Straße.«

»Können wir nicht drum herum?«, schlägt Rita vor.

Jeff überlegt. »Machbar wäre es, aber wir würden noch weiter vom Kurs abkommen und damit noch mehr Zeit verlieren.« Als er sieht, dass Rita dem bereits zustimmen will, fügt er hinzu: »Und dann wird unser Proviant nicht reichen. Er ist jetzt schon so knapp, dass wir in NNY nach Nachschub suchen müssen.«

Daniel wirft ebenfalls einen Blick auf die Karte. »Wie lange müssen wir der Straße folgen?«

»Etwa acht Kilometer. Bei unserem Tempo… vielleicht zwei Stunden oder so …«

»Schaffen wir das im Hellen?«, will ich wissen.

»Müssten wir, wenn wir ohne Komplikationen durchkommen.«

Betreten schauen wir uns an. Zu meiner Überraschung ist es Rita, die den Startschuss gibt.

»Dann mal flinke Füße!«

Als der kleine Berg vor uns auftaucht, lenken wir unsere Schritte nach links in Richtung Straße, wobei wir feststellen, dass sie neben dem Berg abermals in einem Waldstück verschwindet.

»Sollte irgendetwas passieren«, weist Jeff uns an, bevor wir uns der Straße nähern, »flüchtet ihr auf die Bäume und kommt erst wieder runter, wenn ihr hundertprozentig sicher seid, dass es ungefährlich ist.« Er hält uns die Karte unter die Nase. »Einige Kilometer hinter dem Berg liegt rechts der Straße ein altes Wirtshaus, das zur Schutzhütte umgebaut wurde. Das ist unser Treffpunkt, sollten wir uns verlieren.«

Von nun an schweigen wir und lauschen stattdessen auf jedes kleine Geräusch in unserer Umgebung.

Etwas später betreten wir die Straße. Aufmerksam schaue ich in beide Richtungen, aber die Luft scheint rein zu sein. Mit zügigen Schritten gehen wir den asphaltierten Weg entlang. Es tut gut, endlich mal wieder gehen zu können, ohne dass sich einem ständig irgendwelche Pflanzen um die Beine wickeln oder man aufpassen muss, nicht in ein Erdloch zu treten. Wir können ordentlich Tempo aufnehmen.

Erst im Schatten der Bäume verlangsamen wir unsere Schritte wieder, um durchzuatmen. Natürlich begeben wir uns jetzt auf gefährliches Terrain, aber gleichzeitig genießen wir auch die angenehme Kühle, die hier herrscht. Nach tagelangem Marsch in brennender Sonne fühlt es sich hier an wie ein Spaziergang.

Es ist so angenehm, dass ich meine Entscheidung, abseits der Wälder zu laufen, am liebsten revidieren würde. Die kühle, fast feuchte Luft, das Zwitschern von Vögeln und das entspannte Laufen auf Asphalt vermitteln den Eindruck perfekter Harmonie.

Mahnend rufe ich mir ins Gedächtnis, dass dies hier auch der Lebensraum unserer größten Feinde ist – also der Feinde meiner Begleiter. Mir können sie ja eigentlich nichts mehr anhaben.

Ich beobachte Jeff, Rita und Daniel, die vor mir gehen. Ihre Haltung wirkt ähnlich entspannt, wie ich mich fühle, obwohl selbst Rita ihre Schleuder bereits in der Hand trägt. Mit der anderen hat sie Daniels Finger umschlossen.

Es versetzt mir einen kleinen Stich, als ich das sehe. Mein Gott, bin ich wirklich eifersüchtig? Worauf denn bitte? Sicher nicht darauf, dass sie mit dem größten Arsch aller Zeiten Händchen halten darf! Es ist wohl eher die Geste an sich, die ich beneide …

Mein Blick fällt auf Jeff, der einen Schritt hinter ihnen geht. Er hat das Gewehr über die Schulter gelegt. Sein anderer Arm baumelt frei neben dem Körper. Die Finger sind locker geöffnet, fast als würde er darauf warten, dass ich nach seiner Hand greife.

Ob ich es einfach tun sollte? Mein Gewissen antwortet sofort mit einem strikten Nein. Zum einen würde ich ihm damit ein eindeutiges Zeichen geben, ein eindeutig falsches! Seit der Umarmung flirtet er sowieso ständig mit mir, da muss ich nicht noch Öl ins Feuer gießen.

Zum anderen, und das ist das stärkere Argument, vergesse ich wohl schon wieder die Ansteckungsgefahr. Obwohl man ja beim Händchenhalten nicht unbedingt Körperflüssigkeiten austauscht. Doch ein kleiner Schnitt an seinem Finger, gepaart mit einem Schweißtropfen von meiner Hand … Er würde es nicht einmal bemerken, bis er ebenfalls anfängt, sich zu verändern.

Ich bin so in meine Gedanken vertieft, dass ich fast in Daniel hineinlaufe, als dieser abrupt stehen bleibt. Da hätte ich mir ja wieder was anhören können!

Er schaut sich um und ich bemerke erst jetzt, wie angespannt er plötzlich ist. Irgendetwas hat ihn alarmiert.

Sekunden später taucht der Grund dafür auf: Drei Männer springen aus den Büschen am Straßenrand hervor. Erschrocken wirble ich herum, aber da stehen bereits drei weitere hinter uns und versperren den Rückzug.

Ich bin wie gelähmt und Rita stößt einen spitzen Schrei aus.

»Halt's Maul!«, blafft einer der Männer sie an.

Erleichterung durchströmt mich und löst meine Starre. Es handelt sich nicht um Noahs, deren Sprache versteht man nicht! Allerdings heißt das noch lange nicht, dass wir uns nicht in Gefahr befinden, denn die Männer sind bis an die Zähne bewaffnet, mit Messern und mit Nägel gespickten Brettern.

Das müssen Wegelagerer sein, schießt es mir durch den Kopf. *Aber was wollen die von uns?*

»Her mit euren Waffen und den Rucksäcken«, meint ihr Anführer, als hätte er meine Gedanken gelesen.

Mit grimmigem Blick legt Jeff das Gewehr auf ihn an. »Vergiss es. Ihr lasst uns durch, sonst knallt es gleich!«

Wenngleich seine Stimme fest ist, sehe ich, wie Jeffs Finger zittert, während er ihn auf den Abzug legt.

Auch dem Banditen scheint das nicht zu entgehen. »Du drückst eh nicht ab, Kleiner.«

»Willst du es drauf ankommen lassen? Los, aus dem Weg!«

Der Mann hebt die Hände, als wolle er sich ergeben. »Okay, okay. Da haben wir uns wohl mit den Falschen angelegt.« Er tritt zur Seite, seine Kumpanen tun es ihm nach.

Jeff wirkt etwas irritiert, während er uns mit einem Kopfnicken auffordert, uns in Bewegung zu setzen. Ich hätte auch nicht gedacht, dass die Männer so leicht aufgeben. Aber Schusswaffen sind eben ziemlich beeindruckend, wenn sie auf einen gerichtet werden. Deswegen sind sie auch so begehrt.

Leider ist es genau diese Tatsache, warum sie uns nicht einfach ziehen lassen. Ich will gerade den ersten Schritt machen, da legt sich ein Arm um meinen Hals.

Während wir uns vollkommen auf die Männer vor uns konzentriert haben, konnte sich mir einer der anderen von hinten nähern und hält mir jetzt ein Messer an die Kehle.

»Gewehr runter«, brüllt er Jeff so laut an, dass ein Vogel in den Bäumen neben uns erschrocken aufflattert.

Ich wage kaum, zu atmen, geschweige denn, zu schlucken, da ich die kalte Klinge auf meiner Haut spüre.

Beiß zu, reiß ihm ein Stück Fleisch aus der Hand.
Bestimmt schmeckt er widerlich, so wie er stinkt, aber
den Magen füllt er allemal.

Was zum Teufel denke ich da? Okay, vielleicht könnte ich mich wirklich befreien, wenn es mir gelingt, ihn zu beißen. Aber den Magen füllen? Ich will ihn doch nicht fressen ... Oder doch?

Oh nein, ist das etwa der Noahinstinkt, der da gerade erwacht?

Ich verdränge den Gedanken und das damit verbundene Gefühl, so gut es geht. Der Typ wird mir ohnehin gleich den Hals aufschneiden, wenn wir nicht tun, was er will.

Jeff lässt das Gewehr sinken, auch ihm ist das wohl bewusst.

Rita hingegen ist noch lange nicht bereit, sich zu ergeben. Blitzschnell reißt sie ihre Schleuder nach oben und pfeffert dem Kerl, der mich festhält, einen Stein an den Kopf.

Dieser brüllt vor Schmerz auf und lässt mich tatsächlich los, auch wenn das Messer mir dabei die Haut aufritzt. Der Schnitt brennt und ich spüre ein Rinnsal warmen Blutes meinen Hals hinablaufen. Aber die Verletzung fühlt sich nicht tief an.

Ich kann mich jetzt sowieso nicht darum kümmern. Wenn wir auch nur eine Chance haben, hier wegzukommen, dann jetzt. Ruckartig stoße ich meinen Ellbogen nach hinten und mache mich damit vollkommen frei.

»Lauft!«, brüllt Daniel, der sich bisher auffällig ruhig verhalten hat. Jetzt schwingt er die Axt, die die ganze Zeit schon in seiner Hand lag, und treibt die Angreifer damit auseinander.

Der Ausweg, der damit frei wird, führt zwar in den Wald, doch das ist erst mal egal. Hauptsache weg von hier!

Wir sprinten los, hinein in das Dickicht

»Haltet diese Bälger auf!«, schreit der Anführer der Wegelagerer wutentbrannt.

Schon höre ich, wie sie uns nachjagen. Ich renne, so schnell ich kann, sehe nicht nach links oder rechts und drehe mich schon gar nicht um. All das würde nur Zeit kosten und ich befürchte, über eine Wurzel zu stolpern, wenn ich den Blick vom Boden nehme.

Plötzlich ertönt ein lauter Knall. Jeff muss nun doch geschossen haben. Zumindest hoffe ich, dass er es war …

Die Geräusche in meinem Rücken ändern sich, werden weniger. Aber mindestens eine Person ist noch hinter mir her und ich kann nicht deuten, ob es Freund oder Feind ist. Also laufe ich einfach weiter ziellos in den Wald hinein.

Bald schon bekomme ich fieses Seitenstechen. Ich bin das Wegrennen zwar aus der Zeit mit Claire gewohnt, aber die Strapazen der letzten Tage haben meine Kondition geschwächt. Kurzerhand entschließe ich, mich zu verstecken.

Ich packe einen tief hängenden Ast, ziehe mich daran nach oben und greife sofort nach dem nächsten, sodass ich innerhalb weniger Sekunden etwa drei Meter über dem Erdboden zwischen dichten Blättern verborgen bin. Klettern liegt mir einfach!

Ich spähe nach unten, wo mein Verfolger gerade auftaucht. Tatsächlich ist es einer der Wegelagerer. Direkt unter mir bleibt er stehen und sieht sich suchend um.

Ich entsende ein stummes Gebet, dass er jetzt nicht nach oben schaut.

»Wo ist diese kleine Schlampe ...«, murmelt er.

»Ringo, wir müssen umkehren«, ruft plötzlich jemand, den ich nicht sehen kann.

»Nicht, solange wir nicht wenigstens einen von denen haben«, weigert sich Ringo.

»Scheiß doch drauf. Peter hat einen Schuss abgekriegt, wir müssen uns erst mal um ihn kümmern. Das Blut werden die meilenweit riechen! Die Bälger kommen nicht weit, Gewehr hin oder her.«

Ringo nuschelt etwas in seinen stoppeligen Bart. Dann dreht er sich um und verschwindet in die Richtung, aus der wir gekommen sind.

Ich bleibe regungslos sitzen und atme so flach, wie es mir nach der Hetzjagd möglich ist. Erst als die Vögel um mich herum ihren Gesang wieder aufnehmen, wage ich es, mich zumindest etwas bequemer auf den Ast zu setzen.

Mit einem Blick an mir herab bemerke ich, dass mein schönes weißes Shirt voller Blutspritzer ist. Vorsichtig betaste ich die Wunde an meinem Hals. Mein Blutdruck muss so hoch sein, dass sie sich noch nicht schließen konnte, denn meine Fingerspitzen sind klebrig feucht, als ich die Hand sinken lasse. Gerade will ich meinen Rucksack absetzen, um darin nach irgendetwas zu suchen, das ich auf die Wunde pressen kann, da ertönt ein Knacken ganz in der Nähe.

Wieder halte ich die Luft an, doch es ist keiner der Wegelagerer, der unter mir auftaucht, sondern …

»Daniel!«

Er fährt vor Schreck zusammen, als ich nach ihm rufe, sieht aber sofort zu mir auf.

»Dawson.« Erleichterung schwingt in seiner Stimme. »Bleib dort, ich komme hoch.« Ähnlich behände wie ich klettert er den Baum nach oben, bis er auf einem Ast unter mir steht und sich gegen meinen lehnt, um sich zu stabilisieren. Sein Gesicht ist blass und Schweißperlen glänzen darauf. »Ist dir was passiert?«

Ich schüttle den Kopf, fasse aber unwillkürlich an meinen Hals.

»Lass mal sehen.« Er beugt sich zu mir und begutachtet meine Wunde. »Dieser Bastard«, brummt er. Dann nimmt er mir meinen Rucksack aus der Hand, holt mein Tanktop hervor und reicht es mir.

Dass er so besorgt um mich ist, überrascht mich. Vorsichtig wische ich das Blut von meinem Hals und betupfe die Wunde.

Er runzelt die Stirn, während er genau beobachtet, was ich tue. Seine Kiefermuskeln spannen sich schon wieder an. Ich erwarte, dass er sich jeden Moment von mir zurückzieht und anfängt, mir die Schuld an allem zu geben – so wie er es jedes Mal tut, wenn ihm bewusst wird, was ich bin.

Aber er rührt sich nicht, sondern bleibt nah bei mir stehen. »Hat er dir sonst irgendwie wehgetan?«

Erst jetzt begreife ich, dass sich seine Wut dieses Mal nicht gegen mich, sondern gegen die Kerle richtet, die uns überfallen haben. Vor allem gegen den, der mich verletzt hat …

»Nein, alles in Ordnung«, beruhige ich ihn, wobei ich mir ein Lächeln nicht verkneifen kann. Er macht sich echte Sorgen um mich.

Abermals kramt er in meinem Rucksack und holt eine Wasserflasche hervor. »Du solltest die Wunde ausspülen, damit sie sich nicht entzündet.«

Ich tue, was er sagt. Verärgert stelle ich fest, dass mein Herz schon wieder schneller schlägt. Dummes Herz … Hat es vergessen, wie gemein Daniel sonst zu mir ist?

Als ich fertig bin, verstaue ich die Wasserflasche wieder. Das Shirt werfe ich weg, es ist ohnehin versaut. Dann klettern wir von dem Baum.

»Rita hat uns den Hintern gerettet«, sage ich mit gesenkter Stimme, um niemanden auf uns aufmerksam zu machen, der sich vielleicht noch in der Nähe aufhält. »Nachdem sie gestern halb durchgedreht ist, hätte ich ihr eine so verwegene Aktion gar nicht zugetraut.«

»Sie hat zwar eine militärische Grundausbildung hinter sich, wie alle Kinder, die in der Kolonie aufwachsen, hat Paddingtown aber vorher noch nie verlassen«, erklärt Daniel.

»Sie ist also noch nie einem Noah begegnet?« Damit habe ich nicht gerechnet. »Sie klang, als wüsste sie, worauf sie sich einlässt, wenn sie uns begleitet.«

»Rita hat eine ganz schön große Klappe, genau wie Jefferson. Aber man muss ihnen zugutehalten, dass sie sich sehr schnell mit einer neuen Situation arrangieren, wie Rita vorhin eindrucksvoll bewiesen hat.« Er lächelt kurz, wird aber gleich wieder ernst. »Wir sollten nicht zu lange hier rumstehen.«

»Und was machen wir jetzt? Suchen wir die anderen?«, frage ich unschlüssig, aber er schüttelt den Kopf.

»Wir sehen erst mal zu, dass wir aus diesem beschissenen Wald rauskommen. Rita und Jeff werden dasselbe tun und dann finden wir uns hoffentlich wieder.«

»Okay, also dann müssen wir da lang, glaube ich«, sage ich und deute in eine Richtung.

»Du weißt doch nicht mal annähernd, wo wir sind, nach deiner kopflosen Flucht. Wir gehen da lang.«

»Aber … da geht es wieder zur Straße!«

»Sicher?« Er zieht eine Augenbraue hoch.

»Nun ja … also … fast …«

»Ich traue deinem Urteilsvermögen nicht«, beschließt er und marschiert los, ohne weiter auf mich zu achten.

Mir bleibt also nichts anderes übrig, als ihm hinterher zu trotten, wenn ich nicht allein im Wald enden will. Auch wenn ich ein mulmiges Gefühl dabei habe.

»Schlaf nicht ein«, drängt er schon nach wenigen Metern, obwohl ich ihm dicht auf den Fersen bin.

Wie ich es erwartet habe! Kaum hat er seine Fassung wiedergefunden, schaltet er wieder in den Idiotenmodus. Na ja, das macht es mir zumindest leichter, in seine Sorge nicht zu viel hineinzuinterpretieren. Wahrscheinlich stand er einfach nur unter Schock und hätte selbst einem Noah beruhigend die Hand getätschelt … Okay, hat er ja auch, quasi.

»Ich weiß nicht, warum ich mich beeilen soll, wenn du doch eh in die falsche Richtung gehst«, nörgle ich.

Da bleibt er stehen und sieht mich von oben herab an. »Nenn mir einen guten Grund, warum du davon überzeugt bist.«

Zum Glück fällt mir in diesem Moment ein alter Überlebenstipp meines Vaters ein. »Das Moos«, antworte ich knapp und verschränke die Arme.

»Wie bitte?«

»Moos wächst immer an der Nordseite«, erkläre ich mit einem ›Das weiß doch jeder‹-Tonfall. »Wenn du dir die Bäume mal ansiehst, wirst du feststellen, dass wir nach Süden gehen, direkt auf die Straße zu. Wir müssen aber nach Osten.«

Er blickt sich um. Ein Grinsen huscht über sein Gesicht, eines von der gut aussehenden Sorte. »Nicht schlecht, Dawson. Könnte sogar sein, dass du recht hast.«

»Vielleicht bin ich ja doch nicht die graue Maus, für die du mich hältst«, erwidere ich schnippisch.

Er öffnet leicht den Mund, als wolle er etwas sagen, hält dann aber inne.

Verdammt, das hätte ich mir verkneifen sollen. Jetzt weiß er, dass ich sein Gespräch mit Jeff belauscht habe.

»Vielleicht solltest du jemandem die Führung überlassen, der auch Ahnung vom Leben in freier Natur hat«, sage ich schnell und schiebe mich an ihm vorbei, um ihm gar nicht erst die Gelegenheit zu geben, schon wieder rumzumeckern. Ohne weiteren Kommentar folgt er mir.

Eine ganze Weile wandern wir schweigend durch den Wald, ohne dass die Straße auftaucht. Ich bin felsenfest davon überzeugt, dass wir richtig sind, auch wenn wir noch keinen Ausweg aus diesem Dschungel gefunden haben. Das Areal scheint größer zu sein, als wir gedacht haben.

Ein eigenartiges Geräusch dringt an mein Ohr. Es klingt etwa so, als würde man ganz langsam über eine matschige Wiese gehen. Das kann aber keinesfalls die Ursache sein, da es seit Tagen nicht geregnet hat.

Habe ich mir das nur eingebildet?

Jetzt ist alles wieder ruhig. Doch Daniel ist ebenfalls stehen geblieben und lauscht.

Da! Da ist es wieder – ein Schlürfen oder Schmatzen …

So lautlos wie möglich befreit Daniel seine Axt von ihrem ledernen Schutz und bedeutet mir, ihm zu folgen.

Auch ich ziehe meine Schleuder hervor, man weiß ja nie, und pirsche ihm nach.

Geduckt bewegen wir uns einige Meter durch das Unterholz, bis wir auf die Quelle des Geräusches stoßen.

Es ist ein Noah. Besser gesagt, *eine* Noah.

Ihr Körper gleicht dem einer durchtrainierten Mittdreißigerin mit kupferfarbenem kurzen Haar. Sie kauert auf dem moosigen Boden über etwas, das ich nicht erkennen kann, und wühlt mit ihren Händen darin herum. Ihre blutverschmierten Arme und das rot getränkte Gesicht sind aber Erklärung genug, was sie da tut. Ein ekelerregendes Grinsen legt sich auf ihre Züge, bei dem sie spitze Zähne entblößt. Dann senkt sie ruckhaft den Kopf und das schmatzende Geräusch ertönt erneut.

Der Anblick ist so widerlich, dass mir saure Galle aufsteigt und ich alle Körperbeherrschung aufbringen muss, nicht zu würgen.

Auch Daniel neben mir ist kalkweiß geworden. Einen Noah beim Fressen zu beobachten, ist wohl selbst für ihn eine neue Erfahrung.

Ich versuche, Ruhe zu bewahren, und atme tief ein.

Ein Fehler, denn dadurch kriege ich eine volle Ladung des Geruchs ab, der über der kleinen Lichtung hängt, eine Mischung aus Kot, Blut und … Tod.

Erst jetzt fällt mir auf, dass um die Noah verteilt weitere tote Körper liegen. Einer von ihnen ist der Typ, der mich mit dem Messer bedroht hat. Still bete ich, dass es sich bei den anderen nicht um Rita oder Jeff handelt.

Ein entfernter Schrei durchbricht die Stille. Kein menschlicher, das hört man, sondern wohl der eines weiteren Noahs. Diese da ist also nicht allein.

Ich will mich schon auf den nächstbesten Baum schwingen, doch Daniel hält mich fest und deutet auf die Bestie vor uns.

Meine Angst ist zu groß, um zu registrieren, dass es einer der seltenen Momente ist, in denen er mich berührt. Ich will eigentlich nur weg von hier! Aber ich vertraue ihm und bleibe stehen.

Die Noah hat sich aufgerichtet und fährt sich mit der Zunge über die blutverschmierten Lippen, was ihr Gesicht wie eine abstoßende

Fratze wirken lässt. Niemals werde ich dieses Bild aus meinem Gedächtnis bekommen!

Dann läuft sie los, auf die Straße zu. Ich nehme an, dass der Schrei ein Ruf ihrer Artgenossen war, dem sie nun folgt.

Wir verharren noch, bis wir kein Rascheln mehr hören. »Ich schaue nach, wen sie sich geschnappt hat. Warte hier«, weist Daniel mich an und schleicht auf die Lichtung.

Es graut mir vor dem, was er dort sehen könnte, und ich bewundere seinen Mut. Aber er hat ja recht – eine andere Möglichkeit, als nachzusehen, wer dort liegt, gibt es nicht.

Schon seiner Haltung und seiner Miene kann ich entnehmen, dass es sich nicht um unsere Freunde handelt. Ich könnte heulen vor Erleichterung!

»Das sind die Bastarde von vorhin. Die haben bekommen, was sie verdienen«, flüstert er, als er wieder bei mir ist. »Wir haben verdammtes Schwein, dass dieses Vieh schon satt war, sonst hätte sie dich bestimmt gerochen.«

Daran habe ich gar nicht gedacht. Die Wunde an meinem Hals ist noch sehr frisch und einer sensiblen Noahnase wäre ihr Duft bestimmt nicht entgangen.

»So wie es hier aussieht, hat sie auch nicht allein gewütet. Es sind vier Leichen, wovon eine fast bis auf die Knochen ausgeschlachtet ist. Da haben sich einige Noahs bedient.«

Ich presse mir bei seiner Schilderung die Hand auf den Mund, denn mir kommt schon wieder Galle hoch. »Können wir verschwinden? Sonst kotze ich dir gleich auf die Füße«, bitte ich mit gepresster Stimme, was ihm ein Grinsen entlockt.

»Bisschen sensibel, was, Dawson? Lass mich noch kurz schauen, ob die Noahs etwas Brauchbares von den Typen zurückgelassen haben.«

Das ist zu viel für meinen Magen. Ich wende mich ab, als Daniel beginnt, die Leichen abzusuchen, und übergebe mich – darauf bedacht, dies möglichst leise zu tun.

Ohne weitere Zwischenfälle schaffen wir es aus dem Wald heraus. Wir haben ja auch nichts weiter zu befürchten – die Wegelagerer sind tot und die Noahs pappsatt.

Zunächst kreuzen wir die Straße, gehen dann aber ein Stück entfernt parallel zu ihr weiter, immer am Fuß der Ausläufer des Berges, und erreichen nach einer guten Stunde das Wirtshaus, von dem Jeff gesprochen hat. Gerade noch rechtzeitig, denn es dämmert bereits.

Vorsichtig versucht Daniel, die Tür zu öffnen, aber sie ist verschlossen. Er klopft und ruft. »Rita? Jeff? Wir sind es!«

Ich höre, wie von innen ein Riegel weggeschoben wird, dann schwingt die Tür auf und Rita fällt uns förmlich entgegen.

»Daniel, oh Gott, ich bin so froh, dass ihr lebt!« Stürmisch fällt sie ihm um den Hals.

Schnell lasse ich meinen Rucksack von meinen Schultern gleiten und halte ihn mir wie einen Schutzschild vor den Bauch. Sonst würde mich Rita gleichfalls an sich drücken.

»Lass uns doch erst mal reinkommen«, sagt Daniel, lacht aber dabei. »Ist Jeff auch da?«

»Ich bin hier«, ertönt eine Stimme aus der Hütte.

Wir folgen Rita und betreten den großen Schankraum des Wirtshauses.

Auf einem Stuhl neben der Bar hockt Jeff und hält sich einen Lappen an die Schläfe. Auf seinem Jochbein prangt ein blauer Fleck.

»Einer dieser Affen hat versucht, mir das Gewehr abzunehmen«, erklärt er bei meinem erschrockenen Blick. »Er hat es nicht überlebt.«

Das war also der Schuss, den ich gehört habe.

»Hast du auch was abgekriegt?«, fragt Daniel Rita, die den Kopf schüttelt. »Dann sind die wichtigen Leute ja heil davongekommen.«

»Du Arsch«, brummt Jeff ihn an, muss aber grinsen.

Ich sehe mich in dem großen Raum um. Anders als der Schuppen, wirkt dieses Haus nicht verlassen, sondern eher gepflegt. Das Mobiliar ist halbwegs erhalten und auch nicht sonderlich dreckig. Außerdem liegen einige Decken und sogar Schlafsäcke im Raum verteilt.

»Wir haben erst gedacht, ihr wärt diese Penner aus dem Wald«, erklärt Jeff, während Rita gewissenhaft die Tür verriegelt. »So wie es aussieht, ist das hier ihr Hauptquartier. Wir müssen also damit rechnen, dass sie bald auftauchen. Dann wird es ungemütlich – schließlich habe ich ihren Boss abgeknallt.«

Deswegen ist hier also alles so ordentlich. Das Haus wird tatsächlich bewohnt.

»Ich glaube, um die Typen müssen wir uns keine Sorgen machen. Dafür wissen wir jetzt, dass hier wirklich Noahs leben.« Daniel berichtet, was wir im Wald beobachtet haben.

»Ich hätte auch in die Büsche gekotzt«, sagt Rita aufmunternd zu mir, nachdem Daniel auch dieses Detail ausdrucksstark geschildert hat, und fügt dann an ihn gewandt hinzu: »Hast du wenigstens was Brauchbares bei den Leichen gefunden?«

Daniel verneint. »Die Noahs sind echt nicht dumm. Alles, was man als Waffe hätte verwenden können, haben sie ihnen abgenommen.«

Jeff steht auf und wirft den Lappen in die alte Spüle. Jetzt sehe ich, dass er eine Platzwunde an der Stirn hat.

»Lasst uns schnell noch mal alle Zugänge kontrollieren«, meint er zu Daniel. »Mein Schädel brummt und ich will nur noch schlafen.«

Während die Jungs ihren Rundgang machen, durchforsten Rita und ich den Schankraum nach Essen oder anderen nützlichen Dingen. Doch außer ein paar Flaschen Wein finden wir nichts.

Da es nachts noch immer warm ist, werden wir die Schlafsäcke und Decken nicht brauchen. Daher stapeln wir sie nur übereinander, sodass sie am Ende vier weiche Lager ergeben.

»Wer übernimmt heute die erste Wache?«, fragt Jeff Daniel gerade, als sie zu uns zurückkommen.

»Ich finde, ihr solltet heute Nacht mal durchschlafen«, schlägt Rita vor. »So sicher wie hier waren wir lange nicht. Cassy und ich können Wache halten.«

Ich stimme ihr zu. Mit meiner Nachtsicht bin ich sogar perfekt dafür geeignet.

Daniel betrachtet uns misstrauisch, hat aber keine gewichtigen Einwände.

»Gut, Jeff, dann her mit dem Gewehr. Ich übernehme die erst Schicht«, beschließt Rita.

Murrend gibt Jeff es ihr, legt sich dann auf eines der Lager und hält sich den Kopf. »Hoffentlich ist das morgen vorbei«, murmelt er, bevor er die Augen schließt.

Auch Daniel und ich legen uns hin, wobei er sich so ausrichtet, dass er Rita und den Eingang genau im Blick hat.

Gerade als ich noch denke, dass mich die Ereignisse des Tages niemals schlafen lassen werden, fallen mir auch schon die Augen zu.

TAG 22

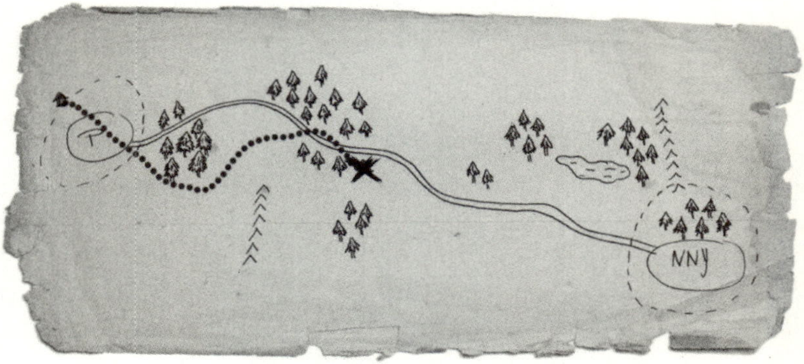

Abermals folge ich Daniel durch den Wald. Immer wieder sieht er über die Schulter nach hinten und in seinem Blick erkenne ich nackte Angst. Wir werden verfolgt!

Ich gebe mir alle Mühe, mit seinem Tempo mitzuhalten, und bin froh, als er endlich anhält. Doch als ich den Grund dafür erkenne, stockt mir der Atem. Vor uns auf der Lichtung hockt ein Noah, umringt von drei Leichen. Gerade reißt die Bestie einer von ihnen die Bauchdecke auf. Da bäumt sich der Tote auf und brüllt aus Leibeskräften: »Cassidy!«

Mit Entsetzen erkenne ich, dass es sich bei dem Jungen, in dessen Eingeweiden der Noah nun herumwühlt, um Jeff handelt. Ich will ihn rufen, doch meine Stimme versagt. Daniel hingegen brüllt wutentbrannt.

Da hebt der Noah den Kopf … und ich blicke wie in einen Spiegel. Die Gestalt, die dort über Jeff kauert, bin ich!

Plötzlich betrachte ich mich nicht mehr aus der Ferne, sondern sehe alles mit den Augen der Noah.

Ich schaue in Jeffs schmerzverzerrtes Gesicht, während ich mit den Fingern seine Organe betaste, die in einem See aus Blut schwimmen. Dann blicke ich auf meine anderen Opfer, mit denen ich bereits das Gleiche getan habe: Rita und Claire.

Ich widme mich wieder dem Festmahl vor mir: ein starker junger Mann mit festem Fleisch und jeder Menge Saft. Mit den Händen forme ich eine Schüssel, schöpfe damit Blut aus seinem Inneren und führe es an meine Lippen. Genussvoll hebe ich die Arme und lasse es meine Kehle hinablaufen, nehme den herrlich metallischen Geschmack wahr. Ein Teil fließt an meinem Mund vorbei und meinen Hals hinab. Der warme Strom fühlt sich wunderbar an. Mein Puls rast vor lauter Vorfreude darauf, gleich meine Zähne in sein Fleisch zu schlagen … dieses saftige, zarte Fleisch …

Ein Brüllen lenkt meine Aufmerksamkeit von meinem Fressen ab. Da ist ja noch einer! Und was für ein betörender Geruch von ihm ausgeht. Nie zuvor habe ich

so etwas gerochen. Jede Faser meines Körpers hat mit einem Mal nur noch ein Ziel: ihn!
Sein Blut sei mein Nektar, sein Fleisch mein Ambrosia!
Ich lasse von dem Jungen ab und richte mich auf, als dieses wundervolle Geschöpf auch schon auf mich zugerannt kommt. Ich gehe leicht in die Knie und springe ihm entgegen, in fiebrigem Eifer, von ihm zu kosten …

Mitten in der Nacht weckt mich Rita für die Wachablöse. Ich bin ihr wahnsinnig dankbar, denn damit hat sie mich aus dem wohl übelsten Albtraum befreit, den ich je hatte.

Sie sieht müde aus und kann kaum die Augen offen halten. Ohne ein Wort drückt sie mir das Gewehr in die Hand, was ziemlich sinnlos ist, da ich noch nie eine Schusswaffe abgefeuert habe. Dann lässt sie sich schwer auf einen der Schlafplätze fallen. Sie macht sich nicht mal die Mühe, an Daniel heranzurutschen, so fertig ist sie.

Ich rapple mich auf und setze mich auf den Stuhl nah der Tür. Konzentrieren kann ich mich allerdings nicht, denn der Traum und die Ereignisse von gestern spuken durch meinen Kopf.

Es war ja klar, dass mich das Bild der fressenden Noah verfolgen würde. Und es ist auch nicht abwegig, dass meine blühende Fantasie mir im Schlaf das Gesehene als meine eigene Zukunft zeigt.

Was mich viel mehr aufwühlt, ist diese Stimme in meinem Kopf. Wäre sie nur im Traum da gewesen, könnte ich sie als Hirngespinst abtun. Aber ich habe sie gestern schon einmal gehört, als mich dieser Mistkerl festgehalten hat. Es war meine eigene Stimme, ohne Zweifel, die mich in Gedanken zu ganz widerlichen Dingen antreiben wollte. Ich kann nur beten, dass es eine Ausnahme war. Was, wenn sie mich irgendwann dazu animiert, meine Freunde anzugreifen, so wie in meinem Traum? Was, wenn ich ihr nachgebe?

Ich sehe zu den Schlafenden hinüber. Als ich auf Jeff schaue, bekomme ich Gänsehaut. Ich könnte ihm das niemals antun!

Dann streift mein Blick Daniel und ich zucke zusammen.

Er ist wach.

Die Wahrscheinlichkeit, dass er mich wirklich sehen kann, ist bei der Dunkelheit hier drinnen ziemlich gering. Aber er hat seine Augen eindeutig auf mich gerichtet.

Zumindest erklärt mir mein Traum, was in letzter Zeit mit mir los ist. Diese irritierenden Gefühle, die Daniel in mir auslöst, und auch die Anziehungskraft, die von Jeff ausgeht, werden durch die Noah in mir ausgelöst. Ich suche ihre Nähe nicht, weil ich mich wohl bei ihnen fühle, sondern … sondern weil ich in ihnen eine besonders leckere Mahlzeit sehe.

Sein Fleisch ist meine Ambrosia.

Ich reibe mir mit der Hand über das Gesicht. Mehr denn je wird mir bewusst, was auf mich zukommt, nun, da mir der Traum einen kleinen Einblick in mein zukünftiges Leben gegeben hat. Wir müssen uns beeilen, damit ich rechtzeitig verschwinden kann, bevor ich die Kontrolle verliere. Ich will den anderen nichts tun, weder Jeff noch Rita – und Daniel schon gar nicht!

Die Nacht verläuft ruhig. Ich übernehme den kompletten Rest der Wache, obwohl wir eigentlich ausgemacht haben, dass Rita und ich abwechselnd zwei Schichten übernehmen. Ich kann sowieso nicht noch mal schlafen, aus Angst, wieder zu träumen.

Rita hat es gutgetan, sie ist am Morgen fast vollkommen fit. Jeff ist seine Kopfschmerzen ebenfalls los, auch wenn der blaue Schatten auf seiner Wange wohl noch eine Weile sichtbar sein wird.

Dafür sieht Daniel aus, als hätte er die Nacht durchgemacht. Dunkle Ringe liegen unter seinen Augen und sein Haar steht wilder denn je in alle Richtungen ab. Vermutlich war sein Vertrauen in Ritas und mein Durchhaltevermögen so gering, dass er, anstatt mal eine Nacht durchzuschlafen, dieselbige mit durchwacht hat.

Idiot!

Gleichzeitig tut er mir leid … Er hat es ja nur gemacht, weil er uns beschützen will.

Der Tag verläuft ziemlich ruhig und wir kommen gut voran. Unser Weg führt uns vorwiegend über freies Feld. Dabei kommen wir auch an einem Bach vorbei, an dem wir unsere Wasserflaschen wieder auffüllen und uns waschen können. Das kalte Nass tut unheimlich gut und vertreibt meine finsteren Gedanken, die mich bis dahin begleitet haben, sodass ich mich auf dem weiteren Marsch wieder an den leisen Unterhaltungen beteilige.

Jeff und Rita lauschen gespannt, als Daniel und ich von früheren Begegnungen mit den Noahs erzählen, wobei ich natürlich mein letztes Zusammentreffen ausspare. Ich glaube immer noch nicht, dass es gut wäre, ihnen von meiner Infektion zu erzählen. Auch wenn es wohl speziell Jeff davon abhalten würde, ständig Körperkontakt mit mir zu suchen. Ihm auszuweichen, ist anstrengender als die Wanderung an sich.

Für die kommende Nacht finden wir erstmals kein sicheres Plätzchen, sondern müssen auf freiem Feld übernachten. Das ist wahnsinnig gefährlich, da wir von allen Seiten angreifbar sind.

Jeff und Daniel beschließen deshalb, die Nachtwache zu zweit zu halten, während wir Mädchen uns ins Gras legen.

Ich betrachte Daniel noch einmal skeptisch, bevor ich mich hinlege. Es bedeutet eine weitere schlaflose Nacht für ihn. Dass er das noch lange durchhält, bezweifle ich …

TAG 21

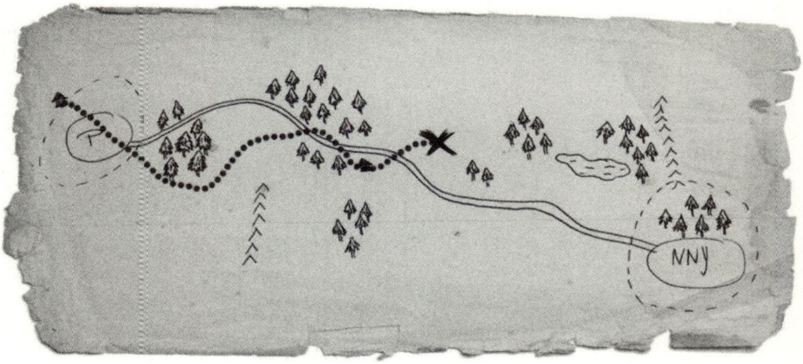

Schon beim Aufbruch am nächsten Morgen weiß ich, dass es ein anstrengender Tag wird.

Die Nacht ist ruhig verlaufen und ich bin von Albträumen verschont geblieben. Dafür hat Daniel mich nach kurzer Zeit geweckt. Flüsternd erklärte er mir, dass Jeff eingepennt sei und er ohnehin lieber mich als Partner bei der Wache hätte. Mir war natürlich klar, dass er damit auf meine Supersehkraft anspielt. Trotzdem habe ich mich darüber gefreut.

Der Schlafmangel der letzten Nächte steckt mir nun aber gehörig in den Knochen. Ich muss ständig gähnen und jeder Schritt fühlt sich an, als hätten meine Sneaker Bleisohlen.

Bald gilt es, ein weiteres Waldstück zu umgehen. Drei Stunden später haben wir es geschafft.

»Das da vorn müsste eine alte Fabrik sein«, meint Jeff, der schon wieder mit der Karte rumhantiert, als ein größerer Gebäudekomplex in der Ferne auftaucht. »Wir sind ein ganzes Stück von unserer ursprünglichen Route abgekommen. Wenn wir die Fabrik rechts liegen lassen, müsste uns das wieder halbwegs auf Kurs bringen.«

Nach ein paar hundert Metern bleibe ich abrupt stehen. Irgendetwas macht mich mit einem Schlag extrem nervös. Ich konzentriere mich und erfasse, dass es ein Geruch ist, der plötzlich in der Luft liegt. Er ist angenehm würzig, gleichzeitig stellen sich mir aber die Nackenhaare auf. Es liegt Gefahr darin, so viel ist sicher.

Hektisch sehe ich mich nach allen Seiten um, doch selbst mit meinen Adleraugen kann ich nirgendwo etwas Auffälliges entdecken.

»Was ist los?«, fragt Rita ungeduldig.

Noch einmal atme ich tief ein. »Noahs«, wispere ich, als mir klar wird, was ich da rieche.

»Ja, ich denke auch, dass es von ihnen einige dort geben wird«, meint Jeff und deutet auf die Gebäude vor uns.

»Nein, sie sind nicht in der Fabrik.« Ich wirble herum. »Sie kommen vom Wald.« Ich klinge schriller, als ich beabsichtigt habe.

Rita hebt das Fernglas. »Quatsch, da ist nichts.«

Daniel hingegen glaubt mir sofort. Er weiß ja, wie sensibel meine Sinne geworden sind. »Wie viele?«, will er wissen.

Instinktiv halte ich meine Nase ein Stück höher. »Ich weiß es nicht, aber definitiv nicht bloß einer. Und sie kommen ohne Zweifel auf uns zu.«

Panik steigt in mir auf und vertreibt die Trägheit aus meinen Gliedern. Der Geruch wird intensiver und als ich wieder zum Waldrand schaue, habe ich keinen Zweifel daran, dass es ein Noah ist, der gerade daraus hervorprescht.

»Weg hier!«, brülle ich den anderen zu. Mein Tonfall macht ihnen den Ernst der Lage bewusst und so zögert keiner von ihnen, als ich Rita am Arm packe und losrenne.

Im Laufen drehe ich mich noch einmal um. Ich muss einfach wissen, wie viele es sind.

Ein Fehler! Der Anblick von mindestens einem Dutzend dieser Bestien lässt mein Gehirn einen Moment aussetzen und ich stolpere über meine eigenen Füße. Gott sei Dank ist Jeff neben mir und hält mich fest, bevor ich stürzen kann. Jede Sekunde Zeitverlust kann uns das Leben kosten!

»Wie sieht es aus, finden wir in der Fabrik Zuflucht?«, fragt mich Daniel abgehetzt.

Ich kneife die Augen etwas zusammen, um gegen die Sonne besser sehen zu können. Dabei hält Jeff noch immer meine Hand, für den Fall, dass ich einen weiteren Fehltritt mache.

»Ich kann zumindest keins von diesen Viechern dort entdecken!«

Wir lenken unsere Schritte direkt auf das Fabrikgelände zu. Als wir die Gebäude erreichen, steuert Jeff zielsicher einen riesigen

Wassertank an, der uns am nächsten liegt. Er steht auf drei metallenen Säulen und ist wohl an die zwanzig Meter hoch. An einer der Stützsäulen ist eine Leiter angebracht, über die man auf das Dach des Tanks gelangen kann.

»Da oben sind wir sicher«, keucht Jeff. »Ich geh zuerst. Wenn die Bestien zu nah kommen, kann ich sie von dort oben mit dem Gewehr in Schach halten.«

Kaum dass er es gesagt hat, steht er auch schon auf der Leiter. Sie ächzt und knackst bei jeder Sprosse, die er erklimmt. Ich befürchte schon, sie würde nicht halten, doch er kommt sicher oben an. Sofort richtet er das Gewehr auf die Noahs.

»Jetzt du«, weist Daniel Rita an, die sich sofort daranmacht, nach oben zu klettern.

Die Bestien kommen immer näher. Ich kann sie nun knurren und keifen hören und auch Daniel bemerkt es.

»Schneller, Rita«, ruft er nach oben.

Sie ist fast am Sims angekommen, als Daniel zu mir sagt: »Du bist die Nächste.«

Ich erklimme die ersten Sprossen, als ein lautes Knacken zu hören ist. Ich erstarre und blicke nach oben. Da spüre ich auch schon, wie sich das Metall, auf dem ich stehe, bewegt.

Rita gibt einen quietschenden Laut von sich, während die Leiter langsam nach hinten kippt. Sie muss aus ihrer Verankerung gerissen sein!

Geistesgegenwärtig lässt Jeff sich fallen und packt Rita an ihrem Rucksack, sodass sie noch genug Zeit hat, sich am Sims des Tanks festzuhalten und hochzuziehen, bevor die Leiter mit lautem Krachen umfällt.

Ich habe natürlich nicht so viel Glück und lande unsanft auf der Seite. Der Sturz war zwar nicht hoch, aber trotzdem schürfe ich mir den Arm auf dem mit Kieseln bedeckten Boden auf.

Warum bin eigentlich immer ich diejenige, die verletzt wird?, schießt es mir absurderweise durch den Kopf. Als ob wir nicht andere Probleme hätten!

»Hoch mit dir, Dawson«, treibt Daniel mich an, ohne auch nur zu fragen, ob mir was passiert ist.

Aber er hat recht, es ist keine Zeit, zu jammern. Denn in diesem Augenblick stürmen auch die Noahs auf das Fabrikgelände.

Ich komme mit Daniels Hilfe auf die Füße. Auf den Wassertank kommen wir nun nicht mehr, also rennen wir einfach los, auf eines der Gebäude zu. Zu meiner Erleichterung lässt sich die erste Tür, die wir ansteuern, öffnen und wir stürzen hinein.

Eigentlich hätte ich dahinter eine Produktionshalle erwartet, aber wir scheinen uns in einer Art mehrstöckigem Verwaltungsgebäude zu befinden.

Hinter uns knallt Daniel die Tür zu.

»Sie lässt sich nicht verriegeln«, schreit er, packt meine Hand und zieht mich weiter den Gang entlang, der vor uns liegt.

Immer wieder gehen Durchgänge zu einzelnen Zimmern von ihm ab, aber keiner von ihnen besitzt noch eine Tür, die unsere Verfolger aufhalten könnte. Als wir doch eine finden, rüttle ich daran.

Verschlossen, natürlich!

»Das würde sie auch nicht aufhalten«, meint Daniel.

Ein splitterndes Geräusch ertönt. Die Noahs haben die Eingangstür durchbrochen.

»Aber wohin dann?« Ich kann nicht mehr klar denken. Die Panik lässt mich zittern und meine Beine weich werden.

»Da lang.« Daniel deutet auf eine Treppe ein paar Meter vor uns.

Wir stürzen nach vorn und rennen die Treppe hoch. Schon im zweiten Stock fangen meine Waden und Oberschenkel von der Anstrengung an zu brennen. Ich blicke nach oben und stelle bestürzt fest, dass noch mindestens drei Stockwerke vor uns liegen, eh wir das Dach erreichen.

Als ich jedoch am Geländer vorbei nach unten schaue, bekomme ich neuen Antrieb. Das Treppenhaus quillt über von Noahs, die sich hinter uns nach oben drängen. Es sind weit mehr, als ich vorhin gesehen habe.

Stufe um Stufe quälen wir uns vorwärts, bis wir schließlich vor einer Metalltür landen. Ihr Griff ist durch eine eiserne Kette mit einem Haken in der Wand verbunden, sodass sie sich nicht öffnen lässt.

»Zur Seite!«, brüllt Daniel mich an. Als er freie Bahn hat, schwingt er die Axt durch die Luft und schlägt ihr Blatt auf die Kette. Erst beim dritten Versuch gelingt es ihm, sie zu durchtrennen. Er drückt die Tür auf, schiebt mich hindurch und schließt sie hinter uns.

Gerade noch rechtzeitig, denn ich höre, wie unsere Verfolger von drinnen gegen die Tür prallen.

»Wir können die Tür nicht verschließen! Lange kann ich sie so nicht aufhalten!«, ruft Daniel, der sich mit aller Kraft gegen die Tür stemmt. »Sieh zu, ob du etwas findest, womit wir sie blockieren können!«

Hektisch sehe ich mich auf dem Dach um. Es ist ziemlich groß. Allerdings gibt es außer dem Treppenhaus, durch das wir gekommen sind, und einem weiteren ein Stück entfernt nichts außer Gerümpel und Schutt.

Vielleicht können wir ja einfach die andere Treppe nach unten nehmen und die Noahs damit umgehen. Schnell laufe ich zu dem zweiten Aufgang, doch er lässt sich nicht öffnen. Vermutlich ist er von innen genauso verschlossen, wie es bei unserem war.

Mein Blick fällt auf eine Bretterkonstruktion an der Wand des Treppenhauses. Vielleicht könnte man damit die Tür verbarrikadieren? Aber es sind nur morsche Holzbretter, die werden die Noahs in kürzester Zeit durchbrechen …

Eine andere Idee erscheint in meinem Kopf. Ich klettere auf den ersten Absatz des provisorischen Gerüstes, das unter meinem Gewicht bedrohlich knarzt. Von dort erklimme ich eine weitere Etage des Brettergestells und kann tatsächlich den Sims des Dachs erreichen.

»Daniel!«, rufe ich ihm zu, eh ich nach dem Sims fasse und versuche, mich daran hochzuziehen. Es klappt nicht, mir fehlt die Kraft in den Armen. Verzweifelt schaue ich wieder zu ihm.

Er hat begriffen, was mein Plan ist. Das Dach des Treppenaufganges liegt ein gutes Stück höher und die Noahs werden uns dorthin nicht folgen können. Er lässt die Tür los, die sofort aufschwingt, und kommt zu mir gerannt.

Ich muss jetzt schleunigst auf das Dach, damit auf dem Gerüst genug Platz ist, dass Daniel nachkommen kann. Uns beide halten die Bretter mit Sicherheit nicht aus.

Ich stoße mich mit den Beinen ab, was die Balken unter mir abermals knacken lässt, bekomme den Sims zu fassen und kann mich dank des Schwungs tatsächlich daran hochziehen.

Schon höre ich, wie Daniel hinter mir auf das Gerüst springt.

Ich stehe auf und wirble herum, um ihm gegebenenfalls hochzuhelfen.

Er will gerade auf die zweite Ebene klettern, da packt ein Noah ihn von hinten am Rucksack und zieht ihn zurück. Diese Gewichtsverlagerung übersteigt die Tragfähigkeit der morschen Balken und das Gerüst fällt mit lautem Krachen in sich zusammen.

Daniel befreit sich, indem er den Rucksack abstreift. Mit einem kräftigen Sprung versucht er, auch ohne das Gerüst den Dachsims zu erreichen, verfehlt ihn aber um einen halben Meter.

Sofort umzingeln ihn die Noahs. Sie knurren, blecken die Zähne und fahren sich mit den Zungen über die Münder, in freudiger Erwartung ihrer Mahlzeit, die nun nicht mehr entkommen kann.

Schützend hebt Daniel die Axt vor den Körper und fährt damit durch die Luft, was die Noahs nicht großartig zu interessieren scheint. Sie gehen bereits in kauernde Angriffsstellung, als ein Schuss sie aufschreckt.

Ich hebe den Kopf und erst jetzt erkenne ich, dass wir fast auf einer Höhe mit dem Wassertank sind, auch wenn er ein gutes Stück entfernt steht. Jeff steht dort mit angelegtem Gewehr und feuert gerade einen zweiten Schuss ab. Natürlich trifft er auf diese Entfernung nicht, aber die Noahs sind alarmiert von dem Knall. Sie wissen, dass Schusswaffen gefährlich für sie sind, was sie kurz ablenkt, während sie nach der Quelle der Schüsse suchen.

Das verschafft Daniel zwar etwas Zeit, ändert aber nichts an der Tatsache, dass es keinen Weg zu mir auf das Dach gibt.

Da schaltet sich mein Gehirn endlich wieder ein. Ich setze meinen Rucksack ab und krame darin, bis ich das Seil gefunden habe, welches ich seit Monaten mit mir herumschleppe. Eines der Enden ist zu einer Schlaufe geknotet, die ich mir nun quer über den Oberkörper lege. Das andere Ende werfe ich über den Rand des Daches.

»Schnapp dir das Seil!«, rufe ich Daniel zu. Gleichzeitig nehme ich Schrittstellung ein und bereite mich darauf vor, ihn hochzuziehen. Ein plötzlicher Ruck zerrt mich ein paar Zentimeter nach vorn, doch ich schaffe es, mich gegen das Gewicht zu stemmen. Wie lange ich das halten kann, ist allerdings fraglich.

Wieder ertönt ein Schuss. Da taucht endlich Daniels Kopf auf. Schweißperlen glänzen auf seiner Stirn.

Ich mobilisiere meine letzte Kraft und zerre wie verrückt an dem Seil, um ihm zu helfen. Selbst als er einen Fuß auf das Dach setzen kann, höre ich nicht auf, zu ziehen, und reiße uns damit beide zu Boden.

Ich lande hart auf dem Rücken, sodass mit einem Mal alle Luft aus meiner Lunge entweicht. Ich will atmen, kann es aber nicht, da Daniel mit seinem ganzen Gewicht auf mir liegt. Erst als er sich etwas hochdrückt, kriege ich wieder Luft.

»Scheiße, war das knapp«, presst er hervor.

Ich kann nichts erwidern. Das liegt nicht an dem Mangel an Sauerstoff, der noch in meinem Körper herrscht, sondern vielmehr an der nahezu intimen Nähe zu Daniel, der ich mir gerade bewusst werde.

Er liegt noch immer halb auf mir, den Oberkörper auf den Unterarmen abgestützt, und sein Gesicht ist dicht an meinem. Unsere Blicke treffen sich und für einen Moment verschwindet alles um mich herum: Jeff und Rita, die Noahs, unsere Mission, meine Zukunft … Alles ist bedeutungslos, während ich in seinen Augen versinke.

»Danke, Dawson«, murmelt er und beendet diesen Augenblick, der von mir aus für die Ewigkeit andauern könnte, indem er sich von mir runterrollt.

Wir stehen auf und blicken auf die Noahs unter uns hinab. Sie toben und versuchen verzweifelt, zu uns zu gelangen. Doch sie haben keine Chance. Klettern ist ohnehin nicht ihre Stärke und selbst sie können nicht so hoch springen, dass sie den Sims erreichen.

Fürs Erste sind wir also sicher.

Ich wende mich dem Wassertank zu und winke Jeff, der zur Antwort das Gewehr schwenkt.

Rita hat das Fernglas vor das Gesicht gepresst und als sie es sinken lässt, um etwas zu ihrem Bruder zu sagen, sehe ich, dass sie weint. Sie muss sich unendliche Sorgen gemacht haben, um mich, aber vor allem um Daniel. Erst jetzt wird mir bewusst, wie knapp er gerade dem Tod entkommen ist.

»Haben sie dich verletzt?«, frage ich und drehe mich wieder zu ihm.

Er schüttelt mit dem Kopf. »Mir geht's gut. Nur mein Rucksack ist verloren.« Er deutet nach unten, wo ein paar Noahs gerade das Gepäckstück inspizieren.

»Lieber er als du«, antworte ich und lächle ihn schüchtern an.

Er erwidert es, aber nur kurz, bevor er wieder missmutig nach unten sieht. »Wie es aussieht, sitzen wir hier erst mal fest. Hoffen wir, dass die Noahs nicht sehr ausdauernd sind, was das Belauern ihrer Beute angeht.« Er setzt sich im Schneidersitz an den Rand des Daches.

Erschöpft lasse ich mich neben ihn sinken.

Eine Weile beobachten wir schweigend die Bestien. Es sind ungefähr drei Dutzend, die sich jetzt auf dem Dach tummeln.

Zum ersten Mal wird mir bewusst, wie unterschiedlich die einzelnen Exemplare dieser Art doch sind. Viele von ihnen tragen Lumpen am Leib: abgerissene Hosen, löchrige Hemden oder zerfetzte Overalls. Prinzipiell scheinen sie keinen Wert auf ihr Äußeres zu legen. Bis auf ein paar wenige Ausnahmen, deren Sachen abgesehen von ein paar Flecken relativ neu aussehen. Ihre Kleidung spiegelt zu einem gewissen Grad auch ihr Verhalten wider, wie mir auffällt. Während sich die verwahrlost wirkenden Noahs ankeifen und fast schon brutal um den Inhalt von Daniels Rucksack streiten, wirken die mit der besseren Kleidung beinahe zivilisiert. Sie verbringen mehr Zeit damit, zu beobachten, und kläffen sich nur ab und an etwas zu.

Ob das etwas damit zu tun hat, wie lange ihre Infektion zurückliegt? Das würde bedeuten, dass einige von ihnen wie ich durch einen Biss, andere vielleicht sogar durch den ursprünglichen Impfstoff infiziert wurden. Sie sind genauso lange ein Monster, wie ich auf dieser Welt bin, länger sogar.

Bisher habe ich mir nur Gedanken gemacht, was direkt nach meiner Verwandlung mit mir geschehen wird. Dass eine unsterbliche Ewigkeit vor mir liegt, war mir nicht bewusst.

Auch wenn ich mich anstrenge, die Aussicht auf eine solche Zukunft zu verdrängen, überlege ich doch, wie wohl der Alltag eines

Noahs aussehen muss. Wie ist ihr Tagesablauf? Womit beschäftigen sie sich, wenn sie nicht gerade Menschen jagen? Wie ist ihr Zusammenleben untereinander?

Meine Mutter hat früher manchmal über solche Sachen gesprochen. Allerdings kann ich mich an kaum etwas davon erinnern – meine Interessen galten damals nicht unbedingt der Lebenskultur der Noahs, sondern eher den Dingen, die für das eigene Überleben nützlich sein konnten.

Zumindest weiß ich noch, dass sie der Meinung war, dass immer nur recht wenige Noahs dasselbe Territorium bewohnen, welches sich über mehrere Kilometer erstrecken kann.

»Ich frage mich wirklich, wo die hergekommen sind«, überlege ich laut und lasse Daniel an meinen Grübeleien teilhaben. »Normalerweise leben nicht so viele von ihnen zusammen. Der Wald, aus dem sie kamen, ist dafür auch viel zu klein.«

»Siehst du die da?« Er deutet auf eine Noah, die gerade versucht, eine der Konserven aus seinem Rucksack auf dem Boden aufzuschlagen. »Kommt sie dir nicht bekannt vor?«

»Das ist doch die, die wir beim Fressen beobachtet haben«, stoße ich hervor, als ich sie erkenne.

»Genau. Und der da …« Daniel zeigt auf einen Noah in etwa seinem Alter.

Mit seinem kurzen aschblonden Haar, dem sauberen dunkelgrauen Hemd und der zerschlissenen Hose aus derbem Stoff könnte man ihn tatsächlich für einen Menschen halten. Dass er inmitten einer wütenden Noahhorde steht, reicht allerdings als Gegenbeweis.

Irritierenderweise löst er eine gewisse Neugier in mir aus, die mir eine Gänsehaut verschafft.

Nun ja, er wirkt auch nicht unattraktiv, mit dem schmalen Kinn und den stark geschwungenen Lippen. Selbst die dunklen Ringe unter seinen leicht verengten Augen stehen ihm, lassen ihn geradezu mysteriös wirken …

Himmel, was denke ich da eigentlich? Er ist ein Noah, verdammt!

»Ich glaube, der ist ihr Anführer«, erklärt Daniel. »Siehst du, was er in der Hand hält?«

»Ach du Kacke«, entfährt es mir.

Es ist mein blutgetränktes Tanktop, das der Noah sich gerade an die Nase hält. Die finstere Miene, mit der er zu uns aufblickt, zeigt deutlich, welchen Genuss er beim Geruch meines Blutes empfindet.

»Der scheint auf dich zu stehen«, sagt Daniel belustigt, »wenn sie uns so weit gefolgt sind und sich offenbar sogar mit anderen Noahs verbünden, um dich zu jagen.«

»Das ist ja widerlich.« Ich verziehe angeekelt das Gesicht. »Aber er muss doch wittern, dass ich eine von ihnen bin.«

»Vielleicht will er dich gerade deshalb?«

»Igitt, hör auf damit!«

Wieder schweigen wir und ich nutze den Moment, um Daniel verstohlen von der Seite zu betrachten. Einmal mehr fällt mir auf, wie gut er aussieht – selbst jetzt noch, wo die Müdigkeit dunkle Schatten auf sein Gesicht legt.

Als er bemerkt, dass ich ihn anstarre, räuspert er sich. »Hör mal, Dawson … Dieses Gespräch zwischen McDougle und mir, das du mitgehört hast …«

Abwehrend hebe ich eine Hand. »Du musst dich nicht rechtfertigen. Du kannst von mir halten, was du willst.« Ich bin selbst erstaunt darüber, wie unbeteiligt meine Stimme klingt. Fast, als wäre es mir wirklich egal. »Obwohl, eine Sache interessiert mich schon. Hasst du mich wegen dem, wie ich bin, oder wegen dem, wie ich sein werde?«

Ich könnte mich für diese dämliche Frage ohrfeigen, kaum dass ich sie ausgesprochen habe. Da unterhalten wir uns endlich mal wie zwei erwachsene Menschen und ich muss ihn gleich wieder provozieren!

Er sieht mich überrascht an. »Ich hasse dich nicht.«

»Ach, bitte«, unterbreche ich ihn schnaubend. »Was du zu Jeff gesagt hast, war doch nur die Spitze. Denkst du, ich merke nicht, wie du mich ansiehst? Und wie du mit mir umgehst? Sei wenigstens so fair und sag mir, gegen wen sich deine Abneigung richtet: den Menschen oder den Noah?«

Ein gequälter Ausdruck zeigt sich auf seinem Gesicht. Es ist ihm eindeutig unangenehm, als er sagt: »Ich schätze, beide haben ihren Anteil daran, wie ich mich dir gegenüber verhalte.«

Seine Antwort versetzt mir einen scharfen Stich und ich fühle mich, als würde auch noch die letzte Kraft aus meinem Körper verschwinden. Insgeheim habe ich gehofft, er würde sich gegen diese Anschuldigung wehren, mir sagen, dass ich ihn falsch verstehen würde. Aber nun habe ich die Gewissheit. Daniel hasst mich. Und dieses Wissen tut verdammt weh.

»Danke für deine Ehrlichkeit«, flüstere ich beklommen und würde mich nur zu gern in Luft auflösen.

Auf dem kleinen Dach gibt es kaum die Möglichkeit, mich von ihm zu entfernen. Aber neben ihm sitzen zu bleiben, schaffe ich nicht. Deshalb rutsche ich zu dem kleinen Schornstein in der Mitte, der wohl zu der Belüftungsanlage des Gebäudes gehört.

Daniel dreht sich zu mir um. »Dawson, ich …«

»Vielleicht solltest du unsere Zwangspause nutzen, um ein wenig Schlaf nachzuholen«, halte ich ihn in bissigem Ton von irgendwelchen geheuchelten Entschuldigungen ab.

Ich meide seinen Blick und krame als Alibi in meinem Rucksack. Ich will auf keinen Fall, dass er die Tränen sieht, die sich bereits in meinen Augenwinkeln sammeln.

Meine Finger ertasten das Buch, welches ich bei mir trage, seit wir unser Heimatdorf verlassen mussten. Ich ziehe es heraus, lehne mich mit dem Rücken gegen den Schornstein und schlage es auf.

»Falls sich irgendwas tut, wecke ich dich«, sage ich, während ich die Seiten umblättere, als würde ich nach einer bestimmten Stelle suchen. Irgendwo mache ich halt und lasse die Augen über die Buchstaben wandern. Nicht, dass ich auch nur ein Wort erfassen würde, denn ich bin viel zu sehr damit beschäftigt, nicht loszuheulen.

Daniel betrachtet mich noch einen Moment unschlüssig, bevor er sich auf dem Dach ausstreckt. Dabei wendet er mir zu meinem Leidwesen das Gesicht zu.

Ich muss die Maskerade also weiter aufrechterhalten und mir die Tränen verkneifen, so gut es geht. Ich verstehe gar nicht, warum sein Geständnis mich derart aus der Bahn wirft. Ich habe doch gewusst, dass er mich nicht leiden kann. Spielt es da eine Rolle, warum? Außerdem ist es mir doch egal, was er von mir hält …

Leider belüge ich mich selbst, denn der Schmerz in meiner Brust sagt mir, dass es mir verdammt wichtig ist.

Demonstrativ blättere ich um, wobei Daniel die Augen noch immer auf mich gerichtet hat. Das macht es mir aber noch schwerer, mich zu beruhigen. Und auch das andauernde Gekeife der wilden Bestien unter uns sorgt nicht unbedingt dafür, dass ich mich besser fühle.

Ich richte meine Aufmerksamkeit wieder auf das Buch. Es hat mir schon so oft geholfen, aus unangenehmen Situationen zu entfliehen, indem es mich einfach in eine andere Welt entführt hat. Seit wir unsere Eltern verloren haben, trage ich es mit mir rum und habe es bestimmt schon vier Mal durchgelesen. Daher gelingt es mir mittlerweile, mich sofort in die Geschichte ziehen zu lassen, egal, an welcher Stelle ich mit dem Lesen beginne.

Auch jetzt, trotz all der widrigen Umstände, kann ich sofort abtauchen.

In dem Buch geht es um ein Mädchen, das sich in einen Vampir verliebt. Sie weiß genau, in welcher Gefahr sie sich befindet, fürchtet sich aber nicht. Ich habe die Stelle aufgeschlagen, an der sie den Jungen beobachtet, Recherchen anstellt und ihn schließlich mit ihren Ergebnissen konfrontiert. Es ist ein wahnsinnig romantischer Abschnitt, denn als raus ist, dass er ein Vampir ist, lassen sie endlich die Anziehung zwischen sich zu.

Dieser Vergleich … ein Löwe, der sich in ein Lamm verliebt …

Ein Schluchzen entfährt meiner Kehle. Erst da merke ich, dass ich weine. Aber warum? Normalerweise seufze ich an dieser Stelle vor Verzückung und beneide die Heldin um ihre aufregende und erfüllende Liebeserfahrung. Sonst würde ich nur zu gern in ihre Rolle schlüpfen, aber irgendetwas ist dieses Mal anders.

Ich kann kaum noch an mich halten. Die Buchstaben verschwimmen in einem Schleier aus Tränen, die mir nun ungebremst über die Wangen laufen. Was ist nur los?

Als wolle mir mein Körper eine Antwort geben, hebe ich intuitiv den Kopf und schaue Daniel an. Mittlerweile ist er eingeschlafen und zum ersten Mal seit Tagen sind seine Gesichtszüge entspannt.

All seine bösen Blicke, die abweisende Art und der raue Tonfall, den er mir gegenüber immer anstimmt, gehen mir durch den Kopf. Aber auch sein verschmitztes Grinsen, sein besorgtes Gesicht nach jeder gefährlichen Situation und die unergründliche Tiefe seiner Augen …

Ich liebe dich, Daniel.

Der Gedanke kommt so unvermittelt, dass sich mein Inneres schmerzhaft zusammenzieht. Mit einem Schlag verstehe ich: Er ist der Grund für mein Gefühlschaos!

Das, was ich gerade gelesen habe, beschreibt nichts anderes als das, was ich erlebe. Doch bin ich nicht das mutige Lamm, das sich dem Löwen hingibt und ihn am Ende zähmt. Ich bin selbst der Löwe. Kein Mensch, kein Mittel und schon gar keine Liebe könnte mich davor bewahren, das Lamm zum Ende unserer Geschichte zu zerfetzen. Das Lamm – Daniel.

Mir rutscht das Buch aus den Händen. Ich ziehe die Knie an und verschränke die Arme darüber. Das Gesicht darin verborgen, lasse ich meiner Verzweiflung freien Lauf. Zum ersten Mal in meinem Leben bin ich verliebt. Es nützt nichts, mir weiter einzureden, es wäre anders. Weder der Noahinstinkt noch irgendwelche Träume von einem Leben, das ich nicht haben kann, sind schuld daran, sondern einzig mein dummes klopfendes Herz.

Auch wenn er mich hasst, auch wenn ich seinen Tod bedeuten kann … ich bin bis über beide Ohren in Daniel Jenkins verliebt!

Ich kämpfe gegen jedes Schluchzen an und weine dabei wie ein kleines Kind. Ob ich ihn wecke, ist mir in diesem Moment vollkommen egal. Ich kann und will mich nicht beruhigen.

Die Noahs unter mir werden nervös. Wahrscheinlich hören sie mich oder riechen meine Verzweiflung.

Auch das ist mir gleichgültig. Ich lasse den Tränen ungezügelt ihren Lauf, wenigstens dieses eine Mal, und weine mich schließlich in den Schlaf.

TAG 20

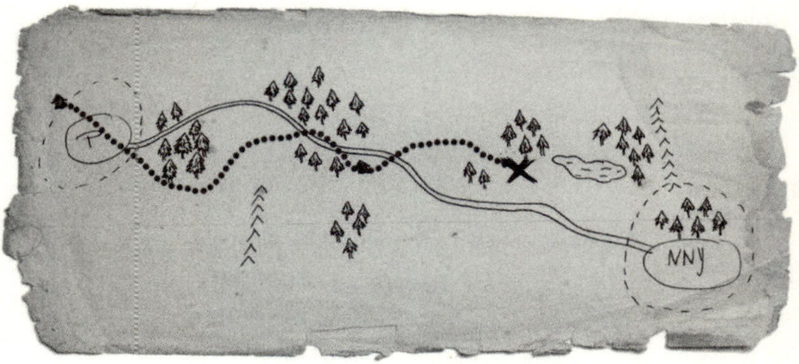

Es ist Nacht, als ich hochschrecke. Die Luft ist immer noch schwer vom würzigen Aroma der Noahs, aber im Vergleich zu gestern hat es abgenommen.

Mein Rücken schmerzt von der halb sitzenden Position, in der ich geschlafen habe. Ich brauche einen Moment, um mich zu orientieren. Beim Anblick des aufgeschlagenen Buches neben mir lichtet sich der Nebel der Müdigkeit. Schnell packe ich es und stopfe es in meinen Rucksack, damit es nicht gleich wieder mein Gedankenkarussell in Gang setzt.

Daniel ist ebenfalls wach und hockt wieder am Rand des Daches. »Es sind weniger geworden«, sagt er mit gedämpfter Stimme.

Ich habe keine Ahnung, woher er weiß, dass ich wach bin. Wahrscheinlich hat er mich hantieren gehört. Oder er hat es gesehen. Es wird bald Vollmond sein und ist heute schon viel heller als in den letzten Nächten.

»Ich vermute, sie sind des Wartens müde geworden und irgendwo anders jagen gegangen«, fährt Daniel fort. »Ihr Hunger ist und bleibt ihr stärkster Antrieb.«

Wie aufs Stichwort gibt mein Magen ein lautes Grummeln von sich. Das Letzte, was er bekommen hat, war das gestrige Frühstück.

Ich krame in meinem Rucksack nach etwas Essbarem. Da wir hier kein Material für ein Feuer haben, über dem wir etwas kochen können, entscheide ich mich für Brot und Trockenfleisch.

»Guten Appetit«, wünscht Daniel, als er sich neben mich setzt.

Ich spüre, wie ich rot werde. Jetzt, wo ich mir eingestanden habe, was ich für ihn empfinde, ist das Gefühl nur noch intensiver. Da reicht es schon, dass er so nah bei mir ist, dass mein Herz schneller schlägt.

»Willst du nichts essen?«, frage ich ihn, während er mir dabei zusieht, wie ich ein Stück von meinem Brot abbreche.

»Die Viecher haben meinen Rucksack, schon vergessen?«

»Oh … tja … dann hier.« Wie selbstverständlich halte ich ihm etwas Brot hin. »Ich war sparsam.«

Erst als er mich mit hochgezogener Braue mustert, begreife ich, dass ich mich schon wieder vollkommen unvernünftig verhalte. Schnell ziehe ich meine Hand zurück.

»Teile keinen Proviant«, murmle ich die Worte, die Ann ihm mit auf den Weg gegeben hat. »Wie dumm von mir.«

Ich beiße selbst von dem Stück ab und kaue darauf herum, bis es sich schlucken lässt. Besonders lecker ist es nicht und hart noch dazu, aber es füllt den Magen.

Daniel beobachtet mich, wie ich mir danach ein großes Stück Trockenfleisch in den Mund schiebe.

»Ach, scheiß drauf«, sagt er so plötzlich, dass ich zusammenzucke. »Ich bin nicht den Noahs knapp entkommen, um am Ende hier zu verhungern.« Er hält mir die Handfläche hin. »Gib mir wenigstens den Teil, den du noch nicht angesabbert hast.«

Jetzt bin *ich* diejenige, die zögert. Ich darf ihn einfach nicht anstecken!

Aber dann könnte er mein Gefährte sein.

Ach du Kacke, habe ich das wirklich gerade gedacht?

Nein, so weit werde ich es nie kommen lassen. So egoistisch bin ich nicht, dass ich ihm das gleiche Horrorlos aufzwinge, nur um ihn bei mir zu haben. Mal ganz abgesehen davon, dass er selbst dann noch einen freien Willen hätte – und *mich* will er ganz sicher nicht.

Daniel wartet nicht länger ab und nimmt mir das Brot einfach aus der Hand. Sollte er sich infizieren, kann ich zumindest behaupten, es wäre seine eigene Schuld gewesen.

Bitte, bitte … lass ihn sich nicht anstecken!

»Hast du deine Schleuder noch?«, fragt er, nachdem wir uns gestärkt haben.

Ich ziehe sie zur Antwort hervor.

»Dann solltest du diese nette Auslese da unten nutzen, um noch ein bisschen Schießen zu üben.«

Lust habe ich keine, denn ich bin immer noch müde. Da ich aber so nah neben Daniel eh nicht schlafen könnte, stehe ich auf und postiere mich an der Dachkante.

Ich nehme mir etwas Zeit, die Noahs zu beobachten. Es sind nur noch fünfzehn von ihnen und sie haben sich ein wenig beruhigt. Das mag daran liegen, dass es ihnen gelungen ist, die Konserven aus Daniels Rucksack zu öffnen. Einige leere Dose liegen bereits herum und an dem Rest machen sich gerade die Noah, die wir bereits aus dem Wald kennen, und ein weiterer mit Glatze zu schaffen.

Ich zücke meine Schleuder und einen Stein, den ich auf den Haarlosen abfeuere. Er bäumt sich auf, als ich ihn an der Schulter treffe. Anscheinend weiß er nicht, woher der Stein kam, und verdächtigt die Fresserin neben ihm. Zumindest knurrt er sie an und schubst sie weg, sodass sie rückwärts auf den Boden fällt. Sie wiederum reagiert genauso aggressiv und springt ihn von unten her an. Ein heftiges Gerangel bahnt sich an, doch der aschblonde Shirt-Schnüffler bellt ihnen etwas zu und sie lassen sofort voneinander ab. Jetzt habe ich keinen Zweifel mehr daran, dass er der Boss der Truppe ist.

»Und, getroffen?«, will Daniel wissen und stellt sich neben mich. Auf mein Nicken hin meint er: »Dann zeig mal, was du kannst.«

»Vergiss es. Dass ich treffen kann, weiß ich auch so. Da muss ich sie nicht unnötig quälen.«

Daniel öffnet den Mund, schweigt dann aber doch. Ich glaube, er versteht besser als ich, wie verbunden ich jetzt schon mit den wilden Bestien bin.

Der Anführer hat uns bemerkt. Er fixiert mich mit einem so intensiven Blick, dass es mir kalt den Rücken runterläuft.

»Du hast eindeutig einen neuen Fan«, kommentiert Daniel, dem das nicht entgangen ist.

Da zieht der Noah wieder mein Shirt hervor und schnüffelt daran. Genau wie gestern legt sich ein befriedigter Ausdruck auf sein Gesicht.

»Hey, du Affe!«, brülle ich runter. »Hör auf damit, das ist doch abartig!«

Ich staune nicht schlecht, als er den Stoff vor sich auf den Boden wirft. Hat er mich wirklich verstanden?

Nun fummelt der Noah an seiner Hose herum und …

»Pfui«, entfährt es mir. Der pinkelt doch tatsächlich ganz gezielt auf mein Shirt!

Daniel kann sich kaum noch halten vor Lachen. »Ich glaube, er markiert seinen Besitz«, bringt er mühevoll hervor und hält sich den Bauch. »Ich hab doch gesagt, er steht auf dich.«

Als ich nicht in sein Lachen einstimme, sondern mit mürrischer Miene die Arme vor der Brust verschränke, reißt er sich wieder zusammen.

»Ach komm, witzig ist das schon. Du bist noch nicht mal eine von ihnen und hast schon einen Verehrer. Das wird McDougle aber gar nicht gefallen.«

»Jeff ist mir scheißegal«, antworte ich zerknirscht und füge in Gedanken hinzu: *Aber du nicht.*

Daniel nimmt meinen Arm und zieht mich zum anderen Ende der Dachfläche. »Vergiss ihn, der wird genauso abziehen wie die anderen.«

Ein Prickeln läuft über meine Haut, doch da lässt er mich auch schon wieder los. Seufzend setzt er sich und streckt die Beine nach vorn aus. Dann klopft er neben sich auf den Boden. »Entspann dich, Dawson. Ruh dich aus, solange die Noahs noch als Ausrede zählen, nicht aufzubrechen.«

Widerstrebend setze ich mich neben ihn. Einerseits freue ich mich, ihm noch einmal so nah zu sein. Andererseits fühlt es sich nicht richtig an, eher gefährlich.

Ich lege meine Beine angewinkelt zur Seite und falte meine Hände in meinem Schoß. Seine liegen locker auf seinen Oberschenkeln, ich müsste nur danach greifen und …

Schluss mit diesen idiotischen Fantasien! Es ist sinnlos, sich nach etwas zu sehnen, was man doch niemals bekommt. Diese Lektion habe ich bereits schmerzlich nach dem Tod meiner Eltern gelernt.

Um mich abzulenken, schaue ich auf den Horizont, wo sich bereits die ersten Sonnenstrahlen zeigen. Ich weiß nicht, wann ich das letzte Mal einen Sonnenaufgang beobachtet habe. Es ist wunderschön, wie sich der feuerrote Ball langsam nach oben schiebt.

Daniel neben mir scheint es ähnlich zu gehen. Ich höre, wie er leise seufzt.

Wir lassen das Naturschauspiel auf uns wirken, ohne ein weiteres Wort zu sprechen. Zu sehr genießen wir die Ruhe und Harmonie, die dieser Anblick ausstrahlt. Es ist ein bisschen wie in einer anderen Welt, in der es nichts Bedrohliches oder Gefährliches gibt.

Eine heile Welt, nur für uns zwei, denke ich, während mir immer wieder die Augen zufallen.

Als ich aufwache, steht die Sonne schon ein ganzes Stück über dem Horizont. Geblendet schließe ich die Augen wieder.

Mich wundert, dass ich liege – bin ich nicht gestern im Sitzen eingeschlafen?

Da regt sich mein weiches Kissen und mit rasendem Herzen wird mir klar, dass mein Kopf auf Daniels Beinen liegt. Und hat er tatsächlich einen Arm um mich gelegt? Zumindest fühlt es sich ganz stark danach an, falls ich nicht noch träume …

Mein erster Impuls will mich hochfahren lassen, aber ich unterdrücke ihn und bewege mich keinen Millimeter, sondern koste den Moment einfach aus. Soll er doch aufwachen und uns wieder in die Realität befördern, ich werde es nicht tun! Viel zu schön ist es, so auf ihm zu liegen, so wie ich es mir insgeheim seit Tagen gewünscht habe.

Gleichzeitig nehme ich mir fest vor, dass ich nach seinem Aufwachen jede romantische Anwandlung unterdrücken werde. Ich darf nicht vergessen, was ich bin.

Einige Minuten später wird er tatsächlich munter und richtet sich abrupt auf.

So zu tun, als würde ich jetzt noch weiterschlafen, würde er mir eh nicht abkaufen. Also rapple auch ich mich hoch und strecke mich ausgiebig.

»Guten Morgen«, begrüße ich ihn, bekomme aber nur ein knurriges »Morgen« zurück. Entweder hat er schlecht geträumt oder meine Schonphase ist vorbei und er behandelt mich jetzt wieder seinem Gefühl für mich entsprechend.

Ohne mich noch eines Blickes zu würdigen, geht er nach den Noahs schauen.

Ich folge ihm. Es sind nur noch sieben übrig geblieben, die in der Sonne dösend auf dem Dach verteilt sitzen. Unter ihnen sind auch der Boss und unsere alte Bekannte.

»Wahrscheinlich hat nur sein eigenes Rudel durchgehalten, weil er es ihnen befohlen hat«, mutmaßt Daniel und deutet auf den Anführer.

Dieser ist der Einzige, der die Augen nicht geschlossen hat. Trotzdem ist nicht einzuschätzen, ob der Rest der Noahs wirklich schläft.

Ich schaue zu dem Wassertank, ob Rita und Jeff ebenfalls wach sind. »Scheiße«, sage ich automatisch.

»Was denn?«, fragt Daniel barsch.

Ich deute auf den Tank. »Sie sind weg.«

»Wie, weg? Rita und Jeff? Das kann nicht sein.«

»Aber es ist so. Auf dem Tank ist niemand mehr.« Meine Stimme zittert. »Unten ist auch keiner«, füge ich nach einem kurzen Blick auf den Boden hinzu, damit Daniel sich nicht gleich Sorgen macht, seine geliebte Rita sei vom Tank gefallen.

»Verdammt, sie können doch nicht einfach verschwinden! Du siehst sie wahrscheinlich nur nicht, weil sie sich hingelegt haben!«

»Daniel, sie sind nicht …« Ein krachendes Geräusch unterbricht mich mitten im Satz.

Es klingt fast, als würden die Noahs die Tür zu dem Treppenaufgang unter uns aufbrechen wollen. Aber warum?

Gleichzeitig schauen Daniel und ich nach unten, aber die Noahs befinden sich alle ein Stück entfernt von uns. Sie sind jetzt auf den Beinen und nähern sich uns zaghaft. Das laute Knallen hat auch sie alarmiert.

Wieder kracht es und da fliegt die Tür auch schon auf. Zwei Schüsse fallen, begleitet von einem Schrei: »Nehmt das, ihr Bastarde!«

Das ist Jeff! Ich beuge mich über den Rand, kann ihn aber nicht sehen. Er steht immer noch geschützt in dem Treppenhaus. Dafür höre ich, wie er nachlädt.

Die Noahs sind für einen Moment vollkommen perplex, da sie nicht mit einer solchen Bedrohung gerechnet haben. Einen von ihnen hat Jeff in den Kopf getroffen, er liegt leblos am Boden. Ein zweiter hält sich die Schulter, wo ihn wohl ebenfalls eine Kugel erwischt hat. Schließlich entscheiden sich die Bestien für einen Gegenangriff und wollen gerade nach vorn stürmen, als erneut zwei Schüsse fallen. Dieses Mal sitzen beide Treffer und zwei weitere der Monster fallen um wie nasse Säcke. Das reicht, um sie zum Rückzug zu bewegen.

So schnell sie aber auch sind, Jeffs Nachladekünste sind schneller. Noch bevor die verbliebenen Noahs in dem Treppenaufgang gegenüber verschwunden sind, feuert er schon wieder und schafft es tatsächlich, noch einen vierten von ihnen zu töten.

Ich gebe zu, ich bin schwer beeindruckt, geradezu begeistert.

»Jeff!«, rufe ich hinunter. »Ich fasse es nicht! Du bist der Hammer!«

Jetzt tritt er aus der Tür, gefolgt von Rita. Sie schauen grinsend zu uns hoch.

»Oh ja, er ist der Wahnsinn«, brummt Daniel neben mir. »Lass uns später einen Jeff-Fanclub gründen, ja?«

Ich werfe ihm einen bösen Blick zu, den er aber nicht bemerkt, da auch er zu den Geschwistern hinabschaut.

»Sondereinsatzkommando McDougle. Stets zu Ihren Diensten, Miss!« Jeff ist der Stolz auf sich selbst ins Gesicht geschrieben. »Diesen Wichsern haben wir es ordentlich gezeigt. Die kommen so schnell bestimmt nicht wieder.«

»Dafür hast du wahrscheinlich unsere restliche Munition verballert«, stichelt Daniel, der sich bereits daranmacht, vom Dach zu klettern. Langsam lässt er sich bäuchlings hinunterrutschen, bis er am Sims hängt. Er lässt los und landet federnd drei Meter unter mir. Dann wendet er sich Jeff zu.

Ich befürchte schon, er würde weiter rummeckern, was ich ziemlich unangebracht fände. Schließlich hat Jeff uns soeben aus einer schier ausweglosen Lage befreit und genau dafür haben wir ja das Gewehr.

Aber stattdessen klopft er Jeff anerkennend auf die Schulter. »Danke, Kumpel.« Dann hängt auch schon Rita an ihm.

Ich sammle mein Zeug zusammen, schnalle mir den Rucksack auf den Rücken und mache mich bereit, ebenfalls vom Dach zu springen. Ich habe ja bei Daniel gesehen, wie es am besten geht.

Aber als ich am Dachsims hänge, wird mir doch mulmig. Ein Blick nach unten und es ist unmöglich für mich, loszulassen.

Da taucht Jeff in meinem Blickfeld auf. »Komm, Süße. Keine Bange, ich fang dich auf.«

Mir ist klar, dass diese Hilfestellung nur wieder einer von seinen Annäherungsversuchen ist, aber in dieser Situation hat er sich wohl eine kleine Belohnung verdient. Und mit der Aussicht, aufgefangen zu werden, schaffe ich es tatsächlich, meine Finger vom Sims zu lösen. Keine Sekunde später spüre ich schon Jeffs Hände an meinen Beinen, meinem Bauch und …

»Hups …«, sagt Jeff mit diesem für ihn typischen Tonfall, bevor er seine Hand von meiner Brust nimmt. Dann dreht er mich zu sich und schließt mich in die Arme. »Alles gut bei dir, Baby?«

Wie ist der denn heute drauf? Dass er sich Sorgen gemacht hat, ist ja ganz süß, aber das wird mir nun doch zu viel.

Sanft und doch bestimmt schiebe ich ihn weg. »Danke, alles okay, Jeff. Und ich heiße immer noch Cassidy!«

Er grinst mich an. »Darf ich dich als dein Retter nicht nennen, wie ich will?«

Ich verdrehe die Augen. »Wie seid ihr eigentlich von dem Tank runtergekommen?«, wechsle ich das Thema.

»Wir haben gewartet, bis es hell wurde, und sind dann an den Trägerstangen nach unten geklettert«, erklärt Rita, die sich an Daniels Arm klammert.

»Das war gar nicht so einfach, es gibt daran kaum Stellen, wo man mal kurz verschnaufen kann. Ich gebe zu, ich habe nicht erwartet, dass Rita das schafft«, ergänzt Jeff, woraufhin ihm seine Schwester die Zunge rausstreckt. »Die Noahs hatten es ganz offensichtlich auf euch abgesehen, sodass wir uns ungesehen ins Haus schleichen konnten.«

Mir fällt der Anführer wieder ein, der so einen Narren an mir gefressen hat. Ich betrachte die rumliegenden Noahleichen. Er ist nicht darunter.

»Meinst du, die werden wiederkommen?«, frage ich Daniel, der sofort weiß, was ich meine.

»Ehrlich gesagt, ich denke schon. Wir sollten machen, dass wir hier wegkommen.« Er geht zu seinem Rucksack, den die Noahs bei ihrer Flucht dagelassen haben. Er ist halb zerfetzt und enthält nichts Brauchbares mehr. »Die haben sich sogar meine Ersatzklamotten geschnappt«, schimpft er.

»Ein Grund mehr, so schnell wie möglich weiterzuziehen. In NNY finden wir vielleicht was Neues für dich. Außerdem haben wir hier eh schon zu viel Zeit verloren.« Rita zieht ihn mit sich ins Treppenhaus und auch Jeff und ich folgen ihnen.

Wir können unsere Reise ungestört fortsetzen. Jeff ist optimistisch, dass wir morgen den Schutzkreis von NNY erreichen, wenn nicht noch irgendwas Unvorhergesehenes passiert.

Unsere kleine Gruppe hat sich heute besonders wenig zu sagen. Daniel gibt Rita immer nur die nötigsten Antworten und auch ich zeige Jeff, der ständig mit mir flirtet, nur die kalte Schulter.

Am Nachmittag kommen wir an einem See vorbei. Auch wenn Daniel auf ein schnelles Weitergehen drängt, entschließen wir übrigen uns dazu, eine Rast einzulegen. Die Aussicht auf ein kühles Bad ist einfach zu verlockend und wird die Stimmung sicher etwas heben. Das Ufer des Sees ist teilweise mit Schilf und Büschen zugewachsen, hat aber auch ein paar kleine Buchten, an denen man gut ins Wasser kommt.

Rita und ich seilen uns ein Stück von den Jungs ab, um ungeniert baden zu können. Natürlich bleiben wir in Rufweite, sonst hätten sie uns nicht gehen lassen.

Wir schmeißen unsere Rucksäcke auf den sandigen Boden und beginnen, uns unserer Kleider zu entledigen. Ich lasse mir mit Absicht so lange Zeit, bis Rita splitternackt ist und mit einem entzückten Aufschrei in den See rennt.

Erst dann lege ich meine Unterwäsche ab und löse Daniels Tuch von meinem Arm. Ich habe die Bisswunde seit Tagen nicht mehr angesehen und bin erstaunt, dass man nur noch eine blasse, wenn auch eindeutige Narbe sieht, wo sich die Zähne des Noahs auf meinem Arm verewigt haben.

Wahrscheinlich liegt das an den außergewöhnlichen Heilungskräften, die einem Noah eigen sind. Es ist erschreckend, wie schnell sich mein Körper verändert.

»Cassy, komm schon«, holt Rita mich aus meinen Grübeleien. »Das Wasser ist echt herrlich.«

Ich renne ebenfalls ins Wasser und quietsche, als ich in die Kälte eintauche. Der See ist nicht sehr tief und ich muss in die Knie gehen, damit mein Oberkörper ebenfalls unter der Wasseroberfläche verschwindet. Aber besser so, als dass wir die ganze Zeit schwimmen müssen.

Ich paddle langsam zu Rita. Kaum dass ich bei ihr bin, kommt auch schon Daniel um das Schilfbüschel, das uns eigentlich vor den Jungs abschirmen soll. Er steht aufrecht, das Wasser reicht ihm gerade bis zur Taille.

Sofort schießt mir bei seinem Anblick die Hitze ins Gesicht und ich tauche kurz unter, damit niemand meine roten Wangen bemerkt.

»Alles klar bei euch?«, ruft Daniel, nachdem ich wieder aufgetaucht bin.

»Hau ab, du Spanner«, scherzt Rita und spritzt Wasser in seine Richtung. »Ihr werdet schon hören, wenn hier was nicht stimmt!«

Daniel knurrt etwas Unverständliches und zieht sich dann zurück.

»Dieser Kerl«, sagt Rita noch immer lachend und taucht dann ebenfalls kurz unter.

Als sie hochkommt, streicht sie sich das nasse Haar nach hinten. Sie sieht gleich ganz anders aus, wenn es nicht in krausen Locken von ihrem Kopf absteht. Ein verdammt hübsches Mädchen, wie ich mit leichtem Neid feststellen muss. Ich sehe so pudelnass mit Sicherheit furchtbar aus.

Unweigerlich muss ich zu der Stelle schauen, an der gerade noch Daniels unsagbar attraktiver Körper zu sehen war.

»Rita …«, beginne ich zögerlich. »Wie lange kennst du Daniel eigentlich schon?«

Sie spitzt die Lippen, während sie überlegt. »Puh … also … Seit ich denken kann. Unsere Eltern waren eng befreundet und Daniels Familie hat immer bei uns gewohnt, wenn sie in der Stadt waren.«

»Und wie lange seid ihr schon zusammen?«

»Hmmm … ich bin jetzt sechzehn. Ich war, glaube ich, elf, als …«

»Wie alt?«, entfährt es mir. Ich kann kaum glauben, was sie da sagt. In dem Alter habe ich noch nicht mal gewusst, dass es einen Unterschied zwischen Jungs und Mädchen gibt! Okay, das ist vielleicht ein bisschen übertrieben. Aber ich habe zumindest keinen Gedanken daran verschwendet, was dieser Unterschied bedeutet. Kann man sich denn in dem Alter überhaupt schon verlieben?

»Na ja, für unsere Eltern stand es eben da schon fest, dass aus uns ein Paar werden soll. Und ich hatte nichts dagegen. Daniel hat mich immer ernst genommen, schon als ich ein kleines Mädchen war. Er hat auf mich aufgepasst und mir geholfen, wenn ich mal wieder Mist gebaut habe. Etwas Besseres als er hätte mir nicht passieren können.«

Ich beneide Rita für das, was sie da hat, auch wenn ich es nicht ganz nachvollziehen kann. Es wäre wohl anders, wäre ich auch in einer großen Stadt aufgewachsen. In ihrer Welt würde ich wohl als absoluter Spätzünder in punkto Beziehung gelten.

»Warum fragst du das eigentlich?«, will Rita wissen.

»Nun … ich bin ziemlich unerfahren auf diesem Gebiet und einfach neugierig …« Ich schöpfe mit den Händen Wasser und trinke davon, um nicht mehr sagen zu müssen.

»Wenn es darum geht, solltest du dich besser an Jeff wenden. Er hat schon einige Mädchen gehabt und ganz eindeutig Interesse an dir. Er kann dir einiges zeigen in Sachen Sex.«

Ich verschlucke mich fast und huste, was Rita ein Lachen entlockt.

»Ich meinte eigentlich die Gefühlsebene«, bringe ich röchelnd hervor. »Und Jeff ist nicht ganz der Typ Mann, der mein Herz höherschlagen lässt.«

Rita runzelt die Stirn. Dann legt sich ein Ausdruck der Erkenntnis auf ihr Gesicht. »Du hast dich in Daniel verknallt!« Wenigstens ist sie nicht lauter geworden. Es wäre peinlich, wenn die Jungs unser Gespräch mitbekommen würden.

Abwehrend hebe ich die Hände. »Himmel, nein! Dann doch lieber Jeff, der hasst mich wenigstens nicht«, gestehe ich, obwohl es mir unangenehm ist, mit ihr darüber zu sprechen.

»Aber Daniel hasst dich doch nicht. Im Gegenteil, ich glaube, er hat dich sogar sehr gern. Da ist es fast komisch, dass ich dich trotzdem so sehr mag. Ich bin nämlich immer ein wenig eifersüchtig, wenn es um andere Frauen geht …«

Ich muss an unsere erste Begegnung bei ihr zu Hause denken, wie feindselig sie mich da empfangen hat. »Ach, ist mir gar nicht aufgefallen«, sage ich und grinse sie an. »Du warst doch von Anfang an so nett zu mir.«

Sie grinst ebenfalls und bespritzt mich. »Du bist doof!« Dann wird sie wieder ernst. »Ich mag dich wirklich gern, Cassy. Und ich könnte mir echt vorstellen, dass du diejenige bist, die meinem Bruder endlich das Schürzenjägerdasein austreibt. Ich liebe Jeff genauso wie Daniel und will nur, dass er glücklich wird. Du könntest ihn glücklich machen.«

»Ich habe weder an Jeff noch an Daniel irgendein Interesse«, lüge ich weiter, obwohl sie gerade so ehrlich zu mir ist. »Aber hab vielen Dank für deine Offenheit.« Zu gern würde ich sie jetzt umarmen, verkneife es mir aber in Anbetracht unserer Nacktheit. Trotzdem genieße ich das Gefühl, hier neben einer echten Freundin zu stehen – vermutlich der ersten, die ich je hatte, mal abgesehen von meiner Schwester.

Um die ernste Stimmung zu vertreiben, wechselt Rita das Thema auf Belanglosigkeiten. Wir quatschen noch eine Weile, planschen und waschen uns, bevor wir zurück ans Ufer gehen und uns anziehen.

Nachdem wir wieder zu den Jungs gestoßen sind und weitermarschieren, lasse ich meinem Verstand ein wenig Raum. Doch jeder Gedanke, den ich beginne, führt am Ende nur wieder zu Daniel.

Er läuft vor mir und allein der Anblick seines breiten Rückens lässt mich immer wieder an das behagliche Gefühl von heute Morgen denken. Es macht mich ganz kirre, was ich empfinde. Ich kann mich einfach auf nichts anderes konzentrieren.

Das ist so bescheuert, sage ich mir immer wieder. *Warum zerbreche ich mir überhaupt den Kopf über eine Sache, deren Lösung so klar auf der Hand liegt? Daniel hasst mich, da kann Rita sagen, was sie will. Und ich habe keine drei Wochen mehr, bis ich meine Freunde zu meiner Hauptspeise machen will.*

Freunde ... Auch dieser Begriff macht mir Sorgen. Ich will mich emotional nicht an sie binden, an Rita und Jeff genauso wenig wie an Daniel. Das hier ist eine reine Zweckverbindung. Wir sind ein Team mit einem gemeinsamen Auftrag.

Ach, Scheiße. Alles war so viel einfacher, als es nur Claire und mich gab. Selbst als unsere Eltern noch gelebt haben, sind wir ständig nur zu zweit rumgezogen, wenn ich nicht sogar ganz allein unterwegs war. Freunde hatte ich nie und auch keinen Bedarf, welche zu finden.

Vielleicht gehört das aber auch zu dem Noah in mir, das Rudelverhalten. Und die Sehnsucht, die Daniel in mir weckt, ist nichts als ein weiterer Trieb.

Es ist Appetit!

Oh nein, das ganz sicher nicht!

Während ich versuche, Worte für meine Gefühle zu finden, muss ich daran denken, was Rita vorhin gesagt hat. Sie liebt Daniel genauso wie Jeff – also wie einen Bruder? Aber das, was ich für Daniel empfinde, ist ganz anders als meine Liebe zu Claire … Verwechselt Rita Geschwisterliebe mit der Liebe, die man einem Mann entgegenbringt? Oder bin ich diejenige, die gehörig etwas durcheinanderbringt?

Für diese Nacht beziehen wir in einem kleinen Holzhaus Quartier. Früher muss hier jemand gewohnt haben, der die Einsamkeit der Zivilisation vorgezogen hat. Heute ist es verwüstet und verwaist wie viele andere Gebäude der alten Zeit.

Das Haus ist klein. Es hat nur drei Räume, wovon einer mal ein Bad gewesen ist. Aber es bietet uns Schutz, falls uns die Noahs doch gefolgt sind. Und wir haben ja eh nicht vor, länger zu bleiben.

Von großem Vorteil ist der Kamin, der sich im Haus befindet. Mit den herumliegenden Möbeltrümmern entzünden wir darin ein Feuer und können uns ein warmes Essen zaubern, ohne befürchten zu müssen, dass der Schein der Flammen irgendwelches Gesindel anlockt.

Nachdem wir uns die Bäuche vollgeschlagen haben, schickt Jeff seine Schwester und mich zu Bett. In dem ehemaligen Schlafzimmer liegt zwar eine Matratze, die wir benutzen könnten, aber wir entscheiden uns, in dem größeren Wohnbereich zu bleiben, um bei einem Überfall alle zusammen zu sein.

Zum ersten Mal brauchen wir nun die Decken, die wir mitgeschleppt haben. Der Boden ist so verdreckt mit … Ich will es gar nicht wissen! Um keinen Preis würde ich mich da ohne Unterlage drauf legen.

Wieder übernimmt Jeff die erste Wache und Daniel legt sich wie immer zu Rita.

Ich drehe ihnen den Rücken zu, kaum dass ich in der Waagerechten bin. Ich will nur noch schlafen. Nicht wegen der Müdigkeit, sondern mehr um dem Karussell in meinem Kopf zu entkommen, das stetig seine Runden um Daniel dreht.

Kurz nachdem es still in der Hütte geworden ist, höre ich ein sanftes Klopfen auf dem Dach. Ich brauche einen Moment, bis ich erkenne, dass es sich dabei um Regen handelt, der erste seit Wochen. Das stetige Geräusch der aufs Dach prasselnden Tropfen beruhigt mich und sorgt schließlich dafür, dass ich in einen traumlosen Schlaf falle.

Tag 19

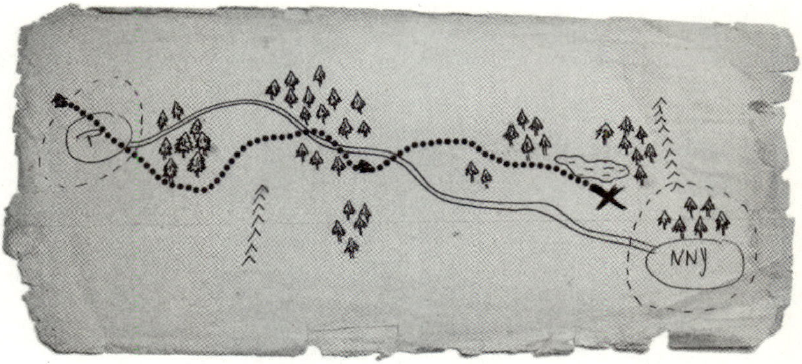

Am Morgen hat es schon wieder aufgehört, zu regnen.

Nachdem wir erst am späten Vormittag aufgewacht sind, packen wir unsere Bündel und besprechen bei einem ausgiebigen Frühstück, bei dem wir unsere restlichen Reserven vertilgen, wie wir weiter vorgehen wollen.

»Wir werden nur noch ein paar Stunden unterwegs sein, bis wir den Schutzkreis von NNY erreichen«, erklärt Jeff. »Ab dort müssen wir ständig damit rechnen, auf Noahs zu treffen. Die Soldaten, mit denen ich vor unserem Aufbruch gesprochen habe, meinten zwar, es gäbe keine Anzeichen dafür, dass die Noahs sich in großer Zahl in der toten Stadt eingenistet haben, aber darauf wollen wir uns lieber nicht verlassen … Wir werden also den Schutzkreis passieren und die Siedlungspunkte umgehen. Das heißt, wir werden ohne Pause weiter nach NNY gehen. Es ist einfach zu gefährlich, länger Rast zu machen. Somit dürften wir dann morgen früh an der Stadtgrenze sein.« Er legt die Gebietskarte zusammen und faltet dafür den Stadtplan von NNY auseinander. »Die Stadt ist allgemein etwas kleiner als Paddingtown, da hier kaum Flächen für Felder oder Weiden benötigt wurden. NNY war eine Industriestadt und hat fast ausschließlich vom Handel gelebt.«

»Was haben sie denn gemacht?«, will ich wissen, da ich kaum eine Vorstellung von einer Industrie von heute habe.

»Instandsetzung von Waffen und Herstellung von Munition und Medikamenten. Die haben sie dann gegen Nahrungsmittel, Stoffe und so was getauscht«, erklärt Jeff geduldig, bevor er sich wieder der Karte widmet. »Wir werden uns der Stadt von Nordwesten nähern. Sobald sie in Sicht ist, lasst ihr Mädels euch ein ganzes Stück zurückfallen. Wir schleichen hinein und wenn die Luft rein ist, geben wir euch ein Zeichen, nachzukommen. Genauso gehen wir bei den Häusern vor, bis wir …«

»Das ist ein beschissener Plan, McDougle«, unterbricht Daniel ihn schroff. »Wir trennen uns nicht, so was ist dämlich. Wir bleiben zusammen und bahnen uns einen Weg durch die Straßen. Punkt, Ende, aus.« Er verschränkt die Arme.

Jeff macht die gleiche Geste. »Zu viert fallen wir aber viel mehr auf. Und wir können den Weg freiräumen, ohne uns ständig um unsere Herzdamen sorgen zu müssen.«

Herzdamen? Der spinnt doch! Trotzdem verkneife ich mir einen Einwurf, wir haben gerade andere Probleme.

»Genau«, entgegnet Daniel. »Weil die zu diesem Zeitpunkt schon aufgefressen wurden – von den Noahs, die sich in unserem Rücken rumgetrieben haben.«

»Hältst du dich nicht für fähig, die Biester aufzuspüren und umzubringen, Jenkins?«

»Ich habe Erfahrung mit ihnen. Im Gegensatz zu dir, McDougle.«

»Schluss jetzt, ihr Streithähne«, gehe ich dazwischen. »Das hält man ja im Kopf nicht aus.« Schneller als Jeff reagieren kann, schnappe ich mir die Karte und wedle damit durch die Luft. »Ist einer von euch schon in NNY gewesen? Kennt einer von euch die Straßen, Häuser oder eventuelle Schlupfwinkel?«

Keiner der Jungs sagt etwas.

»Habe ich mir gedacht. Also könnt ihr hier diskutieren, so lange ihr wollt – all eure Vorstellungen sind Spekulationen. Wir können nur spontan handeln, wenn wir dort sind.« Ich falte das Papier zusammen und stecke es in die Gesäßtasche meiner Jeans.

»Gib die her«, brummt Jeff, der sichtlich verärgert ist, dass ich mich nicht auf seine Seite geschlagen habe.

»Ich halte die Idee, dass wir uns aufteilen, auch für bescheuert«, mischt sich Rita ebenfalls ein. »Da ist es schon gut, wenn Cassy die Karte erst mal nimmt.« Freundschaftlich legt sie einen Arm um meine Schultern. »So könnt ihr uns nicht einfach irgendwo zurücklassen. Nicht wahr, Cassy?«

Ich grinse sie an. Wie sehr ich sie aber auch ins Herz geschlossen habe, verdammt …

»Seid ihr wenigstens mit meiner Nachtwanderung einverstanden?«, fragt Jeff.

Dagegen hat niemand etwas einzuwenden.

Das Wetter ist heute schlimmer als in den letzten Tagen. Die erhoffte Abkühlung durch den Regen in der Nacht bleibt aus. Dafür herrscht eine Schwüle, die uns schon beim Nichtstun den Schweiß auf die Stirn treiben würde.

Ich bemühe mich, immer so viel Abstand wie möglich zu den anderen zu halten. Schwitzen an sich ist schon so unangenehm, für mich bedeutet es aber, daueransteckend zu sein.

Zusätzlich bietet die heutige Strecke keine so schöne Abwechslung wie der See gestern. Es geht stur geradeaus über eine nicht enden wollende, matschige Wiese. Gespräche vermeiden wir, um keine Aufmerksamkeit zu erregen, und Pausen gibt es auch nicht. So fangen wir alle schon nach wenigen Stunden an, zu schnaufen. Es ist eindeutig kein guter Tag für eine Wanderung.

Ich laufe ganz hinten in unserem kleinen Zug. Als Daniel plötzlich in die Knie geht und sich an seinem Schuh zu schaffen macht, überlege ich, auf ihn zu warten. Aber die anderen gehen einfach weiter, also tue ich das auch. Außerdem habe ich mir ja fest vorgenommen, seine Nähe zu meiden, um meiner Fantasie jeglichen Anreiz zu entziehen.

Als er wieder aufholt, bleibt er neben mir und passt sich meinem Tempo an. »Wenn wir in NNY sind, will ich dich ständig in meiner Nähe haben, klar?«

Mein Herz beginnt sofort wieder wie wild zu schlagen, sodass ich befürchten muss, er könnte es hören. Er will mich in seiner Nähe!

Was bedeutet das? Er will auf mich aufpassen, ganz klar! Und was bedeutet *das*?

Natürlich zerstört er meine Illusionen gleich wieder. »Wie auch immer du es angestellt hast, die Noahs bei der Fabrik zu bemerken, noch bevor sie auch nur ansatzweise in Sichtweite waren …«

»Ich konnte sie riechen«, erkläre ich schnell, nicht ohne etwas Stolz in der Stimme.

Daniel verzieht angewidert das Gesicht. »Bah … so genau wollte ich das nicht wissen.«

Ich bin aber auch bescheuert! Muss ich ihm denn immer wieder vor Augen führen, dass ich mich mehr und mehr verwandle?

»Wie auch immer«, setzt er fort. »Du kannst uns als Einzige rechtzeitig Bescheid geben, wenn sich die Mistviecher nähern. Da hat es wenigstens ein Gutes, dass du mitgekommen bist. Ach, und wisch dir den Schweiß ab, sooft es geht. Das macht mich nervös.« Mit diesen Worten beschleunigt er seine Schritte und schließt wieder zu den anderen auf.

Und in den willst du dich verknallt haben?, frage ich mich selbst und es folgt die prompte Antwort: *Ja, sonst würde seine abweisende Art nicht so wehtun.*

Am Nachmittag ziehen erneut dunkle Wolken auf und es dauert nicht lange, bis wir in der Ferne erste Blitze über den Himmel fahren sehen.

»Ich hasse Gewitter«, kommentiert Rita den einsetzenden Donner. »Hoffentlich bleibt es wenigstens trocken.«

Als hätte sie es mit ihren Worten heraufbeschworen, fängt es in diesem Moment an, zu regnen.

»Vielen Dank, Rita«, ärgert Jeff seine Schwester, der wohl das Gleiche denkt wie ich. Er sieht mich an und ein Grinsen macht sich auf seinem Gesicht breit. »Dir steht der Regen allerdings echt gut, Cassy.«

Erst als ich an mir heruntersehe, kapiere ich, auf was er anspielt. Mein weißes T-Shirt ist nass und damit halb durchsichtig, was Jeff einen wunderbaren Blick auf meinen dunkelblauen BH ermöglicht. Beschämt verschränke ich die Arme vor meiner Brust, um ihm die Aussicht zu versperren, was Rita ein Kichern entlockt.

Da hebt Daniel plötzlich eine Hand und bringt uns mit einem Zischlaut zum Schweigen. Dann deutet er nach vorn. »Seht ihr das?«

Tatsächlich liegt eine Art ehemaliger Bauernhof vor uns. Er ist mir bisher entgangen, da ich mich eher auf das Schauspiel am Himmel konzentriert habe.

»Ich wette, der gehört zum Schutzkreis«, überlegt Rita laut, was ihr wieder ein Zischen von Daniel einbringt.

»McDougle, hast du nicht gesagt, wir umgehen auf dieser Route die Siedlungen um NNY?«, fragt Daniel gedämpft.

Jeff starrt mit gerunzelter Stirn auf den Bauernhof, der noch etwa zweihundert Meter entfernt ist. »Wir sind zwar ungefähr auf Höhe des Schutzkreises, aber hier dürfte eigentlich keine Siedlung sein. Zumindest war keine auf der Karte deiner Eltern verzeichnet.« Er bemüht sich nicht, den Vorwurf in seiner Stimme zu unterdrücken, was Daniel gleich wieder als Angriff auffasst.

»Die Karten sind schon älter«, verteidigt er seinen Vater. »Wahrscheinlich gab es diesen Bauernhof damals noch nicht …«

Jeff will etwas erwidern, wird aber durch einen Seitenhieb von Rita gebremst.

»Dawson«, wendet sich Daniel an mich. »Kannst du Noahs entdecken?«

Rita und Jeff mustern mich interessiert. Zu meiner Erleichterung hat bisher keiner von beiden gefragt, wie ich bei der Fabrik unsere Verfolger bemerkt habe. Jetzt erwarten sie offensichtlich eine Erklärung, aber ich ignoriere die fragenden Blicke.

Ich fixiere den Bauernhof, was der Regen extrem erschwert. Dunkle Pfützen haben sich gebildet und sind durch die hineinfallenden Tropfen in ständiger Bewegung. Auch die Blitze reflektieren sich in ihnen und in den wenigen intakten Fensterscheiben, sodass es ständig so aussieht, als würde dort jemand umherschleichen.

So komme ich nicht weiter. Deswegen recke ich mein Kinn etwas empor, schließe die Augen und atme tief ein. Ich habe das Gefühl, jedes Molekül in der Luft einzeln abtasten zu können, auf der Suche nach dem würzigen Aroma, das die Noahs verbreiten.

Ich kann so viele verschiedene Gerüche wahrnehmen. Die nassen Gräser und der matschige Boden sind nur die Spitze des Eisbergs. Als mir eine angenehme Mischung aus Schweiß, Testosteron, Honig und Moos in die Nase steigt, halte ich kurz daran fest. Es ist das Schönste, was ich je gerochen habe, und ich weiß instinktiv, dass dieser Duft zu Daniel gehört, auch wenn ich ihn vorher nie wahrgenommen habe.

Einfach betörend, sodass man Appetit auf mehr
bekommt. Unwillkürlich fahre ich mir mit der Zunge
über die Lippen …

… und beiße schmerzhaft darauf, als ich mir dessen bewusst werde. Dieser verfluchte Noahinstinkt! Tagelang hält er ruhig, aber diesen Moment muss er mir kaputt machen! Vielleicht habe ich ihn damit, dass ich meine Noahkräfte benutzt habe, aber auch heraufbeschworen …

»Cassy, bist du eingeschlafen?«, reißt Rita mich aus meinen Gedanken.

Ich schlage die Augen auf und sofort ist mein Blick auf Daniel gerichtet, der mich mit mahlendem Kiefer betrachtet.

»Ich glaube nicht, dass hier irgendwo Noahs rumrennen. Aber das Wetter macht es mir verdammt schwer …«

Seine Augen verengen sich, nur ganz wenig, aber es entgeht mir nicht. »Sinnlos …«, murmelt er und wendet sich von mir ab.

Gut zu wissen, was er von meiner Hilfe hält.

»Der Wind kommt von Norden, also werden wir südlich an dem Hof vorbeigehen, in der Hoffnung, dass sie uns dann nicht wittern«, beschließt Daniel.

»Momentchen mal, Dan.« Jeffs Blick ist immer noch starr auf mich gerichtet. »Würde mir mal jemand erklären, was das eben sollte? Hast du die Gegend telepathisch nach Noahs abgesucht, oder was?«

Ich ziehe den Kopf etwas zwischen die Schultern und schaue ausweichend zu Boden.

»Hast du irgendwelche tollen Superkräfte, weil dich eine radioaktive Spinne gebissen hat?«

Die alte Legende, auf die Rita da anspielt, hat mir mein Vater früher auch erzählt. Und sie liegt damit ja gar nicht so weit weg von der Wahrheit …

»Das ist jetzt nicht der richtige Zeitpunkt«, antwortet Daniel an meiner Stelle.

Und ich füge hinzu: »Ich werde es euch erklären, irgendwann.«

»Also, mal ehrlich …« Jeff lässt nicht locker. »Irgendwas stimmt doch hier nicht.«

»Jetzt nicht!« Daniels Stimme ist so scharf, dass nicht mal Jeff es wagt, ihm noch einmal zu widersprechen. Daniel lässt ihm auch keine Zeit dazu, denn er zückt seine Axt und marschiert los.

Auch wir anderen bewaffnen uns, wobei ich mit Erschrecken beobachte, dass Jeff nur eine einzelne Patrone in das Gewehr einlegt.

Er bemerkt meinen Blick. »Die letzte … «, sagt er leise. »Ich hoffe, wir finden in NNY Nachschub.«

Das Gewitter wird noch heftiger, während wir den Bauernhof umkreisen. Der Wind zerzaust mir das nasse Haar und lässt mich frösteln, auch wenn die Temperatur wohl kaum gesunken ist. Immer wieder teilen gleißende Blitze den dunklen Himmel, gefolgt von ohrenbetäubenden Donnerschlägen.

Wir sind gerade auf Höhe des Wohnhauses, als sich Jeff plötzlich von uns absetzt und auf das Haus zusteuert.

»Dieser Vogel, was macht er jetzt schon wieder?«, zischt Rita und will ihm nach.

Daniel hält sie zurück. »Sein Problem. Wenn er den Helden spielen will, soll er das tun.«

Rita sieht Daniel finster an, macht aber keine Anstalten, weiterzugehen.

Gebannt beobachten wir, wie Jeff sich dem Haus nähert. Er ist noch knapp fünf Meter davon entfernt, da fliegt plötzlich die Eingangstür auf.

Wie versteinert bleibt Jeff stehen, als sich ein Noah aus dem dunklen Innenraum herausschiebt. Er wirkt irgendwie benommen und ungelenk. Da fällt mir auf, dass ihm an einem Bein der Unterschenkel fehlt. Das Hosenbein ist an der Hüfte abgerissen, vermutlich mit dem gesamten Bein, und nun wächst es nach. Beeindruckend und widerlich zugleich …

Ohne noch weiter zu zögern, reißt Jeff das Gewehr hoch und drückt ab. Der Knall geht im Donner unter, ich erkenne es nur daran, dass es den Noah nach hinten wirft.

Dabei hält sich dieser aber am Türrahmen fest, was verhindert, dass er umkippt. Jeff war dieses Mal nicht so zielsicher wie sonst, der Noah blutet lediglich aus dem Bauch, was bedeutet, dass der Treffer für ihn kaum gefährlich ist. Den Schmerz spürt er allerdings, was ihn aufheulen lässt.

»Dieser Volltrottel«, schimpft Daniel neben mir und umfasst den Stil der Axt fest mit beiden Händen. »Dieses Geschrei wird uns verraten!« Er prescht nach vorn, vorbei an Jeff und direkt auf den Noah zu.

»Nein!«, brüllen Rita und ich wie aus einem Mund, als Daniel sich auf das Biest stürzt.

Noch im Sprung holt er mit der Axt aus und versenkt das Blatt tief im Haupt des Noahs. Danach macht er einen schnellen Satz rückwärts, um jeden Kontakt mit dem Vieh zu vermeiden, dem nun nicht nur Blut aus dem Bauch, sondern auch Hirnbrei aus dem Schädel läuft. Daniel ist geübt im Kampf gegen diese Monster, das sieht man. Ganz im Gegensatz zu Jeff, den er grob vor sich her stößt, während sie wieder auf uns zugelaufen kommen.

»So eine Kacke kommt dabei raus, wenn man im Alleingang lostobt«, wettert er weiter vor sich hin. »Jetzt müssen wir jederzeit damit rechnen, von seinen Kumpels angefallen zu werden.«

»Was wolltest du denn dort, Jefferson?«, fragt Rita vorwurfsvoll.

Jeffs Gesicht ist noch immer kalkweiß von dem Schreck, den der plötzlich auftauchende Noah ihm eingejagt hat. »Ich wollte ... nach Munition schauen ... und so was«, stammelt er.

»Super gemacht«, blafft Daniel. »Nun haben wir statt einer Patrone gar keine mehr!«

»Was hätte uns eine schon genützt?« Jeff scheint den Schock langsam zu überwinden. »Du hast doch gesehen, dass ...«

»Man muss auch zielen und nicht nur sinnlos rumballern, aber das kannst du ja nicht«, reizt Daniel ihn weiter.

»Mit meinem Rumgeballer habe ich euch von dem beschissenen Dach runtergeholt, schon vergessen?«

»Und das war auch die einzig richtige Entscheidung«, will ich schlichten, denn die beiden sehen so aus, als ob sie sich jeden Moment gegenseitig an die Kehle springen.

Während er Jeff weiter verachtend ansieht, meint Daniel: »Wir müssen sehen, dass wir weiterkommen, bevor hier noch mehr von denen auftauchen.«

Rita hakt sich sofort bei ihrem Bruder ein und läuft los. Auch sie scheint bemerkt zu haben, wie dick die Luft hier plötzlich ist.

»Ich hab die Schnauze echt voll von euren ständigen Streitereien«, höre ich sie schimpfen. »Werdet endlich mal erwachsen. Cassy und ich kommen doch auch klar.«

Ich muss unweigerlich zu Daniel sehen.

Er ist immer noch stocksauer. Ich kann ihn verstehen und bin ehrlich froh, dass ausnahmsweise nicht *ich* der Grund dafür bin.

»Dann hoffen wir mal, dass die Sinne der Noahs durch das Unwetter genauso getrübt sind wie meine«, sage ich leise zu ihm, als wir den anderen folgen.

Nach einer halben Stunde Marsch durch den Regen, ohne dass sich ein weiterer Noah zeigt, beruhigen wir uns alle langsam.

Irgendwann verzieht sich auch das Unwetter endlich, und zwar so schnell, wie es gekommen ist. Hell wird es heute trotzdem nicht mehr, denn während laut und finster das Gewitter getobt hat, ist still und heimlich die Nacht heraufgezogen.

Tag 18

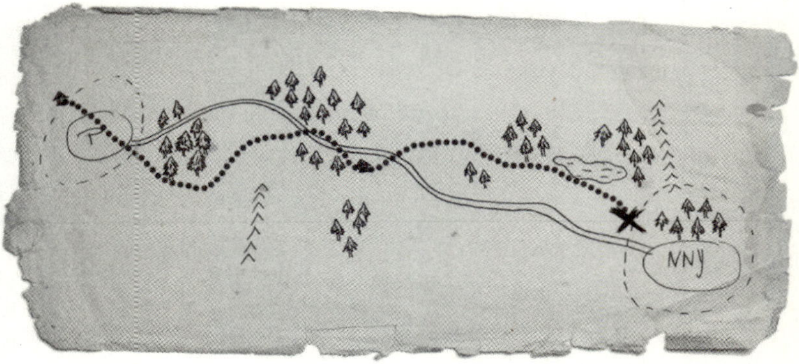

Als wir im Morgengrauen ein weiteres Waldgebiet umrunden, haben wir uns dem Tempo von Schnecken angepasst. Auch wenn die letzte Woche wohl die aufregendste und anstrengendste meines ganzen Lebens war, so konnten wir uns immerhin nachts von den Strapazen erholen. Heute war uns nicht mal das vergönnt und ich bin todmüde. Außerdem sind meine Sachen noch immer nass vom Regen und ich habe Hunger.

Und dabei spaziert mein potenzielles Frühstück doch direkt neben mir.

Wieder einer dieser beunruhigenden Gedanken. Doch bevor ich mir darüber Sorgen machen kann, haben wir den Wald passiert und unser Blick liegt frei auf einer weitläufigen Ebene vor uns.

Mehrere Kilometer entfernt erhebt sich NNY. Selbst aus der Ferne erkennt man, dass sich die Stadt deutlich von Paddingtown unterscheidet. Ich kann kaum Wohngebäude erkennen, dafür jede Menge Lagerhallen und Produktionsgebäude, alte Lastenkräne und Metallgerüste, von denen ich keine Ahnung habe, wozu sie gut sein sollen. Beeindruckend ist aber vor allem die Landschaft um die Stadt herum. Überall sieht man Ruinen, die bizarre Muster auf die Hügel vor uns zeichnen. Hier und da ragen Reste von Gebäuden aus der Erde empor oder sind Linien umgestürzter Kräne erkennbar. Es sind Trümmer einer längst vergangenen Zivilisation, die hier vor uns liegen und die sich die Natur bereits zu einem großen Teil zurückerobert hat. Kaum ein Stein ist zu sehen, der nicht von Erde, Moos oder Gräsern bedeckt ist.

»Kein Wunder, dass die Noahs hier leichtes Spiel hatten«, beurteile ich den mangelnden Schutz der Stadt, als mir auffällt, dass es keine Außenmauer gibt, wie es in Paddingtown der Fall war.

Jeff lacht über meine Bemerkung. »Da merkt man mal wieder, dass du vom Land kommst. Siehst du die Türme da?« Er deutet auf kanzelartige Gebilde, die rund um die Stadt in gleichmäßigem Abstand aufgebaut sind. »Diese eckigen Kästen mit den Rohren vornedran, das sind Geschütze. Mit ihnen kann man selbst über große Entfernungen sehr genau zielen. Wenn sich Noahs der Stadt genähert haben, wurden sie von den Wachen einfach abgeknallt.«

»Ich kann mir nicht vorstellen, wie es den Bestien gelungen ist, NNY einzunehmen«, meint Rita und jetzt nicke ich zustimmend.

»Na ja, vielleicht haben sie jemanden reingelassen, der infiziert war«, überlegt Jeff.

Ich schlucke trocken.

»Und der hat dann einen gebissen, der wieder jemanden gebissen hat, und so weiter«, führt er seine Überlegung fort. »Das geht schnell! Deswegen ist es ja so wichtig, dass alle Infizierten sofort getötet werden. Was anderes kann ich mir bei NNY echt nicht vorstellen …«

Gänsehaut läuft über meinen ganzen Körper. Ohne es zu wollen, wandert mein Blick zu Daniel. Doch er starrt stur auf die Stadt vor uns, als hätten Jeffs Worte keine tiefere Bedeutung. Als würde er nicht indirekt von mir sprechen.

Dann dreht er mir doch den Kopf zu. Ich habe keine Ahnung, womit ich gerechnet habe. Anteilnahme? Mitleid? Vorwurf? Wenigstens ein verschwörerisches Funkeln? Egal, was ich erwartet habe, ich werde enttäuscht. Sein Blick ist absolut ausdruckslos.

»Kannst du … also … riechst du etwas?«, fragt er nüchtern, als hätten Jeffs Ausführungen nichts mit mir zu tun.

Ich schlucke meinen Ärger über sein fehlendes Einfühlungsvermögen herunter und schnüffle stattdessen. Sofort nehme ich Witterung auf.

Moos … und … Honig …

Ach, verdammt!

Ich mache zwei Schritt nach vorn, weg von Daniel, der Quelle dieses wunderbaren Geruchs, und versuche es noch mal. Ganz verschwunden ist sein Aroma zwar nicht, aber zumindest überlagert es nicht mehr alles andere. Von dem anderen gibt es aber jede Menge.

Teilweise sind es mir bekannte Gerüche, andere kann ich wieder überhaupt nicht zuordnen. Es wäre hilfreich gewesen, wenn ich schon in Paddingtown eine Noahnase gehabt hätte, dann würde ich die typischen Gerüche einer Stadt jetzt kennen.

»Keine Ahnung, ob irgendetwas Lebendiges in der Nähe ist«, gebe ich betreten zu, was Daniel mit einem abfälligen Seufzen quittiert.

»Dann also Blindflug …« Er will bereits weitergehen, doch Rita hält ihn zurück.

»Können wir wenigstens etwas essen? So laut, wie mein Magen knurrt, entdecken uns die Noahs sofort.«

»Wir haben nichts mehr, schon vergessen?«, erinnert Jeff sie.

»Dann wenigstens eine Pause?«, bettelt Rita, aber Daniel lässt sich nicht erweichen.

Er legt mir eine Hand auf den Rücken und drängt mich zum Gehen, ganz als wäre *ich* diejenige gewesen, die um eine Rast gebeten hat. Der Druck jedoch, mit dem er mich vorwärts schiebt, ist so sanft – ja, fast liebevoll –, dass mir ein angenehmer Schauer über den ganzen Körper läuft.

Es vergeht noch mal eine halbe Stunde, bis wir die ersten Ruinen erreichen. Ich komme aus dem Staunen gar nicht mehr heraus. Aus der Nähe wirken diese Relikte noch faszinierender auf mich.

»Hier hat mal eine riesige Stadt gestanden, eine richtige Metropole. NNY ist nur noch ein spärlicher Rest davon«, erklärt Daniel, als ihm mein offen stehender Mund auffällt. »Gerade Großstädte waren Geburtsorte regelrechter Noah-Armeen und so hat man diese natürlich zuerst vernichten wollen. NNY, oder wie auch immer es früher hieß, ist schon ziemlich am Anfang des Mutationsausbruches bombardiert worden. Damals wusste man noch nicht, wie schwer die Noahs zu töten sind.«

»Nur durch Schüsse oder rohe Gewalt in den Kopf?«, testet Rita ihr eigenes Wissen.

»Genau so, man muss ihr Gehirn zerstören«, bestätigt Daniel. »Da nützt es nichts, ihnen den Lebensraum zu nehmen, das stecken die locker weg.«

»Man kann ihr Gehirn auch einfach kochen wie ein Frühstücksei«, schlägt Jeff mit schiefem Grinsen vor.

»Igitt, das ist widerlich.« Rita schüttelt sich übertrieben.

»Woher weißt du das eigentlich?«, frage ich Daniel. »Bist du schon mal hier gewesen?«

»Meine Eltern waren doch bei der Armee. Mein Vater war bei einem solchen Angriff dabei.«

Ohne es zu wissen, habe ich ein sensibles Thema angesprochen. Um nicht weiter in der Wunde zu bohren, dass Daniel seine Eltern seit Jahren nicht gesehen hat, schweige ich lieber.

Es ist ohnehin an der Zeit, dass wir uns so ruhig wie möglich verhalten, denn die Stadt rückt immer näher.

Ich beobachte die Gebäude, die uns am nächsten liegen, genau, um die anderen beim kleinsten Anzeichen irgendwelcher Kreaturen zu warnen. Aber ich kann keine Bewegung ausmachen.

Alle paar Schritte atme ich tief und konzentriert ein, in der Hoffnung, die Noahs auf diesem Weg frühzeitig zu erkennen. Aber irgendetwas hängt in der Luft, was meine Atemwege blockiert. Der

Geruch ist schwer, irgendwie süß und doch abstoßend. Je näher wir der Stadt kommen, umso intensiver wird er und macht es mir bald unmöglich, noch irgendetwas anderes zu wittern.

An der letzten höheren Ruine vor dem Stadteingang, hinter der wir uns verstecken können, halten wir noch einmal an.

»Also, wie wollen wir nun vorgehen?« Fragend schaut Rita abwechselnd ihren Bruder und ihren Freund an.

Doch ich bin diejenige, die ihr antwortet. »Ihr wartet hier, während ich nachsehe, ob die Luft rein ist.«

»Du hast ja einen Vollknall«, meint Jeff.

Es war zu erwarten, dass er mich davon abhalten will. Also sehe ich Hilfe suchend Daniel an. Aber auch er sieht nicht sonderlich begeistert von meiner Idee aus.

Mir droht die wenigste Gefahr. Ich bin eh schon gebissen worden, versuche ich, ihm nur mit Blicken zu sagen, während nun auch Rita ihren Senf dazugibt, wie blöd mein Vorschlag sei.

»In Ordnung«, sagt Daniel zur Überraschung der Geschwister. »Aber wenn du nur das kleinste Anzeichen für Noahs entdeckst, ziehst du dich zurück. Keine sinnlosen Alleingänge, wir wissen ja, wohin so was führt.« Er bedenkt Jeff mit einem vielsagenden Seitenblick, was diesem jegliche Widerworte im Hals stecken bleiben lässt. »Hast du mein Tuch noch?«

Ich nicke.

»Du kannst uns damit Signal geben. Such dir eine erhöhte Position und wink damit, wenn wir dir folgen können. Sobald wir drinnen sind, wird kein Wort mehr gesprochen.«

»Ihr habt doch beide einen Schuss«, kommentiert Rita Daniels Entscheidung.

Aber was will sie schon tun?

Ohne ihr weiter Beachtung zu schenken, mache ich mich auf den Weg. Es sind noch ungefähr fünfzig Meter bis zum Stadtrand, die ich nun auf möglichst leisen Sohlen hinter mich bringe.

Rita scheint es aufgegeben zu haben, mir meine Idee ausreden zu wollen, denn ich kann keinen meiner Begleiter mehr reden hören.

Langsam schleiche ich auf die Häuser zu. Von Noahs entdecke ich noch immer keine Spur. Dafür schlägt mir ein Gestank entgegen, der mir fast die Sinne nimmt, widerlich süß und beißend, sodass ich kaum mehr atmen kann.

Als ich die erste Lagerhalle erreiche, drücke ich mich mit dem Rücken gegen die Mauer. Schritt für Schritt schiebe ich mich daran entlang, biege um die Ecke und bekomme einen ersten Einblick ins Innere der Stadt.

Es bietet sich mir ein Bild der Zerstörung. Von außen wirkte die Stadt einfach nur verlassen, aber hier wird klar, dass sie schlichtweg überrannt und verwüstet wurde. Kaum ein Gebäude weist noch Scheiben in den Fenstern oder Türen in den Angeln auf, dafür sind die Straßen gefüllt mit Möbeltrümmern, Glassplittern und anderem Müll.

Auf einmal glaube ich, einen Schatten irgendwo rechts von mir wahrzunehmen. Erst da wird mir bewusst, was ich hier gerade mache. Ganz allein und nur mit einer Schleuder und ein paar Kieselsteinen bewaffnet, schleiche ich mich in absolutes Noahgebiet.

Herzlichen Glückwunsch, Cassidy – du hast den Hauptpreis gewonnen!

Ich bleibe stehen und schaue mich um.

In Gedanken beruhige ich mich selbst immer wieder mit demselben Satz: *Sie sind für dich nicht gefährlich.*

Gott sei Dank stellt sich der Schatten als Produkt meiner Fantasie heraus, denn während ich eine gefühlte Ewigkeit regungslos verharre, zeigt sich niemand.

Ich wiederhole mein Mantra der Unantastbarkeit immer wieder, während ich noch einen Schritt ins Stadtinnere setze, dann noch einen und noch einen. Es hilft nicht wirklich, mein Herz rast so, dass ich meinen Puls in den Ohren rauschen höre.

Ich wage mich bis zum nächsten Gebäude und dessen Eingangstür vor, oder vielmehr der Stelle, an der sie einst gewesen ist. Grobe Holzsplitter auf dem Boden sind das Einzige, was davon übrig ist.

Weiterhin bemüht, jedes Geräusch zu vermeiden, betrete ich das Haus. Wenn ich an eines der oberen Fenster komme, kann ich mir einen Überblick über die Stadt und die lauernde Gefahr verschaffen, wenn es denn eine gibt. Andernfalls kann ich Daniel, Rita und Jeff das abgesprochene Signal geben.

Es herrscht Stille in dem stickigen Lagergebäude, aber eine von der bedrohlichen Art. Schon im Eingang stolpere ich fast über die Ursache für den bestialischen Gestank, der hier allgegenwärtig ist.

Es ist eine Frau, glaube ich, oder besser das, was von ihr übrig ist. Bleiche Knochen und lange dunkle Haare sind das Einzige, was ich an körperlichen Bestandteilen eindeutig erkennen kann. Die Kleider liegen in zerrissenen Fetzen neben der Leiche und auch ihr Fleisch sieht nicht besser aus. Große Teile sind herausgerissen und das bisschen, was noch da ist, ist nicht mehr als eine breiige Masse, auf der sich Fliegen und Maden tummeln.

Ein intensiver Brechreiz überkommt mich und bitterer Magensaft steigt meine Kehle hinauf.

Jetzt bloß nicht kotzen, bitte ich mich selbst und übergebe mich nur einen Sekundenbruchteil später direkt neben der Toten. Sehr viel ist es nicht, was ich rausbringe, denn das karge Frühstück ist fast völlig verdaut. Sofort verkrampft sich mein Magen.

Ich muss dringend etwas essen. Mein Blick huscht zu der
Leiche. Sicher, frisches und blutiges Fleisch würde ich
vorziehen, aber die Maden geben dem Ganzen bestimmt
eine interessante Würze …

Ich muss noch mal würgen bei diesem widerlichen Gedanken, bringe aber nur noch bittere Galle hervor. Die Geräusche, die ich dabei verursache, hallen in dem leeren Lagerhaus wider.

Am ganzen Körper zitternd, lehne ich mich an die Wand neben dem Eingang und schließe die Augen. Meine Knie sind wie Gummi, der Geschmack in meinem Mund ist ekelhaft und wirklich durchatmen, um mich zu beruhigen, kann ich auch nicht, da der Gestank hier drinnen sofort einen weiteren Brechanfall auslösen würde.

Ich muss mich dringend wieder einkriegen!

Ich öffne die Lider und lasse den Blick im Raum schweifen. Zwei riesige Maschinen, deren Funktion mir vollkommen unklar ist, dominieren den Raum. An der Außenwand ganz in meiner Nähe führt eine metallene Treppe nach oben zu einem Rundgang, der den kompletten Innenraum umläuft. Und Zugang zu den Fenstern gewährt – also genau, was ich gesucht habe.

Als ich mich gerade von der Wand lösen will, höre ich ein Geräusch vom anderen Ende der Halle. Dort ist ein weiterer Ausgang, der mir bisher noch gar nicht aufgefallen ist. Im Torbogen steht eine Gestalt. Da ich durch das von außen einfallende Sonnenlicht nur die Silhouette erkennen kann, weiß ich nicht, ob es sich um einen Noah oder einen Überlebenden handelt.

Hallo, will ich idiotischerweise rufen, doch das Wort bleibt in meiner Kehle stecken, als sich der Fremde mit einem Satz nach vorn schmeißt und über einen weiteren der Kadaver herfällt.

Schnell wende ich den Blick ab, doch das schmatzende Geräusch, das folgt, reicht vollkommen, um mir eindeutige Bilder in den Kopf zu malen und meinen Magen erneut rebellieren zu lassen.

Dass es sich um einen Noah handelt, steht nun außer Frage. Ich habe mir den Schatten draußen also doch nicht eingebildet, es sind wirklich einige dieser Biester in der Stadt. Jetzt liegt es an mir, herauszufinden, wie hoch die Bedrohung durch sie ist.

Ich schaue zu der Treppe, richte meine ganze Konzentration darauf und versuche, alles andere auszublenden: die Gerüche, die Geräusche, meinen krampfenden Magen, mein vor Angst bald explodierendes Herz.

So leise ich kann, schleiche ich hinüber und steige die Metallstufen hoch. Dabei erklingt bei jedem Schritt ein leises *Klonk,* wenn ich den Fuß absetze.

Ich zähle vierundvierzig Stufen, bis ich den Rundgang erreiche. Oben angekommen, werfe ich einen Blick zurück, um zu schauen, was der Noah macht. Zu meiner Erleichterung ist er weg. Dafür erkenne ich jetzt, dass neben den zwei Toten, die ich bereits gesehen habe, noch mindestens zwei Dutzend weitere in der Halle verteilt liegen, keiner davon in besserem Zustand als die Frau neben der Tür.

Ich verfluche meine scharfsichtigen Noahaugen, dank denen ich den Verwesungsgrad der Leichen bis ins Detail erkennen kann.

Weiter, treibe ich mich an. *Für die kannst du eh nichts mehr tun.*

Außer, sie zu essen. Ich drehe um, gehe die Treppe wieder hinunter.

Scheiße, was mache ich denn hier?

Ich greife mir an den Kopf, als mir bewusst wird, dass ich im Begriff war, wieder nach unten zu gehen. War das die Noah in mir, die mich gelenkt hat, ohne dass ich etwas mitbekommen habe? Das wäre ja furchtbar!

Schnell setze ich meinen geplanten Weg fort und steuere das erste Fenster auf dem Rundgang an. Es ist fast ein Vorteil, dass die Scheiben zersprungen sind, denn an den restlichen Splittern, die noch im Rahmen stecken, sehe ich, wie dreckig sie gewesen sind. Der Schmutz hätte es unmöglich gemacht, irgendetwas hinter dem Glas zu erkennen.

Ich spähe hinaus und spitze gleichzeitig die Ohren. Zuerst glaube ich, bei dem Noah unten hat es sich um ein einzelnes, verirrtes Exemplar gehandelt. Die übrige Stadt erscheint leer. Doch während ich mich vorsichtig hinausrecke, um weiter sehen zu können, fallen mir auf den Straßen noch mehr Leichen auf und immer wieder kommt irgendwo ein Noah aus einem Gebäude gesprungen, um kurz an ihnen zu nagen. Insgesamt beobachte ich bestimmt fünfzehn von den Bestien auf ihren Fressgängen, während ich so an dem Fenster hocke.

Das sind schon einige, aber wer weiß, wie viele noch in den Gebäuden hausen?

Trotzdem bin ich etwas beruhigt. Der Weg durch die Straßen scheint halbwegs sicher zu sein, wenn wir uns langsam und leise vorwärts tasten.

Ich ziehe mich zurück und folge dem Rundgang weiter, bis ich zu einem Fenster komme, von dem aus ich die Landschaft außerhalb der Stadt sehen kann. Ich löse Daniels Tuch von meinem Arm. Die Bisswunde darunter ist verheilt, wenn die Narbe auch ganz klar erkennen lässt, dass dort mal jemand seine Zähne in mein Fleisch versenkt hat. Anscheinend verschwindet die Verletzung nicht vollkommen, da ich sie vor dem Einsetzen meiner Wandlung erhalten habe. Ich bin für immer gebrandmarkt.

Ich beuge mich aus dem zerstörten Fenster und schüttle das Tuch aus, um damit das versprochene Signal zu geben.

Als ich an die Stelle schaue, an der meine Freunde warten, gefriert mir das Blut in den Adern. Der Platz bei den Trümmern ist leer. Ich suche die Gegend ab, vielleicht habe ich mich ja getäuscht und die Stelle, an der ich sie zurückgelassen habe, ist woanders. Aber nichts, keine Menschenseele treibt sich außerhalb der Stadt herum. Dafür sehe ich einen Noah herumschleichen. Vielleicht hat der sie in die Flucht geschlagen? Oder sie getötet und irgendwo hingeschleppt?

Panisch weiche ich vom Fenster zurück, renne den Gang entlang und fliege die Treppe beinahe hinunter. Auf den Lärm, den ich dabei verursache, achte ich nicht. Ich muss meine Freunde finden!

Ich lege einen kurzen Sprint zur Tür zurück und stolpere dabei über die tote Frau. Gerade noch kriege ich den Türrahmen zu fassen, damit ich nicht hinfalle. Schwungvoll verlasse ich das Haus, biege sofort nach rechts und … stoße prompt mit jemandem zusammen.

Die kleine Person hat meinem Schwung nicht viel entgegenzusetzen und so reiße ich sie einfach von den Füßen und wir stürzen beide auf die staubige Straße.

»Au, Cassy, pass doch auf!«, schimpft Rita, die unter mir begraben liegt.

Sofort greifen starke Hände nach mir, ziehen erst mich und dann Rita wieder auf die Beine.

»Was macht ihr hier?«, blaffe ich. Meine Stimme überschlägt sich bald, so hysterisch bin ich. »Ich dachte, die Noahs haben euch erwischt!«

»Das dachten wir von dir auch«, meint Jeff, der Rita behutsam den Staub vom Rücken streicht.

»Du bist seit einer halben Ewigkeit weg«, erklärt Daniel. »Die beiden haben sich Sorgen gemacht.« Er deutet auf die Geschwister.

Natürlich, ihm selbst ist es vollkommen egal, was mit mir wird.

»Es gibt also doch Noahs hier?« fragt Rita. Ihre Stimme wird von dem Tuch gedämpft, dass sie vor Mund und Nase gebunden hat.

Ich erkenne in ihm das Gegenstück zu dem, welches ich noch immer krampfhaft in der Hand halte. Sie hat es am Tag unserer ersten Begegnung wie ein Haarband getragen. Jetzt dient es weniger dazu, ihre Mähne zu bändigen, als vielmehr, um ihre Geruchsnerven vor dem Verwesungsgestank zu schützen. Gute Idee …

Trotzdem schlinge ich mir meines wieder um den Arm, um meine *Zeichnung* zu verdecken.

»Ich habe ein paar gesehen«, bestätige ich. »Sie wechseln aber nur zwischen den Häusern und bleiben nicht lange draußen.« Dass sie nur rauskommen, um zu fressen, behalte ich für mich.

»Dann sollten wir hier nicht rumquatschen und darauf warten, dass zufällig einer vorbeigestapft kommt«, macht Daniel Druck.

Er will mich in Richtung der Halle schieben, aus der ich gerade gekommen bin, doch ich widersetze mich.

»Da sollten wir nicht reingehen«, wehre ich ab. »Dort liegen … also, von dort kommt der Geruch.«

Angewidert hört er auf, mich zu schubsen.

»Lasst uns lieber direkt in Richtung Labor gehen.« Ich ziehe die gefaltete Karte aus meiner Gesäßtasche und halte sie den Jungs entgegen.

Jeff greift zuerst zu. »Nein«, sagt er entschieden. »Wir gehen ins Arsenal.«

Von ihren Streitereien gestern weiß ich, dass Jeff jenes Gebäude meint, in dem früher die wichtigsten Güter aufbewahrt wurden: Waffen und Munition.

»Diese Diskussion haben wir doch bereits hinter uns, McDougle«, zischt Daniel wütend.

»Du vielleicht, ich nicht«, erwidert Jeff ebenso aufgebracht. »Wir brauchen etwas, um uns zu verteidigen. Deine kleine Axt kann uns nicht alle beschützen! Außerdem wird es den Rückweg um einiges angenehmer machen, ohne die ständige Angst und mit etwas in der Hand, mit dem wir uns wehren können!«

Mein Herz will sich sofort auf Daniels Seite stellen und auch mein Verstand kann sich nicht ganz für Jeffs Plan begeistern. Das Waffenlager liegt genau am anderen Ende der Stadt, das Labor irgendwo dazwischen. Wir brauchen nur die Medikamente, weitere Unternehmungen in diesem Hexenkessel bedeuten zusätzliche Gefahr.

Allerdings hat Jeff nicht unrecht. Wenn wir so gut bewaffnet wären, dass wir, ohne zu zögern, um uns schießen können, würde ich mich deutlich wohler fühlen – weniger wegen meiner eigenen als vielmehr der Sicherheit der anderen. Sie können sich wehren, auch gegen mich, sollte es nötig werden.

»Jeff hat recht«, ergreift Rita Partei für ihren Bruder. »Außerdem haben wir nichts mehr zu essen oder zu trinken. Auch danach sollten wir suchen …«

»Wie viele Tage gedenken die werten Herrschaften denn, in dieser wundervollen Residenzstadt zu bleiben?«, redet sich Daniel in Rage. »Herzlich willkommen in Noah-City«, zitiert er einen imaginären Reiseführer. »Genießen Sie die frische Luft bei ausgedehnten Spaziergängen oder besteigen Sie einen unserer Aussichtskräne und erhalten Sie einen wunderbaren Überblick über unser sauberes Städtchen. Wir empfehlen auch einen Besuch unserer Fitnesskurse ›Flucht als Fettkiller‹ oder der Dinnershow ›Kochen mit Noah – Wie sie selbst zur perfekten Hauptspeise werden‹.«

»Halt's Maul, Jenkins!« Jeff packt Daniel am Kragen und schleudert ihn rücklings gegen die Hauswand. Dann holt er zu einem üblen Kinnhaken aus, dem Daniel zum Glück ausweichen kann.

Sofort setzt dieser zum Gegenschlag an. Rita hängt sich allerdings an seinen Arm, um ihn davon abzuhalten.

»Habt ihr jetzt vollkommen den Verstand verloren?« Ich dränge mich zwischen die beiden Streithähne. »Der eine brüllt wie ein Verrückter, der andere will Blut sehen. Beides ganz tolle Ideen, wenn wir die Noahs anlocken wollen. Doch soweit ich mich erinnere, wollten wir genau das vermeiden!«

Daniel lässt den Arm, den Rita noch immer umklammert hält, sinken. Trotzdem funkeln seine Augen noch wütend, genau wie die von Jeff.

Mir kommt eine Idee, die vielleicht beiden gefallen könnte. »Ihr habt doch gesagt, hier wurde hauptsächlich Munition hergestellt. Die kann doch nicht nur in diesem einen Lager untergebracht sein. Sicher finden wir in den Produktionshallen auch welche, wenn wir die Häuser auf unserem Weg zum Labor unter die Lupe nehmen, und vielleicht auch etwas Essbares.« Mir graut es zwar, die Leichenhallen zu betreten, zu denen die Häuser zweifelsohne geworden sind, aber es ist die bessere Alternative, als sich bis zum Arsenal durchzukämpfen.

»Nein«, sagt Jeff so bestimmt, dass ich zusammenzucke.

Irgendetwas flackert in seinen Augen, etwas Unsicheres und gleichzeitig Bedrohliches. Er wird mich doch nicht auch schlagen wollen?

Da wird seine Stimme wieder weicher. »Munition könnten wir finden, aber keine Waffen. Die sind im Hauptlager.«

»Okay …«, stimme ich widerwillig zu. »Dann bleibt uns ja gar nichts anderes übrig.«

Daniel schnaubt abschätzig. »Na herzlichen Glückwunsch …«

»Bleib doch hier, wenn du so dagegen bist«, fährt Jeff schon wieder hoch.

»Und dich mit den Mädels allein lassen? Sicher nicht …«

»Also gehen wir alle zusammen«, verkündet Rita, wobei ihr nicht wohl zu sein scheint. »Zum Arsenal.«

Der Weg dorthin zieht sich schier endlos in die Länge. Ständig müssen wir in irgendwelche Quergassen abbiegen, weil der Hauptweg verschüttet, von Leichen gepflastert oder von Noahs blockiert ist, die sich öfter als erwartet außerhalb der Häuser tummeln. Meist zum Fressen, doch wir kommen auch in den Genuss, ein Pärchen beim Liebesspiel zu überraschen.

Auch dabei verhalten sie sich wie Tiere und man merkt, dass es reinweg um die Befriedigung körperlicher Gelüste geht. Mit Liebe hat das sicher nichts zu tun, wie der Mann sich grob auf die Frau stürzt und ihr die Kleider förmlich vom Leib reißt. Er hängt ein paar Minuten über ihr wie ein Hund, hechelnd und schwanzwedelnd, während die Frau sich unter ihm windet – ob vor Erregung oder vor Schmerz, kann ich nicht einschätzen. Kurz darauf ist es vorbei, der Noah ist befriedigt und lässt seine Partnerin einfach auf dem Pflaster liegen.

Wie gebannt beobachten wir die Szene. Obwohl es widerlich ist, gelingt es niemandem, den Blick abzuwenden. Rita ist schließlich diejenige, die uns weitertreibt.

Unser Weg führt uns auch in einiger Entfernung am Labor vorbei, sodass ich schon mal einen Blick darauf werfen kann. Es ist ein viereckiger Betonklotz mit großen Fenstern und verschiedenen Abluftanlagen. Ich hätte nicht erkannt, was es ist, wenn nicht ein riesiges rotes Kreuz auf der Außenmauer prangen würde.

Am liebsten würde ich mich jetzt von der Gruppe absetzen und allein nach den Medikamenten suchen. Sollen sie die Waffen besorgen, wir können uns ja später wieder treffen. Aber ich weiß, dass weder Jeff noch Daniel mich allein gehen lassen würden, und eine heimliche Flucht ist unmöglich. Also stapfe ich brav neben Rita her, während wir wieder von der Hauptstraße abbiegen, um einen umgestürzten Kran zu umgehen.

Die Laute, die aus den Häusern zu uns dringen, sind mehr als beängstigend. Von banalem Rumpeln und Rascheln über bedrohliches Knurren und Geifern bis hin zu eindeutigen Kampfgeräuschen ist alles dabei.

Wer weiß, um was für Leckerbissen sich meine
Artgenossen da drinnen prügeln. Ich recke die Nase
empor, kann aber nichts Eindeutiges wahrnehmen.
Die Luft ist ein einziges Gemisch aus tausenden
Gerüchen.

Tatsächlich kann ich keinen klaren Duft fassen. Ich rieche die Noahs nicht und auch meine Begleiter, die ja dicht neben mir gehen, hinterlassen in der Luft nur einen Hauch von ihrem Duft, der sonst über mehrere Meter hinweg so markant ist.

Das ist gut, denke ich. *So ist es relativ unwahrscheinlich, dass die Noahs Notiz von uns nehmen, solange sie uns nicht sehen.*

Ganze zwei Stunden brauchen wir, bis wir endlich an unserem Ziel ankommen. Es sieht nicht anders aus als die vielen Lagerhallen, an denen wir schon vorbeigekommen sind, aber es steht in großen

Buchstaben ›Arsenal‹ über dem Eingang, also werden wir wohl richtig sein.

»Ihr Mädchen wartet hier draußen«, sagt Daniel, ohne uns anzusehen, und geht sofort hinein.

Ich schaue nach oben auf die Fensterreihen. Es sind drei, also vermutlich genauso viele Stockwerke, vielleicht sogar noch ein Keller. »Ihr werdet ewig brauchen, bis ihr alles durchsucht habt. Wäre es nicht schlauer, wenn wir uns jeder eine Etage vornehmen?« Ohne abzuwarten, folge ich Daniel ins Lager, die anderen tun es mir nach.

Der Eingangsbereich erinnert mich ein wenig an das Rathaus in Paddingtown, was vor allem an der großen Treppe und der Beschilderung an ihrem Ende liegt.

»Sehr gute Idee«, nimmt Jeff meinen Vorschlag auf, was mich schon ein wenig überrascht. »Aber geht kein Risiko ein. Wenn ihr irgendwo auf Noahs stoßt, kehrt ihr um. Wir treffen uns dann wieder hier.« Schon lässt er uns stehen und nimmt die Treppe, die ins Untergeschoss führt.

Auf dem Wegweiser ist dieser Bereich nur mit ›Area Zero‹ betitelt, was auch immer das bedeuten mag.

Daniel grummelt und klingt dabei fast wie ein Noah.

Ich sag ja, er wäre ein toller Begleiter! Es wäre ein
Leichtes, ihm jetzt kurzerhand an den Hals zu fallen …

Er studiert das Schild. »Dawson, du gehst in den ersten Stock, Rita bleibt hier unten. Ich gehe ganz nach oben.« Dann läuft auch er los, ohne uns nach unserer Meinung zu fragen.

»Viel Glück«, sagt Rita, bevor sie in den Gang zu unserer Linken verschwindet.

Ich steige die Treppe hinauf. Über mir kann ich Daniel noch hören, dessen Schritte gerade verklingen. Unter mir ist es bereits still. Ich bin allein.

Na ja, zumindest, was die Lebenden betrifft, denn Tote gibt es auch in diesem Haus zuhauf. Schon am Treppenabsatz muss ich über den ersten hinwegsteigen. Allerdings ist der Geruch hier nicht ganz so extrem wie in der Produktionshalle, in der ich zuerst gewesen bin. Vielleicht habe ich mich auch einfach daran gewöhnt.

Vor mir liegt nun ein lang gestreckter Flur, an den mehrere Räume grenzen. Anscheinend habe ich die Verwaltungsebene des Arsenals erwischt. Ich bezweifle zwar, dass ich hier irgendetwas Brauchbares finde, aber ich will es auch nicht unversucht lassen.

Ich betrete den ersten Raum und schaue mich um. Umgestoßene Möbel, verstreute Papiere, ein blutverkrusteter Teppich, drei Leichen. Mehr gibt es dort nicht zu sehen.

Auch der nächste Raum enthält nichts Nützliches, obwohl es sogar einen intakten Schrank gibt, den ich durchwühle. Im dritten lande ich jedoch einen Volltreffer.

Zuerst fällt mein Blick nur auf den Toten, der mitten im Raum liegt. Als ich mich umsehe, zeichnet sich ein klares Bild ab. Die Tür ist nach innen aufgebrochen, was darauf schließen lässt, dass sich dieser Mann – oder die Frau, das kann ich nicht genau sagen – hier drinnen verschanzt hat. Das kleine Messer, das nicht unweit der Leiche auf dem Boden liegt, hat aber nicht gereicht, um sich gegen die Noahs zur Wehr zu setzen. Und sehr lange durchgehalten hat der Mensch auch nicht, denn von den Nahrungsmitteln, die er mitgenommen hat, ist noch jede Menge übrig.

Eine Welle des Mitleids überkommt mich. Wie schlimm muss es für ihn und auch für alle anderen in der Stadt gewesen sein, als klar wurde, dass NNY nicht zu retten ist? Sie müssen ja um ihre ausweglose Lage gewusst haben und trotzdem haben sie versucht, sich zu schützen. Ich male mir aus, wie es wohl gewesen sein muss, hier drinnen zu hocken und zu hören, wie die Noahs draußen auf den Gängen toben und töten, wie sie sich an der Tür zu schaffen machen … Vermutlich hätte ich mich mit dem Messer selbst umgebracht.

Ich schüttle mich und begutachte den Vorrat an Lebensmitteln. Vier Gläser Eingemachtes, wovon eines bereits angebrochen und schimmelig ist. Auch das Brot und das Trockenfleisch machen keinen guten Eindruck, dafür ist der Käse noch essbar. Außerdem finde ich vier Wasserflaschen und einen Blister Tabletten, die man der beiliegenden Beschreibung nach benutzen kann, um verunreinigtes Wasser trinkbar zu machen.

Während ich meinen Rucksack absetze, höre ich plötzlich ein Geräusch vom Flur. Mit zwei Schritten bin ich bei der Tür und luge um die Ecke. Sofort schrecke ich zurück, als ich den Noah am Ende das Ganges sehe, und es läuft mir eiskalt den Rücken hinunter.

Ich packe meinen Fund hastig in den Rucksack, schwinge ihn mir über eine Schulter und drehe mich wieder zum Ausgang.

Im selben Moment taucht der Noah im Türrahmen auf. *Das war's*, schießt es mir durch den Kopf.

Mir ist klar, dass die lächerliche Steinschleuder in meiner Hosentasche keine effektive Waffe ist. Sie zu ziehen, wäre reine Zeitverschwendung. Ich bin erledigt. Dass ich nicht mehr lange lebe, war abzusehen. Aber wenigstens hatte ich gehofft, nicht als Futter zu enden.

Der Noah, ein junger Mann mit braunem Haar und matten blauen Augen, hat mich bereits entdeckt. Er beäugt mich, während sich seine Haltung von locker zu angriffsbereit ändert. Seine Nasenflügel beben jetzt, wahrscheinlich läuft ihm gerade das Wasser im Mund zusammen.

Das Messer fällt mir wieder ein. Vielleicht gelingt es mir, ihn damit in die Flucht zu schlagen? Es ist der gleiche sinnlose Hoffnungsschimmer, den der Tote zwischen uns auch gehabt haben muss. Erfolg hat er keinen gehabt und mir wird es genauso gehen. Trotzdem lasse ich mich ganz langsam auf die Knie sinken.

Der Noah knurrt und noch bevor ich das Messer zu fassen kriege, wirft er sich nach vorn.

Ich kneife die Lider zusammen. Zwei Gesichter sind es, die vor meinem inneren Auge auftauchen, bevor der Noah mich nach hinten werfen wird. Das von meiner kleinen Schwester Claire, für die ich hier sterbe, und das von Daniel, dem hoffentlich ein besseres Schicksal blüht, wenn ich nicht mehr da bin. Es sind die Gesichter der beiden Menschen, die ich liebe.

Eigenartigerweise werde ich nicht umgestoßen, es zerrt auch niemand an mir und der Schmerz, den ich erwartet habe, bleibt auch aus.

Vorsichtig öffne ich die Augen. Der Noah hockt vor mir und kaut an der Leiche herum. Dabei fixiert er mich und übertönt sein Schmatzen mit einem kehligen Abwehrlaut. Er will mich nicht fressen. Er will, dass ich sein Fressen nicht anrühre. Er sieht in mir Konkurrenz, keine Beute. Er sieht die Noah in mir.

Vollkommen erschüttert krieche ich um ihn und die Leiche herum, schnappe mir dabei noch das Messer und ziehe mich dann am Türrahmen nach oben.

Wenn ich etwas gegessen hätte, würde ich mich mit Sicherheit wieder übergeben. So bekomme ich nur einen üblen Geschmack im Mund und mir wird schwindelig. Ich zähle nach – keine zwei Wochen sind seit meiner Infektion vergangen. Ich habe also noch mindestens zwei weitere, bis ich meine Menschlichkeit verliere, und trotzdem behandeln mich die Noahs bereits wie eine von ihnen. Wie viel Zeit bleibt mir also wirklich noch?

Ich fühle mich wie gelähmt. Trotzdem schaffe ich es irgendwie zur Treppe zurück. Hier noch weiterzusuchen, wäre dumm, solange der Noah da ist, und ich habe auch keinen Nerv dafür. Das Entsetzen, das mich gepackt hat, ist zu groß.

Wie betrunken taumle ich die Treppe hinunter.

»Rita?«, rufe ich leise in den Gang, in dem sie vorhin verschwunden ist. Nicht, dass ich meine Stimme bewusst gedämpft hätte, sie ist einfach zu heiser und belegt, um einen kraftvolleren Ausruf hinzubekommen.

Schon schiebt sie ihren Lockenkopf aus einem der Zimmer. »Ich komme gleich.«

Ich halte mich am Treppengeländer fest, in der Hoffnung, dass die Welt dann aufhört, sich zu drehen. Das tut sie nicht. Auch nicht, als Daniel von oben zu mir stößt.

»Alles klar, Dawson?«, fragt er in besorgtem Ton. Er sieht mir an, dass etwas geschehen ist.

»In meinem Stockwerk treibt sich ein Noah herum«, bringe ich mühsam hervor. Mehr kann ich jetzt einfach nicht erklären.

Er runzelt die Stirn. »Oben sind auch mindestens drei. Hast du was gefunden?«

Ich nicke und öffne meinen Rucksack, um ihm meine Ausbeute zu zeigen.

»Sehr gut«, lobt er. »Ich war auch erfolgreich.« Er dreht sich und deutet auf seinen Hintern, wo eine Pistole in einer der Taschen steckt. »Sie ist sogar geladen.«

Dann erschieß mich bitte, möchte ich sagen, verkneife es mir aber, da in diesem Moment Rita zu uns kommt.

»Tadaa«, sagt sie freudig und reckt uns strahlend ihre mit Konserven beladenen Arme entgegen.

Daniel nimmt ihr eine nach der anderen ab und verstaut sie in ihrem Rucksack, den er sich danach selbst aufsetzt.

Auch Rita sieht mich jetzt skeptisch an. »Cassy, du bist ja weiß wie eine Wand. Alles in Ordnung?«

»Ich bin … ich werde …«, stammle ich.

»Oben ist ein Noah«, springt mir Daniel zur Seite, betrachtet mich aber skeptisch. Er hat begriffen, dass mehr hinter meinem verstörten Zustand steckt.

»Hoffentlich kommt Jeff bald«, sagt Rita ängstlich.

»Lasst uns draußen warten«, schlägt Daniel vor. »Er wird uns schon finden.«

Dankbar gehe ich hinaus. Frische Luft ist genau das, was ich jetzt brauche. Leider ist die Luft auch hier alles andere als frisch. Ich hatte vergessen, wie sehr die ganze Stadt stinkt.

Die Dämmerung hat eingesetzt, während wir das Arsenal durchkämmt haben. Ich lehne mich mit dem Rücken gegen die Hauswand und atme trotz der stickigen Atmosphäre tief durch. Ich muss mich beruhigen. Verdrängung ist das Zauberwort, genau wie ich es in den letzten Tagen auch getan habe. Ich darf einfach nicht darüber nachdenken, was im Begriff ist, mit mir zu passieren. Ich habe ein Ziel, die Medikamente zu beschaffen, damit Claire in der Kolonie bleiben darf. Wir müssen uns eben nur ein bisschen mehr beeilen …

Wir warten gute zehn Minuten, bis Jeff endlich kommt. Mittlerweile ist es fast dunkel.

Als er aus dem Gebäude tritt, presst Rita erschrocken eine Hand auf den Mund. Er ist vollkommen verdreckt und seine Haare sind zerzaust.

»Wo ist dein Gewehr?«, fragt Daniel, den Jeffs Zustand an sich nicht interessiert.

»Leider habe ich keine Patronen dafür gefunden, also musste ich umdisponieren.« Er hält eine Pistole nach oben, allerdings ein anderes Modell als das, was Daniel gefunden hat.

Worin genau der Unterschied besteht, weiß ich nicht, da ich mich mit Waffen kaum auskenne.

»Der Keller war schon ziemlich eingestürzt«, erklärt Jeff nun an Rita gewandt. »Ich musste mich ein bisschen durchzwängen. Aber wir sind nun gut ausgestattet.« Er klopft auf die Außentasche seines Rucksacks und ich höre Kugeln darin klirren.

Rita nimmt ihm die Pistole aus der Hand, betrachtet sie, holt das Magazin heraus und schiebt es mit einem zufriedenen Grinsen wieder hinein. Ihre Handgriffe sehen geübt aus. Wahrscheinlich kennt sie solche Waffen aus ihrer Ausbildung.

Um uns herum erwacht die Stadt langsam zum Leben. Mehr und mehr Noahs pilgern durch die Straßen. Und eine kleine Gruppe bewegt sich direkt auf uns zu.

»Wir sollten uns ein sicheres Fleckchen für die Nacht suchen«, meint Daniel, dem das auch aufgefallen ist.

Jeff nimmt Rita die Pistole wieder ab und deutet auf eine Trittleiter an der Wand eines nahe gelegenen Gebäudes. »Ich glaube, dorthin können sie uns nicht folgen.«

»Jeder schnappt sich ein paar Holzteile.« Daniel zeigt auf einen Haufen zertrümmerter Möbel. »Dann können wir uns sogar ein Feuer machen.«

Genau das ist es, was wir tun. Oben angekommen, überprüfen wir zunächst weitere Zugänge zum Dach. Es gibt nur eine Luke, die in das Gebäude führt, aber verschlossen ist. Noahs werden uns hier also nicht überfallen können. Das Gleiche haben wohl die Menschen gedacht, deren tote Körper auch hier oben verteilt liegen. Sie sind den Noahs entkommen – und am Ende wahrscheinlich verhungert oder verdurstet, als niemand kam, um sie zu retten.

Wir suchen uns eine Stelle, an der keine Leichen liegen, und es dauert nicht lange, bis ein kleines Feuer prasselt, über dem Rita für jeden von uns eine Konserve warm macht. Ich bekomme eine Art Fleischsuppe, die zwar nicht besonders gut riecht, dafür aber den Magen füllt und gleichzeitig den Wasserbedarf meines Körpers befriedigt.

Nach dem Essen kuschelt sich Rita an Daniel und ist bald eingeschlafen, während er gedankenverloren ins Feuer starrt.

Auch Jeff wagt wieder einmal einen Annäherungsversuch und an diesem Abend lasse ich ihn gewähren. Er nutzt ein angetäuschtes Gähnen, um einen Arm um mich zu legen. Mein Körper ist zu müde und mein Verstand zu verzweifelt, als dass ich eine so beruhigende Zuwendung abweisen könnte.

Sehr lange habe ich auch nichts davon, denn der Schlaf überkommt mich, kaum dass ich mich gegen Jeffs Schulter gelehnt habe.

TAG 17

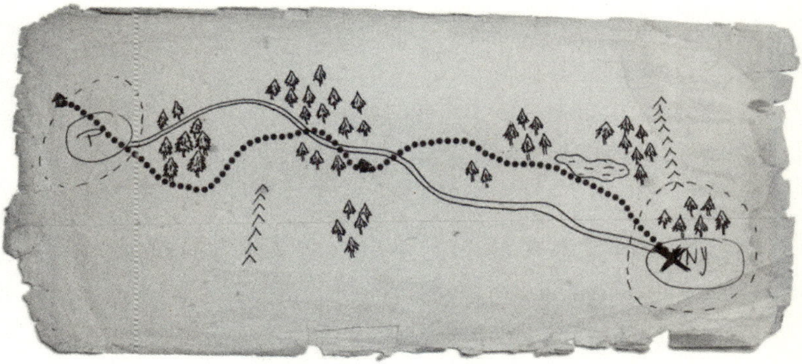

Cassy, aufwachen.«

Unwillig murre ich. Ich fühle mich nicht in der Lage, auch nur ein Auge zu öffnen. Also versuche ich, mich weiter unter die Decke zurückzuziehen, die über mir liegt.

»Los, komm schon, wach endlich auf.« Rita rüttelt stärker an mir.

Wenn sie das noch mal macht, beiße ich ihr in
die Hand.

Okay, dann doch lieber aufstehen. Es kostet mich zwar enorme Mühe, aber ich bekomme es hin, die Augen zu öffnen.

Dass es wieder Tag wird, kann man nur erahnen. Die Sonne steht noch so tief, dass sie lediglich ein paar orangefarbene Schlieren auf den Himmel zeichnet.

Einen kleinen Moment brauche ich, bis mir bewusst wird, wo ich mich befinde. Ich habe tief geschlafen und auch ein bisschen geträumt, erinnere mich aber nur an das Gefühl, das ich im Traum hatte. Ein gutes, ein geborgenes, ein erfülltes …

»Und ich sage dir, es ist noch zu früh. Wir sollten warten, bis es richtig hell ist.«

»Die Noahs ziehen sich bereits zurück. Bis wir gepackt haben, sind sie fast alle verschwunden. Wir sollten keine sinnlose Zeit vergeuden.«

»Als ob eine Stunde mehr oder weniger etwas ausmacht.«

»Das tut sie, glaub mir.«

Super, Jeff und Daniel streiten schon wieder. Dann kann es ja nur ein guter Tag werden!

Ich rapple mich hoch und strecke meine schmerzenden Glieder in alle Richtungen. Mein Schlaf war zwar tief, auf dem harten Betondach jedoch alles andere als bequem.

Gewöhn dich dran, Noah, schießt es mir bei dem Gedanken an mein Erlebnis von gestern durch den Kopf.

»Guten Morgen«, begrüße ich Rita leise, um die Jungs nicht in ihrer Diskussion zu stören, bekomme aber keine Antwort.

Sie ist bereits damit beschäftigt, unsere Habseligkeiten in die entsprechenden Rucksäcke zu stecken. Frühstück gibt es anscheinend nicht.

So schnell es mein morgendlicher Mangel an Körperkontrolle zulässt, stehe ich auf und helfe ihr. Sie scheint irgendwie schlecht gelaunt zu sein, was hoffentlich nur an der gegenwärtigen Situation liegt.

»Mit etwas Glück treten wir heute den Rückweg an«, versuche ich sie aufzumuntern, als ich ihr die letzte Decke reiche. Zur Antwort bekomme ich nicht mehr als ein mattes Lächeln.

Was ist nur los mit ihr?

Nervös schaut sie zu den Jungs hinüber und zieht mich dann ein Stück von ihnen fort. Jetzt ist es eindeutig, dass etwas nicht stimmt.

»Ich weiß, dass ich es ihnen sagen müsste … aber ich kann nicht. Es ist zu peinlich … es geht sie nichts an …«, stammelt Rita zusammenhangslos.

Ich lege den Kopf schief. »Beruhige dich erst mal. Was hast du für ein Problem?« Ich versuche, meiner Stimme einen mütterlichen Klang zu geben, was Rita ein Lächeln entlockt.

»Ich … Ich …« Sie holt tief Luft, bevor sie es endlich schafft, auszusprechen, was sie beschäftigt. »Ich habe meine Tage.«

»Oh, Scheiße«, entfährt es mir.

Es ist eines der ersten Dinge, die man lernt, wenn man eine junge Frau wird: Solange man seine monatliche Blutung hat, sollte man die schützende Siedlung unter keinen Umständen verlassen.

›*Es ist wie eine Wunde*‹, hat meine Mutter mir mal erklärt. ›*Und auch wenn sie nur innerlich ist, können die Noahs dich in dieser Zeit besonders stark wittern.*‹

Aus Ritas Gesichtsausdruck lese ich, wie blöd ich gerade reagiert habe. Natürlich stellt sie nun eine Gefahr für unsere Gruppe da. Sie ist wie eine Sirene, ein großer Pfeil, der auf uns zeigt, und sagt: ›Das Buffet ist eröffnet‹. Aber das weiß Rita selbst. Von mir braucht sie jetzt Trost.

Als ich die Tränen in ihren Augenwinkeln bemerke, nehme ich sie in die Arme, auch wenn das eigentlich gegen meine Vorsichtsmaßnahmen verstößt.

Meine Güte, riecht sie gut!

»So schlimm ist das auch nicht«, versuche ich, sie zu beruhigen. »Wir sind in einem riesigen Noah-Nest. Ich bezweifle, dass es da noch eine Rolle spielt, ob wir sie zusätzlich anlocken.«

Sie presst sich an mich. »Ach Cassy«, schnieft sie. »Auch wenn die ganze Scheiße hier eigentlich deine Schuld ist, bin ich verdammt froh, dich kennengelernt zu haben.«

Meine Umarmung wird fester. »Genau deswegen wünschte ich, ihr hättet mich nicht begleitet ...«

Innerlich gratuliere ich mir mal wieder selbst. Nicht nur Daniel hat sich in mein Herz gestohlen, sondern auch Rita. Das Gefühl, sie zu umarmen, ist so, als würde ich Claire halten, als würde ich eine geliebte Schwester halten.

»Darf man fragen, was ihr da macht?«, holt uns Daniel zurück in die Wirklichkeit.

»Frauensache«, sage ich knapp, löse mich aber von Rita. Leise, so dass nur sie mich hören kann, füge ich hinzu: »Dein Problem bleibt vorerst unter uns, okay?«

Sie nickt dankbar und wischt sich mit der Hand über die Augen.

Jeff und Daniel stehen am Rand des Daches, neben der Leiter, die nach unten führt. Ich trete zu ihnen und lasse meinen Blick durch die Straßen schweifen. Es sind noch einige Noahs unterwegs, mehr als gestern, was wohl an der Dämmerung liegt.

Trotzdem duldet Jeff keinen weiteren Aufschub. »Mein Rucksack«, fordert er mit ausgestreckter Hand. Auch er wirkt heute sehr angespannt. Nachdem er sein Gepäck geschultert hat, macht er sich an den Abstieg.

Wir sondieren noch kurz die Umgebung und folgen ihm dann. Was bleibt uns auch anderes übrig?

Wir kommen schneller voran als am Tag zuvor, was nur an Jeff liegt. Er marschiert beinahe leichtfertig vorneweg, als würden uns die Waffen, die wir nun besitzen, unangreifbar machen.

Unterwegs versucht Rita, mir zu erklären, wie man eine Pistole benutzt. Ich habe noch nie geschossen und wer weiß, ob ich es nicht bald mal muss. Entsichern, abdrücken, nachladen. Es klingt total simpel, die Schwierigkeit liegt eher im Treffen als im Schießen. Der Rückstoß soll ziemlich heftig sein, was oft dazu führt, dass man die Waffe verreißt und danebenschießt. Ich soll sie deshalb mit beiden Händen festhalten und meine Arme anspannen, wenn ich den Hahn durchziehe.

Die Theorie habe ich verstanden, aber ich bezweifle, dass mir das Ganze in der Praxis gelingt. Ich werde es wohl lieber den anderen überlassen, bevor ich einen Fehltreffer riskiere. Nur ein Kopfschuss macht Sinn, das hat uns Jeff vorgestern eindrucksvoll bewiesen.

Als wir an dem grauen Betonklotz mit dem roten Kreuz ankommen, steckt Daniel die Pistole in den Bund seiner Jeans, nicht ohne sich noch einmal zu vergewissern, dass sie auch wirklich gesichert ist.

Vor dem Eingang lungern ein paar Noahs, die sich aber schnell nach drinnen verziehen. Mittlerweile steht die Sonne hoch am

Himmel und heute kann ich verstehen, warum sich meine Artgenossen am Tag nur ungern in freier Wildbahn zeigen.

So gut meine Augen bei Nacht sind, die Helligkeit des Tages blendet und tut beinahe weh. Ich muss unheimlich oft zwinkern, um das Brennen in erträglichem Maß zu halten. Fast schon freue ich mich darauf, gleich in dem Haus verschwinden zu können.

Vorsichtig pirschen wir uns bis zum Eingang vor und spähen hinein. Sehen können wir niemanden, aber die Geräusche, die uns von drinnen entgegenschlagen, machen deutlich, dass sich in diesem Gebäude mehr Noahs aufhalten als die drei, die gerade hineingegangen sind.

Unweigerlich muss ich Rita ansehen. Hier draußen ist der Geruch nach Blut, der von ihr ausgeht, nur schwach und verliert sich sofort. Drinnen wird er sich mehr sammeln und den Noahs nicht lange verborgen bleiben. Es kommt nicht infrage, dass sie mit reingeht.

Fieberhaft denke ich über eine glaubhafte Begründung nach, sie zurückzulassen. Meine ›Ich will das allein durchziehen‹-Nummer wird nicht funktionieren, das hat sie ja noch nie. Genauso wie das ›Ich will euch nicht in Gefahr bringen‹-Argument.

»Ich will nicht …«, sagt Rita da leise und nimmt die Sache damit selbst in die Hand.

Wird sie es ihnen jetzt doch sagen? Eigentlich ist es wirklich Blödsinn, es zu verheimlichen. Es ist etwas ganz Natürliches und nicht ihre Schuld.

Ich beschließe, mich erst mal zurückzuhalten.

»Wir haben das zusammen angefangen und wir beenden das zusammen«, raunt Jeff ihr zu. »Um auszusteigen, ist es zu spät.«

»Nein«, erwidert Rita gequält. Sie wirft mir einen entschuldigenden Blick zu, bevor sie anklagend fortfährt: »Das hier ist Cassidys Ding, eigentlich geht es uns nichts an. Wir haben sie hergebracht und dabei oft genug unser Leben riskiert. Das hier geht zu weit.«

»Ich versteh das nicht«, schaltet sich nun auch Daniel ein. »Vorhin habt ihr noch einen auf beste Freunde gemacht und jetzt willst du sie hängen lassen?«

»Da wusste ich auch nicht, dass sie uns in die Hochburg der Noahs führt.« Wütend funkelt sie mich an.

Ich weiß, dass sie das alles nur sagt, um nicht mit dem echten Grund herausrücken zu müssen. Trotzdem versetzen mir ihre Worte einen kleinen Stich. Ist die Tatsache, dass sie ihre Tage hat, wirklich so peinlich, dass sie mich derart anfeinden muss?

Dennoch beschließe ich, mich auf ihr Spiel einzulassen. »Ich habe euch nie gezwungen, mich zu begleiten, und ich werde jetzt ganz sicher nicht damit anfangen«, gebe ich zischend zurück. »Bleib doch hier, wenn du willst.«

Daniel sieht zwischen mir und seiner Freundin hin und her. Ich bin bei Weitem keine so gute Schauspielerin wie Rita und ich befürchte, er hat bemerkt, dass irgendwas im Busch ist. Doch sollte das der Fall sein, lässt er es sich nicht anmerken.

»Ihr spinnt doch beide« schimpft Jeff. »Wir haben keine Zeit für eure kindischen Streitereien.«

»Ach, aber für die zwischen Daniel und dir schon?«, kontere ich in Erinnerung an die Diskussion, die ich beim Aufwachen gehört habe.

»Schluss«, unterbricht Daniel. »Wenn Rita hierbleiben will, ist das eine Entscheidung, die ich durchaus nachvollziehen kann. Und wenn ich ehrlich bin, heiße ich sie sogar gut.« Er gibt ihr einen Kuss auf die Stirn. »Allerdings lasse ich dich bestimmt nicht allein hier zurück.«

Irgendetwas Schweres landet in meinem Magen, bei dem Gedanken, auch Daniel zurückzulassen. Mein Herz?

»Jeff, du passt auf deine Schwester auf, während wir die Reagenzien holen.«

Warte, was? Habe ich mich da verhört? Schnell verzieht sich mein Herz aus dem Magen und hüpft aufgeregt an seinen Platz zurück.

Überraschenderweise nickt Jeff. Er akzeptiert seine neue Aufgabe sofort. Irgendwie habe ich das Gefühl, dass heute alles anders ist als sonst. Rita ist ängstlich und wortkarg, Jeff lässt sich ohne Murren aufs Wartegleis stellen und Daniel meldet sich freiwillig für einen Ausflug mit mir allein. Irgendwie fühlt es sich an wie eine Henkersmahlzeit …

»Wenn irgendetwas passiert … also, wenn es nötig wird, dass wir ohne euch die Stadt verlassen müssen«, druckst Jeff herum. »Wo treffen wir uns wieder?«

Sofort wird der Ausdruck in Ritas Gesicht panisch. »Was soll denn passieren?«

Daniel runzelt die Stirn. »Wie wäre es mit der Ruine, bei der wir gewartet haben, bevor wir NNY betreten haben?«

»Zu nah dran«, murmelt Jeff mehr zu sich selbst. Als er merkt, dass er seinen Gedanken laut ausgesprochen hat, fügt er hinzu: »Sollten uns Noahs verfolgen, werden sie kaum anhalten, nur weil wir die Stadtgrenze überquert haben.«

»Der nächste unverfehlbare Ort wäre der angrenzende Wald …«, überlegt Daniel. »Ihr könntet dort auf einen Baum flüchten und wärt weit genug von der Stadt weg, um auch mal einen Schuss zu riskieren.«

»Und wie wollt ihr uns dort finden?«, fragt Rita misstrauisch.

Da kommt mir eine Idee. Ich durchsuche meinen Rucksack, bis ich das Messer finde, das ich gestern dem Toten abgenommen habe. »Damit könnt ihr Markierungen an den Bäumen hinterlassen, Pfeile oder so was.«

Daniel nimmt mir das Messer aus der Hand und gibt es an Jeff weiter, als ob er jeden Kontakt zwischen uns unterbinden will.

»Ihr wartet eine Nacht auf uns, nicht länger«, sagt er dabei. »Notfalls macht ihr euch allein auf den Rückweg.«

»Beeilt euch einfach, dann brauchen wir keinen Plan B«, drängt Jeff.

Rita wirft sich an Daniels Hals. »Seid vorsichtig«, schluchzt sie nun vollkommen außer sich.

Ich vermute, es sind die Hormone, die sie heute so empfindlich machen. Welche Frau kennt das nicht, in dieser besonderen Zeit im Monat?

Ich komme nicht dazu, weiter darüber nachzudenken, denn Jeff drängt erneut zum Aufbruch. »Los jetzt, uns läuft die Zeit davon.«

»Pass auf dich auf«, sagt Rita noch, dieses Mal direkt an mich gewandt.

Ich lächle sie aufmunternd an, dann schlüpfe ich hinter Daniel ins Haus.

Hier drinnen herrscht ein noch üblerer Gestank als in den anderen Gebäuden. Er erinnert mich an einen alten Tierbau, wie es sie zu

Haufen in den Wäldern gibt. Eine Mischung aus Fäulnis, Exkrementen und Aas hängt in der Luft. Doch statt den zusätzlichen Aromen von Tannen und Laub mengt sich hier die für die Noahs typische Würze darunter. Alles in allem stinkt es erbärmlich.

Auch Daniel, dessen Geruchssinn viel schlechter ist als meiner, rümpft hörbar die Nase.

Ich schließe zu ihm auf und stelle fest, dass sein Honigduft sich auch hier, in dieser olfaktorischen Hölle, durchsetzt und den Würgereiz, der sich in meiner Kehle anbahnt, vertreibt.

Ich verringere den Abstand zwischen uns noch
mehr und atme tief ein. Ambrosia! Ich könnte ihn
sofort vernaschen, erst auf die eine, dann auf die
andere Art.

Ein Krachen ertönt aus einem der Räume ganz in unserer Nähe, gefolgt von Knurren und Bellen. Streitende Noahs … Hoffentlich kommen sie nicht auf den Gang, denn so stark und gut, wie Daniel riecht, würden sie sofort auf uns aufmerksam werden.

Ich sehe mich um. Wir befinden uns in einer großen Eingangshalle, von deren Seiten mehrere Treppen und Aufzüge nach oben führen. Man kann in die verschiedenen Etagen sehen, da die Halle bis zum Dach offen ist. Hier und da huschen Schatten herum und wenn ich mich konzentriere, höre ich, dass auch aus anderen Richtungen Unterhaltungen der Noahs zu uns dringen. Einzig die Tatsache, dass ich ihre Laute nicht verstehe, beruhigt mich etwas. Es gibt also Ebenen meiner Menschlichkeit, in die das Virus noch nicht vorgedrungen ist.

»Die Kühlkammern liegen auf der untersten Ebene«, gebe ich leise die einzig nützliche Information wieder, die Fat Pad mir mitgegeben hat »Dort sollten wir finden, was wir suchen.«

»Dann müssen wir da runter.« Daniel deutet auf eine der Treppen, die in die Kellerbereiche führt.

Wir schleichen darauf zu und spähen hinab. Unten ist es vollkommen finster und es wirkt nicht sonderlich einladend. Aber wir haben ja keine Wahl.

Daniel geht voran, doch als wir am Fuß der Treppe ankommen, schiebe ich mich nach vorn. Für ihn herrscht hier unten pechschwarze Dunkelheit, ich hingegen kann zumindest schemenhaft etwas erkennen.

Eigentlich wäre es sinnvoll, wenn er sich an mir festhält. Aber das tut er natürlich nicht. Nicht mal in einem solchen Moment kann er seine Abneigung gegen mich ganz unterdrücken. Und das, obwohl er freiwillig mitgekommen ist!

Langsam und vorsichtig tasten wir uns voran.

»Vorsicht« und »Achtung« sind die einzigen Worte, die ich in die Schwärze murmle, um Daniel vor auftauchenden Hindernissen auf dem Boden zu warnen.

Anders als in den übrigen Häusern haben die Noahs hier unten nicht so schlimm gewütet. Ich sehe keine Leichen und auch die meisten Türen hängen noch in ihren Angeln, wenngleich sie auch offen stehen. Vermutlich hat sich hier unten einfach niemand aufgehalten, der die Biester runtergelockt hätte.

Laut Fat Pads Erklärung liegen die Kühlkammern hinter einer Schleuse, nach der ich nun die Augen offen halte.

Wir gehen immer weiter geradeaus, passieren verschiedene Räume mit Laboratorien und medizinischem Inventar. Als wir an einem vorbeikommen, der wie ein Operationssaal aussieht, höre ich plötzlich ein Geräusch hinter uns.

Jemand kommt die Treppe hinunter, und zwar in hohem Tempo. Ich glaube zuerst, dass es Rita und Jeff sind, die uns aus irgendeinem Grund doch gefolgt sind, doch ein Grunzen zerstört diese Hoffnung.

»Noahs«, hauche ich erschrocken.

An ihren Schritten erkenne ich, dass es eine ganze Gruppe sein muss, die da verdammt schnell auf uns zukommt.

»Scheiße«, stößt Daniel aus.

Sein einzigartiger Duft steigt mir mit einem Mal ums schier Hundertfache verstärkt in die Nase. Er hat Angst!

Wir könnten weglaufen, aber da ich keine Ahnung habe, ob dieser Keller noch einen weiteren Ausgang hat, führt uns das wahrscheinlich nur in eine Sackgasse. Verstecken wäre eine Alternative …

Ungefähr zehn Meter trennen uns noch von den Noahs. Schnell packe ich Daniels Hand, ziehe ihn in den Operationssaal und drücke ihn direkt neben der Tür gegen die Wand.

Einem Impuls folgend, schlinge ich die Arme um ihn, presse mich, so eng es geht, an seinen Körper. Der Grund ist nicht das Entsetzen, das mich beim Anblick der Noahs gepackt hat und mich am ganzen Körper zittern lässt. Es ist ein reiner Schutzmechanismus, ein Schutz für ihn. Sein Geruch ist so stark, dass ich nur beten kann, dass ich ihn mit meinem überdecke. Ansonsten sind wir geliefert.

Die Noahs auf dem Gang werden langsamer. Ich kann hören, wie sie schnüffeln. Ganz klar, sie haben Witterung aufgenommen. Aber werden sie auch hier reinkommen?

Ich halte den Atem an, Daniel auch. Er steht stocksteif in meinen Armen.

Mehrere Sekunden vergehen, die sich zu einer Ewigkeit ausdehnen. Dann endlich gehen die Noahs weiter, nur ein paar Schritte, um dann umzudrehen. Sie unterhalten sich in ihrer bellenden Sprache und man hört ihnen die Enttäuschung an, als sie sich Richtung Treppe verziehen.

Wir bleiben noch eine Weile so stehen. Erst nachdem sich wieder Stille über den Keller gelegt hat, wird mir bewusst, was ich gerade tue. Ich umarme Daniel, klammere mich an ihn, bin ihm so nah wie nie zuvor. Kurz, ganz kurz nur, genieße ich das aufgeregte Kribbeln, das sich unter meiner Haut ausbreitet, und ignoriere den Gedanken, etwas Falsches zu tun.

»Dawson …« Seine Stimme klingt leise, rau und irgendwie gefährlich.

Ich hebe das Kinn, um ihn ansehen zu können. Er hat den Blick zur Zimmerdecke gerichtet, den Hinterkopf an die Wand gelehnt.

»Ich habe verdammt viel Selbstbeherrschung, aber wenn du mich nicht sofort loslässt, werde ich etwas tun, was ich hinterher bereue.«

Schnell trete ich zwei Schritte zurück und stoße dabei gegen einen Metallwagen mit einigen medizinischen Instrumenten darauf. Es scheppert so laut, dass die Noahs, sollten sie sich noch im Keller aufhalten, es bestimmt hören. Das interessiert mich aber gerade nicht.

Er macht mir mehr Angst als die Monster. Vor meinem inneren Auge sehe ich schon, wie er die Axt zückt und mir den Schädel spaltet, weil er denkt, die Noah in mir hätte ihn angreifen wollen.

»Ich weiß … Ich wollte nicht … Es ist nur, dein Geruch … Sie … Oh bitte, töte mich nicht«, flehe ich, wobei meine Stimme piepst.

»Dich töten?« Er senkt den Kopf und schaut mir direkt in die Augen. »Du denkst, ich will dich töten?«

Er betrachtet mich mit leicht verkniffenem Gesichtsausdruck, während sich in mir alles darauf einstellt, gleich die Flucht zu ergreifen. Die Tage, in denen wir auf derselben Seite standen, sind gezählt.

»Ich habe es satt, wie du von mir denkst«, sagt er plötzlich und fährt sich mit einer Hand durchs Haar. »Ich mag dich, Cassidy, okay? Sehr sogar. Viel mehr, als es für uns beide gut ist.«

Alles, was ich aufnehmen kann, ist der Fakt, dass er mich wahrscheinlich zum ersten Mal mit meinem Vornamen angesprochen hat. Den Rest ist mein Verstand nicht fähig, zu erfassen. Da ich nicht reagiere, redet Daniel einfach weiter.

»Schon bei unserer ersten Begegnung im Wald, nachdem du gebissen wurdest … Klar habe ich vermutet, du bist tot, aber eigentlich hätte ich auf Nummer sicher gehen müssen und … Doch schon da hat sich etwas in mir gesträubt, Hand an dich zu legen. Lieber habe ich das Risiko in Kauf genommen, dass du zur keifenden Bestie mutierst. Als du dann wirklich vor unserer Tür aufgetaucht bist, so verwirrt und irgendwie hilflos … Nie im Leben hätte ich dich allein nach Paddingtown gehen lassen. Ob das reiner Beschützerinstinkt war oder ob ich mich da schon in dich verliebt habe, weiß ich nicht.«

»Verliebt?«, hauche ich und kapiere immer noch nicht wirklich, was er da von sich gibt.

Er stellt sich so nah vor mich, dass ich seinen Atem auf meiner Wange spüren kann. Instinktiv halte ich die Luft an.

»Ja, Dawson. Ich habe mich in dich verliebt. Oder was denkst du, warum ich sonst nicht aus Paddingtown verschwunden bin, nachdem du mich fortgeschickt hast? Warum ich mich nicht dagegen gewehrt habe, dich nach NNY zu eskortieren?«

Ich lege eine Hand auf seine Brust und spüre darunter, wie sein Herz schlägt, schnell und wild. Einerseits will ich diese Nähe, die plötzlich zwischen uns ist, aber ich weiß auch, wie gefährlich das für ihn ist. Also schiebe ich ihn von mir fort, was er widerwillig zulässt.

»Aber … du bist doch immer so … so gemein zu mir gewesen?« Das Wort *gemein* klingt selbst in meinen Ohren kindisch, deswegen schiebe ich hinterher: »Du hast gesagt, dass du mich hasst.«

»Das hast du gesagt, nicht ich.« Er schweigt kurz und fährt sich mit den Händen über das Gesicht. »Ich weiß, dass ich nicht fair zu dir war. Aber das war eben meine Art, mit diesen dämlichen Gefühlen umzugehen. Ich wusste, dass es böse ausgeht, wenn ich mich auf sie einlasse. Also habe ich versucht, dich so gut wie möglich auf Abstand zu halten, in der Hoffnung, sie würden verschwinden. Aber das sind sie nicht, im Gegenteil.«

Mein Herz setzt aus, macht dann einen Sprung, bevor es jubiliert und schließlich in tausend Teile zerbricht. Eine einseitige Liebe ist schmerzhaft, doch wenn sie erwidert wird und man weiß, dass man diesem Menschen trotzdem niemals wirklich nah sein kann, zerreißt es einen innerlich.

Tränen steigen mir in die Augen und es scheint, als würde die Erde unter meinen Füßen beben.

Endlich begreife ich. Ja, er hat mir die ganze Zeit etwas vorgemacht. Allerdings nicht in den Momenten, als er freundlich und fürsorglich gewesen ist, sondern immer dann, wenn er mich vor den Kopf gestoßen hat.

»Warum hast du nichts gesagt?«, will ich wissen.

»Weil es alles nur unnötig kompliziert gemacht hätte. Selbst jetzt ist es ein riesiger Fehler, das ist mir klar und …«

»Mir geht es genauso«, unterbreche ich seinen Redeschwall. »Ich mag dich auch, sehr sogar.« Dass ich ihn liebe, bringe ich nicht über die Lippen. Auch wenn es der Wahrheit entspricht, würde es die ganze Sache allzu theatralisch machen. Es fühlt sich schon so unwirklich genug an …

Wieder vibriert die Erde unter meinen Füßen, dieses Mal stärker.

»Was war das?«, fragt Daniel. Schon bebt es wieder und er streckt die Hände zu den Seiten aus, um sein Gleichgewicht zu halten.

Auch ich greife nach dem Wagen hinter mir, um nicht umzufallen, so sehr wackelt der Boden unter uns. Das ist eindeutig keine romantische Einbildung mehr. Irgendetwas stimmt hier nicht.

»Scheiße«, flucht Daniel. Er streckt einen Arm nach mir aus. »Lass uns das auf später verschieben. Jetzt sollten wir schleunigst die Medis suchen und dann von hier verschwinden. Ich befürchte, dass uns sonst die Decke auf den Kopf fällt.«

Wie auf Kommando rieselt feiner Staub auf mich herab.

Ich ergreife seine Hand. Sie ist warm und der Druck, mit dem seine Finger meine umschließen, sanft. Am liebsten würde ich die

Gefahr ignorieren, die hier unten nun in Form irgendwelcher Erderschütterungen auf uns lauert, und einfach ewig so stehen bleiben.

Zu meinem Glück übernimmt mein Gehirn wieder die Führung. Ich verlasse das Labor und ziehe ihn mit mir.

Wir gehen den Gang weiter entlang, den wir gekommen sind. Nach einer weiteren Rechtsbiegung erkenne ich an seinem Ende einen runden, fahlblau schimmernden Fleck an der Wand. Als wir näher kommen, wird klar, dass es sich um einen Lichtkegel handelt, der aus einer gegenüberliegenden Tür mit rundem Fenster fällt. Die Schleuse zu den Lagerräumen.

Davor angekommen, rüttelt Daniel an der Tür, doch sie lässt sich nicht öffnen.

Mein Blick fällt auf ein Tastenfeld daneben und ich erinnere mich an einen Code, den Fat Pad mir genannt hat. Er hat erzählt, dass dieser Bereich des Labors wahrscheinlich noch immer mit Notstrom betrieben wird, um die Belüftung zu gewährleisten.

»Vier. Sieben. Fünf. Zwei«, murmle ich.

Daniel hört auf, an der Tür zu rütteln, und wendet sich dem Nummernblock zu. Mit dem Zeigefinger tippt er die Zahlenfolge ein, woraufhin ein leises Klicken verkündet, dass unser Weg frei ist.

Die Tür gleitet auf und er betritt den Lagerbereich. Ich folge ihm, immer noch seine Hand haltend.

Die Luft hier drinnen ist viel klarer als sonst irgendwo in der Stadt. Begierig atme ich ein und genieße es, dass Daniels anziehender Duft fast das Einzige ist, was ich riechen kann. Nur ein ganz schwacher Beigeschmack von Angst und Exkrementen begleitet ihn, dessen Ursprung irgendwo weiter hinten im Raum liegen muss.

An den Wänden sind unzählige Schränke aufgebaut, die wie Vitrinen wirken. Die Türen davor sind aus Glas und geben den Blick auf verschiedene Flaschen, Töpfe und Glaskolben frei. Gleichzeitig dringt ein fahles Leuchten aus ihnen heraus, das blaue Licht, das wir bereits durch das Bullauge der Schiebetür gesehen haben.

Daniel kann sich endlich wieder selbst orientieren.

Trotzdem lässt er meine Hand nicht los. Die Mauer der Vorsicht, die es zwischen uns gegeben hat, ist eingerissen.

Gut ist das nicht …

»Wir können nicht alles mitnehmen«, flüstert Daniel mir zu.

»Das brauchen wir auch nicht. Fat Pad will nur die Grundsubstanzen, dann können sie in Paddingtown den Rest selbst herstellen. Wir müssen nach Stoffen in Pulverform suchen.«

»Seid ihr gekommen, um uns zu retten?«, ertönt plötzlich eine brüchige weibliche Stimme.

Im hinteren Teil des Labors steht eine schmale Gestalt, die uns beiden bisher gar nicht aufgefallen ist.

In Windeseile zieht Daniel seine Waffe und richtet den Lauf auf die Unbekannte, die sofort beschwichtigend die Hände hebt.

»Bitte nicht schießen.«

Ich packe Daniels Schulter. »Sie ist keine Noah«, sage ich hastig, um ihn von einer übereilten Reaktion abzuhalten. »Ich rieche nur Mensch.«

Wahrhaftig kann ich ihr Aroma in der Luft wahrnehmen, wenn ich mich darauf konzentriere, auch wenn es viel schwächer als Daniels ist. Das mag an ihrem erbärmlichen Zustand liegen. Ihr langes dunkelbraunes Haar ist fettig, die Kleidung schlackert um ihren ausgemergelten Körper und ihre Haut ist blass wie die einer Leiche. Dass sie überhaupt noch lebt, grenzt an ein Wunder.

»Wer sind Sie?«, fragt Daniel in einem so schroffen Ton, dass die Frau zusammenzuckt.

»Mein Name ist Rosie, Rosie Bell«, erklärt sie knapp. »Ich wusste, er würde euch zu mir führen.« Ihre Finger tasten nach einem Gegenstand, der an einer Kette um ihren Hals baumelt.

Wenn ich mich nicht irre, handelt es sich um ein Kreuz, was mich zu der Vermutung führt, dass sie mit ›ihm‹ Gott meint. Ich habe bisher nicht viele Gläubige kennengelernt, aber sie kamen mir allesamt wie Spinner vor. Wer bei der Katastrophe, welche die Welt dank dem Archenticket erlebt hat, noch an eine übersinnliche Macht glaubt, kann nur verrückt sein.

»Ich habe mich seit der Invasion hier versteckt und auf euch gewartet«, fügt die Frau noch hinzu und betrachtet uns fast freudig mit ihren tief liegenden grünen Augen. Mehr sagt sie nicht.

Ich frage mich, wie sie hier überleben konnte. Reine Frömmigkeit wird es ja wohl nicht gewesen sein, von der sie sich ernährt hat. Dann fällt mein Blick auf ihre Armbeugen, die von Einstichstellen übersät sind. In der linken steckt sogar noch eine Nadel, an er ein langer Schlauch befestigt ist, der zu einem Gegenstand in ihrer Hand führt.

Sie bemerkt meinen Blick und zeigt uns den Beutel, den sie festhält. »Mein Essen.«

»Bist du sicher, dass sie keine von denen ist?«, vergewissert sich Daniel noch einmal so leise, dass sie ihn ganz sicher nicht hört.

»Hundertprozentig.«

Langsam lässt er die Waffe sinken.

»Habt ihr die anderen schon evakuiert? Bin ich die Letzte?«, fragt Rosie heiser.

»Sie sind die Letzte ...«, erwidere ich ausweichend. Ich bringe es nicht über mich, ihr zu sagen, dass sie nicht nur die Letzte, sondern auch die Einzige ist, die dieses Massaker überlebt hat. Obwohl ... Wenn sie es geschafft hat, warum dann nicht auch andere?

Daniel lässt mir keine Zeit, meinen Gedanken weiterzuverfolgen. »Kennen Sie sich hier unten aus?«, fragt er die Fremde.

Sie nickt. »Ich habe hier gearbeitet. Deswegen bin ich auch hierher geflüchtet ...« Ihr Blick wirkt für einen Moment abwesend und sie verzieht das Gesicht zu einer Miene, die gleichzeitig Stolz und Entsetzen widerspiegelt.

»Wenn Sie mit uns kommen wollen, müssen Sie uns helfen«, versucht Daniel, ihre Aufmerksamkeit wiederzugewinnen. »Eigentlich sind wir hier, weil wir die Grundsubstanzen der Medikamentenherstellung holen wollen.«

Es funktioniert, sie fokussiert ihn wieder. »Ihr seid kein Rettungskommando?«, fragt sie und die Enttäuschung ist deutlich zu hören.

Ein erneutes Erdbeben rüttelt uns alle durch. Es ist so stark, dass es die Frau zu Boden wirft, und auch ich würde stürzen, wenn Daniel mich nicht festhalten würde. Ein dumpfes Krachen erklingt aus der Ebene über uns und ich vermute, dass eine Mauer dem Beben nicht standgehalten hat.

»Heilige Mutter, rette uns«, murmelt Rosie, gefolgt von Worten, die ich nicht verstehe.

»Es gibt nichts mehr zu retten«, kommentiert Daniel das Geschehen.

»Sei nicht so hart zu ihr«, rüge ich ihn. »Sie muss Schreckliches durchgemacht haben …«

»Wir haben aber keine Zeit mehr, wenn wir hier nicht lebendig begraben werden wollen. Und sie weiß höchstwahrscheinlich, wo sich die Pulver befinden.«

Dieses Mal haben wir lauter gesprochen, sodass Rosie unser Gespräch verfolgen konnte. Ohne ein Wort wendet sie sich ab und öffnet eine Tür zu einer Nebenkammer.

Ich rümpfe die Nase, als ich bemerke, dass der Geruch nach Kot und Urin stärker wird. Vermutlich hat sie die Kammer genutzt, um ihr Geschäft darin zu verrichten.

Rosie deutet hinein. »Da drinnen. In den beiden Schränken rechts.«

Ich bewege mich keinen Millimeter, auch wenn mein Ziel endlich in greifbare Nähe gerückt ist. Meine sensible Nase lässt es nicht zu, dass ich diese Kammer betrete.

Daniel drückt mir seine Pistole in die Hand. »Sollte sie Dummheiten machen …«

Kurz frage ich mich, woran er denken mag, erinnere mich dann aber an die Typen im Wald, die uns vor einigen Tagen überfallen haben. In der heutigen Zeit kann man keinem Fremden trauen – schon gar nicht einer Frau, die sich seit Wochen allein in einem Labor vor den Noahs verschanzt hat und wahrscheinlich der festen Überzeugung ist, Gott habe es so gewollt.

Er geht in die Kammer, die Rosie geöffnet hat.

Ich höre, wie er einen Würgelaut ausstößt, und will mir gar nicht vorstellen, was für ein Anblick sich ihm gerade bietet.

»Hast du irgendetwas, worin wir die Sachen transportieren können?«, ruft er mir zu.

Ich öffne meinen Rucksack. Wirklich viel Platz ist darin nicht mehr, da ich meinen Nahrungsfund von gestern noch mit mir rumtrage. Ich krame, bis mir mein Flanellhemd zwischen die Finger kommt. Kurzerhand ziehe ich es heraus, verknote es an mehreren Stellen und gebe es Rosie, damit sie es an Daniel weiterreichen kann.

Er murmelt irgendetwas, das ich nicht verstehen kann, und kommt kurz darauf wieder heraus. Das Flanellhemd dient nun als eine gut gefüllte Tasche, die Ärmel hat er sich schräg über der Brust verknotet.

»Mach diese verdammte Höllenkammer zu«, weist er Rosie an, die seiner Aufforderung langsam nachkommt. Erst als die Tür verschlossen und damit der Gestank wieder darin eingesperrt ist, atmet er mehrmals tief durch.

»Okay, ich denke, wir haben, was wir brauchen«, sagt er zu mir. »Lass uns von hier verschwinden.«

Ich gehe zu Rosie. Aus der Nähe sieht sie noch furchteinflößender aus. Unter ihrer Haut ist jeder Knochen erkennbar, als wäre jegliches Fleisch verschwunden.

Als hätten meine Artgenossen es bei lebendigem
Leib von ihr abgenagt.

»Wir bringen Sie jetzt von hier weg«, sage ich in beruhigendem Tonfall und lege einen Arm um ihre Schultern. Sie ist so schmal, dass ich um sie herumfassen könnte, würde ich das versuchen.

Während ich sie zum Ausgang lotse, beginnt sie wieder, irgendwelche Gebete vor sich hin zu murmeln.

Daniel ist bereits aus dem Labor getreten. Hätte ich nicht meine Supernachtsicht, würde ich ihn gar nicht mehr erkennen, wie er da steht und mit verkniffenen Augen den Gang entlang starrt.

Ich lasse Rosie los, die mir trotzdem wie ein Hündchen folgt. Sie scheint mir mehr zu vertrauen als Daniel, obwohl ich jetzt diejenige mit der Waffe bin. Aber vielleicht ist es auch genau das, warum sie sich an mich hält.

Der Gang ist leer.

»Folgt mir«, sage ich leise, nachdem ich mich mit meiner Nase überzeugt habe, dass der Noahgeruch nicht stärker geworden ist.

Langsam schleichen wir in Richtung Treppe. Dabei müssen wir kurz anhalten, da ein weiteres Beben das Gebäude erschüttert. Dieses Mal bin ich mir sicher, etwas wie eine Explosion zu hören. Was zum Teufel ist hier nur los?

Als wir die Treppe erreichen und emporsteigen, gibt es einen ohrenbetäubenden Knall. Reflexartig pressen wir unsere Hände auf die Ohren, wobei ich die Waffe fallen lasse. Rosie kreischt wie von Sinnen und ich hoffe, dass der Lärm für die Noahs genauso schlimm ist wie für uns, sodass die Viecher sie nicht gehört haben.

Meine Ohren klingeln, während ich die Hände sinken lasse. Daniel sagt irgendetwas, aber ich höre es nicht, sondern sehe nur, wie sich seine Lippen bewegen.

Er hebt die Pistole auf und erklimmt die letzten Stufen. Sekunden später steht er wieder neben mir.

»Da oben herrscht das reinste Chaos«, brüllt er.

Zumindest verstehe ich wieder, was er sagt, wenngleich seine Stimme wie aus weiter Ferne zu mir dringt.

»Wenn ich es nicht besser wüsste, würde ich sagen, jemand sprengt die halbe Stadt in die Luft!«

Rosie klammert sich von hinten an meinen Arm.

»Hast du Noahs gesehen?« Ich versuche, nicht zu schreien, obwohl meine Stimme für mich so leise klingt.

»Jede Menge, aber die sind damit beschäftigt, hier rauszukommen, ohne zerquetscht zu werden. Was wir übrigens auch tun sollten.«

Wieder explodiert irgendwo etwas und der Ruck, der durch das Haus geht, ist gewaltig. Mit lautem Krachen stürzt das Labor hinter uns zusammen.

Hätten wir Rosie nicht getroffen und selbst nach den Medis suchen müssen, wären wir jetzt wahrscheinlich tot, schießt es mir durch den Kopf und jagt mir eine Gänsehaut über den Rücken. Nicht wir haben ihr Leben gerettet, sondern sie unseres …

»Wir müssen hier raus«, wiederholt Daniel mit Nachdruck und geht die Treppe wieder hoch.

Ich zerre Rosie nach oben, die mit gefalteten Händen neben mir kauert, und will ihm folgen. Da steigt mir der Geruch von Blut in die Nase. Ich sehe die Frau an und bemerke sofort den roten Streifen, der ihren Arm hinabrinnt. Die Nadel, die vorhin noch in der Armbeuge gesteckt hat, ist verschwunden. Eigentlich müsste sie die Blutung stoppen, doch dafür ist keine Zeit.

Chaos ist noch untertrieben für das, was uns oben erwartet. Die Eingangshalle ist ein Trümmerfeld. In den Balustraden der höheren Ebenen klaffen große Löcher und auch ein erheblicher Teil der Decke ist eingestürzt und liegt in grobe Stücke zerbrochen auf dem Boden vor uns.

Noahs krabbeln wie Kakerlaken darüber hinweg und auf den Ausgang zu, der noch frei ist. Noch …

Glücklicherweise sind auch die Bestien in einer solchen Panik, dass sie keine Notiz von uns nehmen.

Daniel erklimmt eine Betonscholle und steuert auf den Ausgang zu, als ein weiteres Stück der oberen Etagen abbricht und nur wenige Meter vor ihm auf den Boden kracht.

Die Warnung, die ich ihm zurufe, kommt zu spät. Betonstücke fliegen durch die Gegend und auf Daniel zu, der getroffen nach hinten kippt und auf den Rücken fällt.

In Windeseile bin ich bei ihm, wobei mir egal ist, dass Rosie uns nur mit größter Mühe folgen kann, und gehe neben ihm in die Knie.

»Daniel …«

Er hat die Augen geschlossen, gibt aber stöhnende Laute von sich. Ich greife nach seinen Schultern und will ihn hochziehen, da bemerke ich eine Platzwunde an seiner Stirn.

Er … blutet …

Reflexartig lasse ich ihn los. Ich weiß sehr wohl, welche Gefahr meine Berührung für eine offene Wunde darstellt.

Sein Kopf knallt abermals auf den harten Boden, was aber zumindest dafür sorgt, dass er die Augen aufschlägt.

»Heilige Scheiße …«, knurrt er und rappelt sich auf.

Jetzt, wo er sitzt, rinnt das Blut seine Stirn hinab. Er wischt es mit der Hand weg, damit es ihm nicht ins Auge läuft.

Ich fahre mir mit der Zunge über die Lippen. Sein Duft
ist mit einem Mal noch tausendfach stärker als sonst.
Das muss am Nektar liegen, der nun fließt. Mein
Instinkt sagt mir, dass jetzt nicht der richtige
Zeitpunkt zum Fressen ist, und der dumme Mensch in
mir würde nie zulassen, dass ich dem Ambrosia etwas
antue. Noch ist sie stärker als ich … Aber ich könnte
doch zumindest von ihm kosten, wenn er sich mir
schon so bereitwillig anbietet.
Ich führe meinen Zeigefinger in Richtung seiner Stirn.
Nur eine kleine Kostprobe …

Untersteh dich, fahre ich die Noah in mir an. *Denk nicht mal daran, ihn auch nur zu berühren!*

Daniel hat meine Geste nicht bemerkt. Er sucht mit den Augen den Weg vor uns ab, der nun von einem Trümmerberg blockiert wird.

»Wir müssen klettern«, sagt er und kommt auf die Beine.

Um mich abzulenken, sammle ich die zwei Pulverbeutel ein, die aus der Flanelltasche gefallen sind, wobei ich noch immer mit dem Noah in mir kämpfe. Nie zuvor hat er versucht, die Kontrolle zu übernehmen, auch wenn er sich schon öfter in meine Gedanken geschlichen hat. Das Adrenalin, das durch meine Adern rauscht, scheint ihn stärker zu machen. Vielleicht treibt es die Verwandlung sogar voran?

Daniel nimmt mir die Beutel ab und stopft sie zurück in die Tasche. Dann beginnt er, wie ein Äffchen das Hindernis vor uns zu erklimmen. Rosie folgt ihm, kommt aber wesentlich langsamer voran. Es wundert mich nicht, bei der wenigen Muskelmasse, die sie noch hat. Ich mache mich als Letzte daran, den Berg zu erklimmen.

Eine gefühlte Ewigkeit später haben wir das einsturzgefährdete Gebäude verlassen.

Auf der Straße fühle ich mich wie zwischen zwei Welten gestrandet. Der Stadtteil, aus dem wir heute Morgen gekommen sind, sieht noch halbwegs normal aus, auch wenn hier und da schon einige Mauern bröckeln. Als ich aber in die Richtung blicke, in die wir unseren Weg fortsetzen müssten, habe ich das Gefühl, direkt in die Hölle zu schauen. Die meisten Fabrikhäuser stehen in Flammen, in den Außenwänden klaffen riesige Löcher und über den Dächern, die größtenteils zusammengestürzt sind, hängt eine einzige riesige Rauchwolke in der Luft.

»Was ist hier passiert, während wir da unten waren?«, frage ich völlig entsetzt.

Als ob das wichtig wäre!

Auf den Straßen huschen unzählige Noahs umher. Sie flüchten vor den Bränden, die sich immer weiter ausbreiten.

Ich bin überwältigt, wie viele dieser Bestien sich tatsächlich in NNY aufhalten. Es wirkt, als hätte man mit einem Stock in einem Ameisenhügel gestochert. Doch entgegen einer konfusen Insektenarmee haben die Noahs fast alle dasselbe Ziel. Sie fliehen in Richtung des Arsenals, der Ort, der noch vollkommen unberührt von diesem Chaos ist. Feuer ist ihr natürlicher Feind und auch die Aussicht, von einem herabstürzenden Betonklotz zermalmt zu werden, ist selbst für einen Noah keine angenehme Vorstellung.

Das Gute an der Panik der Viecher ist aber, dass sie keine Notiz von uns nehmen, trotz der Tatsache, dass beide meiner Begleiter blutende Wunden haben.

Immer wieder fährt das Ambrosia sich mit der Hand übers Gesicht, um diese köstlich riechende Flüssigkeit wegzuwischen.

»Wo sind Rita und Jeff?«, frage ich und sehe mich hektisch um. Doch von den beiden fehlt jede Spur.

»Glaubst du, sie hätten hier gewartet, während die ganz Stadt um sie im Erdboden versinkt?« Daniel schüttelt den Kopf.

Ich glaube ihm nicht, dass er so überzeugt davon ist. Er versucht, es sich selbst einzureden, um nicht darüber nachdenken zu müssen. Die Sorge steht ihm jedoch ins Gesicht geschrieben.

Wieder explodiert etwas. Von einem Wohngebäude ganz in der Nähe bricht ein Stück der Seitenwand weg, landet mit lautem Krachen auf der Straße und begräbt mindestens zehn Noahs unter sich. Selbst auf die Entfernung spüre ich, wie die Druckwelle der Detonation sacht gegen meinen Körper drückt.

»Wir müssen hier weg«, brüllt Daniel über die Schreie der Noahs hinweg, die jetzt noch mal zugenommen haben. Zielstrebig steuert er auf den zerstörten Teil NNYs zu.

Rosie hält sich unschlüssig neben mir, spielt scheinbar gedankenverloren mit dem Kreuz um ihren Hals. Ich stehe stocksteif da und kann einfach nicht losgehen. Wie gebannt starre ich auf das Feuer, das in diesem Stadtteil lodert. Etwas in mir sträubt sich.

Ich marschiere doch nicht freiwillig in dieses
Flammenmeer. Ich muss in die andere Richtung, weg
vom Feuer, weg von meinem Feind ...

Daniel dreht sich um, als er merkt, dass wir ihm nicht folgen. »Dawson, jetzt komm, verdammt noch mal!« Er klingt wütend, aber wieder weiß ich, dass er nur seine eigene Panik überspielt. Sie flackert in seinen Augen.

Ich kann sie riechen, seine Angst. Ein guter Duft.

Endlich gelingt es mir, mich aus meiner Starre zu lösen. Auch wenn ich lieber nicht zwischen zusammenstürzenden Häusern herumspazieren möchte, ist mir klar, warum Daniel dort entlang will. Zum einen ist es der kürzeste Weg zu dem Wald, in dem wir hoffentlich auf Rita und Jeff treffen. Zum anderen fliehen die Noahs in die entgegengesetzte Richtung und stellen so keine zusätzliche Gefahr für uns dar.

Also folge ich Daniel.

Und Rosie folgt mir.

Wir kämpfen uns durch die Straßen, die immer wieder von Explosionen in unseren Rücken zum Beben gebracht werden. Vorbei an Schuttbergen und herumliegenden Noahs. Einige zucken noch und geben ächzende Laute von sich.

In der nächsten Sekunde klatscht ein Körper direkt neben mir aufs Pflaster. Das Geräusch brechender Knochen ist widerlich, aber nichts im Vergleich zu dem Anblick, den der Noah bietet. Seine

Gliedmaßen sind unnatürlich verkrümmt und sein Schädel nur noch eine breiige Masse.

Ich schaue nach oben, von wo der Noah gekommen sein muss, und sehe gerade noch, wie ein weiterer aus einem Fenster gut fünfzehn Meter über uns springt. Auch er landet neben uns, hat aber mehr Glück als sein Vorgänger. Seine Knochen sind zwar gebrochen, aber zumindest hat sein Kopf nichts abgekriegt. Er röchelt und beginnt dann, von dem brennenden Gebäude wegzukriechen. Wenn er es schafft, wird sein Körper sich regenerieren. Doch so langsam, wie er sich fortbewegt, wird er wohl eher ein Opfer der Flammen werden. Gut so, je mehr von ihnen hier sterben, desto besser.

Rosie beginnt, unkontrolliert zu wimmern, und Daniel zieht mich weiter.

Die Noahgruppen, denen wir begegnen, werden allmählich weniger. Die meisten bemerken uns ohnehin nicht, sie sind völlig von ihrem Fluchtreflex beherrscht. Dennoch behält Daniel die Pistole die ganze Zeit im Anschlag.

Dafür erschwert uns der Zustand der Stadt unser Vorankommen. Ständig müssen wir irgendwelche Haken schlagen und Seitenwege benutzen, da die Hauptstraße unpassierbar ist. Zusätzlich wird der Rauch immer dicker, den das Feuer in die Gassen bläst, und nimmt neben der Luft zum Atmen auch zunehmend die Sicht.

»Verfluchter Mist«, schimpft Daniel, als wir auf ein weiteres Hindernis treffen.

Es handelt sich um einen umgestürzten Schornstein, der quer über der Straße liegt und früher zu der Fabrikhalle gehört hat, die ich bei unserer Ankunft als Aussichtspunkt benutzt habe.

Wir haben es also fast geschafft, nur noch diese verdammte Barriere aus roten Ziegelsteinen versperrt uns den Ausgang aus dieser Höllenstadt.

»Noch einen Umweg zu nehmen, kostet zu viel Zeit«, überlegt Daniel und muss husten. »Meint ihr, dass ihr darüber klettern könnt?« Er sieht Rosie an, seine Frage gilt eindeutig ihr.

Noch vor ein paar Stunden wäre ich wütend geworden und hätte es für eine weitere seiner abweisenden Aktionen gehalten. Jetzt glaube ich, dass er mir einfach mehr zutraut als Rosie, was bei ihrem Anblick nachvollziehbar ist.

»Wenn es sein Wille ist ...«, stammelt diese weinerlich.

Langsam geht sie mir mit ihrer Gläubigkeit auf die Nerven und ich muss den Impuls unterdrücken, sie anzubrüllen. Daniel sichert die Pistole, schiebt sie in seinen Hosenbund und hilft Rosie, den Berg aus Ziegeln zu besteigen.

Ich beobachte die beiden kurz und mache mich dann selbst an den Aufstieg. Als ich oben ankomme, atme ich durch und schaue geradeaus. In meinem Rücken spüre ich die Wärme der brennenden Stadt, vor uns aber liegt das unangetastete Ruinenfeld. Ein Glücksgefühl durchströmt mich, wird allerdings in der nächsten Sekunde durch eine erneute Explosion zerstört.

Diese ist zwar weit weg, aber lauter und heftiger als jede zuvor.

Das Arsenal, schießt es mir noch durch den Kopf, bevor mich eine Druckwelle erfasst und regelrecht von dem Schornstein katapultiert.

Der Kopf ... Ich muss den Kopf schützen. Alles andere regeneriert sich!

Ohne nachzudenken, strecke ich die Arme nach vorn. Viel zu schnell kommt der Boden auf mich zu. Ich versuche noch, mich zur Seite zu drehen, was mir nur halb gelingt. Mit einem ausgestreckten Arm treffe ich auf, lande dann auf der Schulter und der Rest des Körpers folgt. Nur den Kopf halte ich tapfer oben.

Dass ich mich verletzt habe, spüre ich sofort. Ein noch nie gefühlter Schmerz jagt von meinem Unterarm in meinen ganzen Körper, benebelt meine Sinne und raubt mir die Luft. Ich will schreien, den Schmerz hinausbrüllen, halte aber gleichzeitig den Atem an, in der Hoffnung, er verschwindet dann wieder. Doch falls überhaupt möglich, scheint er nur noch zuzunehmen. Regungslos bleibe ich liegen, denn schon die kleinste Bewegung löst eine Schmerzwelle aus, die mich der Ohnmacht nahe bringt.

»Das Mädchen«, höre ich Rosie mit vor Panik heiserer Stimme.

Diese zwei Worte reißen mich für einen Moment aus dem Strudel unendlichen Schmerzes und ich atme ein. Die Folge ist ein Schrei wie der eines verletzten Tieres.

Schon spüre ich, wie jemand neben mir ist.

»Dawson, alles okay?« Daniels Stimme klingt nah und gleichzeitig aus weiter Ferne.

Er darf mich nicht anfassen. Er blutet … und ich blute auch. Das weiß ich, denn ich kann es riechen. Würde ich nicht gerade Höllenqualen durchleiden, würde es mich anekeln, dass selbst der Geruch meines eigenen Blutes appetitlich auf mich wirkt.

»Weg … Rühr mich nicht an«, schaffe ich es, hervorzupressen.

Unter extremer Anstrengung und ohne die Augen zu öffnen, rolle ich mich auf den Rücken und gebe den Arm frei, auf dem ich gelandet bin.

Das verschafft mir kurz Erleichterung, doch als ich versuche, meine Finger zu bewegen, fühlt es sich an, als würde es mir den Unterarm zerreißen.

»Scheiße, das sieht übel aus«, meint Daniel, der es nicht wagt, sich mir noch weiter zu nähern. »Rosie, können Sie …«

»Nicht. Anfassen«, erinnere ich ihn noch einmal. Dann halte ich abermals die Luft an, nur um nicht wieder loszubrüllen.

Ich muss mich beruhigen, den Schmerz wegatmen. Aber ich kann nicht, er ist einfach zu stark. Doch, ich muss. Ich presse die Luft zwischen den Zähnen hervor und fülle dann meine Lungen, so gut ich kann.

Einatmen. Ausatmen. Einatmen. Ausatmen.

Langsam lässt der Schmerz nach und ich wage es, meine Lider zu heben. Daniel hockt ungefähr einen halben Meter von mir entfernt.

Rosie steht noch ein ganzes Stück dahinter und sieht mich mit großen, erschrockenen Augen an.

»Ich kann kein Blut sehen«, höre ich sie murmeln. Dann dreht sie mir den Rücken zu.

Ich hebe den Kopf und schaue auf meinen Unterarm. In der Mitte klafft eine tiefe Wunde, aus der irgendetwas Weißliches herausragt.

»Er ist gebrochen«, kommentiert Daniel unnötigerweise.

Der Anblick ist zu viel. Meine Lider flattern und mein Kopf sinkt zurück auf den Boden.

»Cassy, nicht ohnmächtig werden!«

Ich spüre Daniels Hand an meiner Schulter und bin sofort wieder bei mir. Die Angst, er könnte sich bei dem Versuch, mir zu helfen, mit dem Noahvirus infizieren, ist größer als die Benommenheit, die der Schmerz auslöst.

Ich reiße die Augen auf und setze mich so schnell auf, dass mir schwindelig wird. Wieder schießt der Schmerz durch meinen Arm und lässt mich aufkeuchen.

Zumindest hat Daniel mich losgelassen, wenngleich er den Blick nicht von meinem Arm lösen kann. »Die Knochen haben sich verschoben. Wir müssen den Bruch richten«, sagt er vorsichtig.

»Zuerst müssen wir hier weg.« Ich beiße die Zähne fest zusammen und stehe auf.

Ob es ein neues Beben ist oder ich es mir nur einbilde, dass der Boden unter mir schwankt, kann ich nicht sagen. Es bedarf jedoch großer Anstrengung, nicht einfach wieder zusammenzusacken. Also konzentriere ich mich auf den verletzten Arm. Mit der gesunden Hand presse ich ihn an meine Brust. Auch das tut weh, ist aber um Längen besser, als wenn ich ihn herunterhängen lasse.

»Kann ich … Sollten wir … Vielleicht eine Schiene …«, stammelt Daniel und sieht mich mitleidig und sorgenvoll an.

Erst da wird mir bewusst, dass Tränen über meine Wangen laufen und ich hemmungslos schluchze.

Alles kommt mir vor wie ein verwirrender Albtraum.

Erst Daniels Gefühlsgeständnis, dann die Begegnung mit Rosie und die bebende Stadt und nun noch mein gebrochener Arm. Ich habe das Gefühl, jeden Moment den Verstand zu verlieren. Aber ich weiß, dass dann die Noah das Ruder übernehmen würde, und ich glaube nicht, dass ich stark genug wäre, es ihr irgendwann wieder abzunehmen. Also klammere ich mich an das Einzige, was meinen Verstand daran hindert, sich zu verabschieden: die Aussicht, diese Hölle hinter uns zu lassen.

Zaghaft gehe ich ein paar Schritte, wobei die Welt um mich herum bedrohlich schwankt. Aber immerhin, ich komme voran, wenn es sich auch bei jedem Mal, dass ich einen Fuß aufsetze, so anfühlt, als würde jemand eine Axt in meinen Arm schlagen.

Ich fixiere den Wald, der hinter dem Ruinenfeld auf uns wartet und einfach nur einladend ruhig wirkt. Es tut gut, sich auf ein Ziel zu konzentrieren, und ich schaffe es, halbwegs geradeaus weiterzugehen.

Daniel läuft neben mir. Er hält einen Arm erhoben, bereit, mich aufzufangen, sollte ich stürzen.

»Ich hau dir eine rein, wenn du mich auch nur mit dem kleinen Finger berührst«, drohe ich ihm und ringe mir ein Lächeln ab.

Er erwidert es zaghaft, lässt seinen Arm aber nicht sinken.

»Wohin gehen wir?«, will Rosie wissen, die hinter uns hertrottet und ein Gebet nach dem anderen zitiert.

Daniel deutet nach vorn. »Wir treffen uns in dem Wald mit meiner Freundin und ihrem Bruder«, erklärt er.

In diesem Moment kann ich für die Schmerzen im Arm nur dankbar sein, denn durch sie spüre ich den Stich kaum, den das Wort *Freundin* meinem Herzen versetzt.

Der Weg durch die Ruinen scheint sich ewig hinzuziehen. In Anbetracht des Standes der Sonne haben unsere Expedition im Labor und die anschließende Flucht aus NNY tatsächlich mehr Zeit in Anspruch genommen, als ich gedacht hätte. Mein Arm fühlt sich etwas besser an, zumindest blutet die Wunde nicht mehr so stark und der grelle Schmerz hat sich in ein dumpfes Pochen gewandelt.

Rosie hingegen ist sichtlich mitgenommen von der Wanderung und auch Daniel wird zusehends blasser. Ich vermute, der Treffer am Kopf war doch härter, als er zugeben will.

Kurz bevor wir den Wald erreichen, bleibt er stehen. »Wenn wir Rita und Jeff gefunden haben, halt dich erst mal im Hintergrund, ja? Ich kenne die beiden … Rita wird Erste Hilfe leisten wollen und so scharf, wie McDougle auf dich ist, werden sie sich darum prügeln, wer sich um dich kümmern darf.« Seine Stimme hat wieder diesen kühlen, abwertenden Klang angenommen.

Wäre ich nicht so erschöpft, würde ich ihm mal wieder erklären, dass ich sehr wohl weiß, wie gefährlich ich bin.

Da schiebt er murmelnd hinterher: »Ich habe es satt, zuzusehen, wie er dich ständig begrabbelt …«

Sein harter Ton gilt also nicht mir, sondern Jeff. Normalerweise würde ich jetzt eine spitze Bemerkung abfeuern, aber mein Kopf hat genug damit zu tun, mich einen Schritt vor den anderen setzen zulassen.

Zehn Minuten später erreichen wir den Waldrand und stoßen auch prompt auf die erste Markierung der Geschwister. Meinem Vorschlag folgend, haben sie einen Pfeil in die Rinde eines Baumes geritzt, dem wir nun folgen.

Nur vier Markierungen später finden wir die beiden. Wir hören sie, noch bevor wir sie zwischen den Bäumen hindurch sehen können.

»Ich bewege mich hier keinen Meter weg, und wenn du dich auf den Kopf stellst«, geifert Rita gerade.

»Mach die Augen auf, Schwesterchen«, erwidert Jeff gereizt. »Die halbe Stadt ist in die Luft geflogen. Sie können das gar nicht überlebt haben!«

»Ganz wundervoll, zu hören, wie wenig du uns zutraust, McDougle«, macht sich Daniel bemerkbar.

Beide drehen uns wie auf Kommando die Köpfe zu. Während Jeff ungemein erleichtert zu sein scheint, wirkt Rita entsetzt.

Wir müssen aber auch ein erschreckender Anblick sein: Daniel mit seiner Stirnwunde und dem blutverschmierten Shirt und dahinter eine abgemagerte Fremde, die so blass ist wie der Tod persönlich. Von mir und meinem Arm mal ganz zu schweigen, den ich erst mal versuche, zu verbergen.

»Oh mein Gott …« Rita stürzt nach vorn und fällt Daniel um den Hals. »Ich hatte solche Angst um euch«, schluchzt sie.

»Shhh, alles gut«, versucht Daniel, sie davon abzuhalten, einen Heulkrampf zu bekommen. Er gibt ihr einen Kuss auf den Scheitel und wiegt sie beruhigend hin und her.

Jeff kommt unterdessen direkt auf mich zu. »Cassy, ich bin so froh …« Er hebt die Arme, um mich genauso überschwänglich zu begrüßen, wie Rita es mit Daniel getan hat. Als er meinen gebrochenen Unterarm sieht, hält er mitten in der Bewegung inne. »Ach du Kacke. Dein Arm … ist der … ist der gebrochen?«

Nein, hätte ich am liebsten geantwortet. *Das trägt man heute so.* Doch ich bin zu erschöpft für bissige Kommentare.

»Das sind eure Begleiter?«, macht Rosie sich bemerkbar. »Das sind Kinder! Der Herr hat nichts weiter als *Kinder* zu unserer Rettung geschickt?« Ihre Stimme klingt schrill, fast hysterisch.

Jeff und Rita starren Rosie an, als würden sie ihre Anwesenheit jetzt erst bemerken.

»Wer ist das?«, will Jeff wissen.

»Ihr Name ist Rosie. Wir haben sie im Labor getroffen.«

»Im Labor?« Jeff sieht Daniel entgeistert an, dann ruckt sein Kopf wieder zu Rosie.

»Ja, sie hat uns gehol…« Weiter kommt Daniel nicht.

Blitzschnell greift Jeff auf seinen Rücken und zieht die Pistole hervor, entsichert sie und drückt ab, bevor einer von uns ihn aufhalten kann. Nicht, dass auch nur einer es versucht hätte, dafür kommt Jeffs Reaktion viel zu überraschend.

Ein lauter Knall ertönt, den Rita mit einem spitzen Schrei kommentiert.

Rosie blickt Jeff irritiert an und sieht dann auf ihren Bauch, auf dem sich sekundenschnell ein dunkelroter Fleck ausbreitet. »Du hast … auf mich geschossen«, stellt sie fest.

Da fällt ein zweiter Schuss und reißt sie nach hinten. Wie ein Sack kippt sie um und gibt keinen Laut mehr von sich.

Dafür fängt Daniel an, zu brüllen. »Bist du total durchgeknallt?« Er macht einen Satz zu Jeff, reißt ihm die Waffe aus der Hand und wirft sie auf den Boden. Dann geht er auf Rosie zu, die bewegungslos zwischen zwei Bäumen liegt.

»Fass die bloß nicht an«, befiehlt Jeff und bringt Daniel tatsächlich dazu, stehen zu bleiben.

Ich merke, wie mir schwindelig wird, was nicht etwa an meiner Verletzung liegt. Die nehme ich in Anbetracht der Tatsache, dass hier gerade eine Frau ohne Grund vor meinen Augen ermordet wurde, kaum mehr war. Nein, der Schwindel liegt wohl eher an dem Sauerstoffmangel, der in meinem Körper herrscht, da ich seit dem ersten Schuss die Luft angehalten habe. Keuchend stoße ich sie nun aus.

Daniel starrt auf Rosie. Er braucht sie nicht zu berühren, er kann sowieso nichts für sie tun. Die zweite Kugel hat ein klaffendes Loch in ihren Schädel gerissen. Sie ist definitiv tot.

»Sie war ein Risiko«, verteidigt sich Jeff. Dem Klang seiner Stimme nach ist er vollkommen überzeugt, nichts Falsches getan zu haben. »Sie kann infiziert gewesen sein.«

»War sie aber nicht.« Daniel wirkt jetzt wie ein Stier, der rot sieht. Er schnauft und in seinen Augen funkelt blanker Zorn.

Jeff scheint nicht zu bemerken, dass Daniel kurz vor dem Explodieren ist »Das weißt du nicht mit Sicherheit. Ich renne doch nicht mit einem potenziellen Noah durch die Gegend!«

Da stößt Daniel ein wütendes Knurren aus. Mit der Schulter voran stürmt er auf Jeff los. Dieser kann seinem Angriff überraschend gut ausweichen. So stolpert Daniel ungebremst an ihm vorbei und landet der Länge nach auf dem Waldboden, wobei er mit dem Kopf nur knapp einen Baum verfehlt.

Stöhnend versucht Daniel, sich wieder aufzurichten, bleibt aber auf allen vieren. Ich kann hören, wie er würgt.

Rita hockt sich zu ihm. »Hey, was ist denn?« Sie ist es nicht gewohnt, dass Daniel so einfach zu Boden geht.

»Er hat einen Stein gegen den Kopf bekommen«, erkläre ich. »Vermutlich hat er eine Gehirnerschütterung.« Es sind die ersten Worte, die ich von mir gebe, seit wir die anderen wiedergetroffen haben, und meine Stimme zittert und kratzt.

Um mich herum wirkt alles wie in weite Ferne gerückt. Töne, Bilder, Gerüche … Selbst der Schmerz, der mich die letzten Stunden begleitet hat, dringt nur noch unterschwellig in mein Bewusstsein.

Während Rita sich um Daniel kümmert, dem der Adrenalinanstieg anscheinend den Rest gegeben hat, tritt Jeff auf mich zu.

»Dein Arm sieht schlimm aus«, meint er. »Soll ich …«

»Bleib weg«, fahre ich ihn mit einer Stimme an, die selbst in meinen Ohren fremd klingt, was wohl daran liegt, dass ich alles um mich herum wie in Watte gepackt wahrnehme.

Ich will nicht, dass Jeff mir zu nahe kommt. Und dieses Mal ist es keine Vorsicht, die mich dazu bringt, sondern pure Angst.

Angst vor Jeff, der sich soeben bückt und die Pistole aufhebt. Was hält ihn davon ab, mich ebenfalls über den Haufen zu schießen? Nur seine Unwissenheit über meinen Zustand. Und wer weiß, wie lange diese noch anhalten wird …

Er sichert die Waffe und lässt sie in seine Gesäßtasche gleiten. Dabei betrachtet er mich entschuldigend. »Ich musste das tun. Um uns zu schützen. Und jetzt lass mich das mal ansehen. Ich habe eine Ausbildung in Erster Hilfe und …«

»Ich brauche keine Hilfe«, sage ich kurz angebunden und trete zwei Schritte zurück.

Jetzt scheint er die Furcht in meinen Augen zu sehen, denn er lässt beinahe reumütig die Schultern hängen. »Cassy, komm schon«, murmelt er.

»Lass sie ihn Ruhe«, keucht Daniel, dem es endlich gelingt, sich aufzurichten, wobei er sich an die Stirn fasst. »Wenn sie sich helfen lassen würde, hätte ich das mit Sicherheit schon getan.«

Rita stützt ihn, während er sich zu uns dreht. Auch sie betrachtet meinen Bruch. »Der muss gerichtet werden.«

»Wie macht man das?«, frage ich mit zittriger Stimme und schaue zwischen den anderen hin und her.

»Na ja … einfach daran ziehen, denke ich …«, antwortet Jeff.

»Ein toller Ersthelfer bist du«, brummt Daniel, sieht aber nicht so aus, als hätte er noch einen anderen Tipp für mich.

Ich wende mich ab, kann dabei aber nicht vermeiden, dass mein Blick erneut auf die tote Rosie fällt. Mit schnellen Schritten gehe ich an ihr vorbei und den kleinen Trampelpfad, den wir gekommen sind, ein paar Meter zurück.

Ich habe keinen Plan, was ich tun soll. Allein mein Selbsterhaltungstrieb sagt mir, dass ich mich um den Arm kümmern muss, und dabei will ich meine Ruhe haben.

Neben einem umgestürzten Stamm gehe ich in die Knie und lege meinen Unterarm darauf ab. Er ist wirklich übel zugerichtet, wie ich nüchtern feststelle. Das untere Bruchstück hat sich durchs Fleisch nach außen gebohrt. Fast interessiert betrachte ich den gelblichen, blutverschmierten Knochen. So kann das definitiv nicht bleiben.

»Einfach daran ziehen«, wiederhole ich, was Jeff geraten hat, greife beherzt zu und … schreie auf.

Mit einem Schlag bricht alles über mich herein, was mein Verstand ausgeschlossen hat, als hätte der Schmerz jede Schleuse geöffnet. Wie ein Sturzbach schießen Tränen in meine Augen und laufen über meine Wangen.

Ich sitze mitten in einem Wald mit einem gebrochenen Arm. Irgendwo hinter mir liegt die Leiche einer Frau, der ich in gewissem

Maß mein Leben verdanke, während nicht weit entfernt Noahs aus einer verbrennenden Stadt flüchten, vielleicht direkt auf uns zu.

Ich bin am Arsch, so sieht es aus. Vielleicht sollte ich einfach zu Jeff gehen, ihm sagen, was ich bin, und mich neben Rosie legen.

Da taucht ein Gesicht vor meinen Augen auf, das mein Selbstmitleid mit einem Schlag verstummen lässt. Ich habe einen verdammt guten Grund, durchzuhalten: Claire.

Scheiß drauf, was mit mir wird. Hauptsache, ihre Zukunft ist gesichert.

Dazu muss ich aber diese verfluchten Medis nach Paddingtown schaffen. Und das wiederum geht nicht, solange mein Arm sich in diesem verschobenen Zustand befindet und mir der damit verbundene Schmerz jede Fähigkeit raubt, klar zu denken.

Ich versuche es also ein zweites Mal, den Bruch zu richten. Doch genau wie vorher entfährt mir schon bei der kleinsten Bewegung ein keuchender Schrei, den ich einfach nicht unterdrücken kann.

Jemand nähert sich mir von hinten und schon bevor sich Rita neben mich kniet, erkenne ich sie am Geruch. Auch meine Noahinstinkte scheinen langsam wieder zu funktionieren, denn ihr Blutaroma steigt mir sofort in die Nase.

Mit dem Rücken an den Stamm gelehnt, setzt sie sich neben mich.

»Wenn es nicht so verdammt wehtun würde«, schluchze ich und wische mir die Tränen weg. Ein sinnloses Unterfangen, denn neue fließen sofort nach.

Rita kramt in ihrem Rucksack und zieht eine Flasche hervor, in der sich eine klare Flüssigkeit befindet. »Die habe ich im Arsenal gefunden«, erklärt sie.

Dass es sich dabei nicht um Wasser handelt, wird mir klar, als sie einen Schluck davon nimmt und das Gesicht verzieht.

Dann hält sie mir die geöffnete Flasche hin. »Das wird es ein wenig lindern …«

Ohne nachzudenken, greife ich zu und genehmige mir ebenfalls einen ordentlichen Schluck. Es ist Schnaps, der brennend meine Kehle hinunterläuft. So etwas Starkes habe ich noch nie getrunken und ich muss mich sehr beherrschen, ihn nicht einfach wieder auszuspucken.

Als ich ihn Rita zurückgeben will, wehrt sie lächelnd ab. »Das wird kaum reichen. Du musst schon mehr trinken. Und wenn du fertig bist, kannst du die Wunde damit ausspülen, damit sie sich nicht infiziert.«

Infiziert … da ist wieder dieses teuflische Wort, das mich unweigerlich zusammenzucken lässt.

Rita bemerkt es nicht, denn ihr Blick gleitet suchend über den Boden. Nachdem ich die Flasche noch zwei weitere Male angesetzt habe, ist sie fündig geworden und gibt mir einen daumendicken Ast.

»Beiß da drauf, dann kannst du … das Schreien besser zurückhalten.«

Ich nehme es nickend entgegen. »Hast du vielleicht noch etwas, womit ich den Arm hinterher verbinden kann?« Meine Zunge ist jetzt schon schwer, der Alkohol zeigt seine Wirkung.

»Leider nein.« Peinlich berührt weicht sie meinem Blick aus. »Alles, was ich an Stoff noch hatte, habe ich selbst verbraucht.«

Natürlich, mit irgendetwas muss sie sich ja behelfen, in ›diesen Tagen‹.

»Auf jeden Fall solltest du ihn schienen. Ich such dir schon mal was Passendes.«

Sie schießt förmlich hoch, als wäre sie froh, einen Grund zu haben, nicht bei meinem nächsten Richtversuch zusehen zu müssen.

Ich kann das sehr gut verstehen. Wenn es ginge, würde ich meinen Arm am liebsten auch sich selbst überlassen, doch leider ist meine Anwesenheit unverzichtbar.

Ich nehme noch einen letzten Schluck von dem Schnaps und stelle die Flasche dann auf ein Stück relativ ebenen Moosboden. Ich muss jetzt einfach handeln, ohne weiter darüber nachzudenken. Denn wenn ich das tue, traue ich mich ganz sicher nicht.

Nachdem ich mir den Ast zwischen die Zähne geklemmt habe, ergreife ich mit der gesunden Hand mein anderes Handgelenk. Das ist die letzte Chance, einen weiteren Versuch werde ich nicht wagen. Also ziehe ich und halte gleichzeitig mit dem verletzten Arm gegen.

Wieder kommt der Schmerz, aber der Alkohol in meinem Blut ummantelt ihn, packt ihn in einen Kokon und verhindert, dass er in vollem Ausmaß über mich hereinbricht.

Trotzdem tut es höllisch weh und ich fange an, zu brüllen. Dabei beiße ich, so fest es geht, auf den Stock in meinem Mund, was jedoch nur zur Folge hat, dass der Schrei zu einem beinahe tierisch klingenden Knurren verzerrt wird. Es ist ein Noahknurren, das weiß ich, denn ich kann nicht gegen beides kämpfen: den Schmerz und die Noah.

Wenn ich nicht ohnmächtig werden will, muss ich ihm kurz die Führung überlassen, mir bleibt keine Wahl.

Dummer Mensch, dummer Mensch, dummer Mensch!
Wenn ich den Arm gleich wieder zurechtgebogen
hätte, wäre das Ganze weit weniger schlimm!

Ich knurre mehr vor Wut als vor Schmerz, will ich mir einreden. Aber das stimmt nicht, es tut scheiße weh!

Menschenabschaum … zu nichts anderem zu
gebrauchen als zum Fressen. Aber ich muss da jetzt
durch. Es wird gut werden, wenn die Knochen erst
mal wieder richtig stehen. Ich ziehe, zerre, drücke,
schiebe … bis es ein schmatzendes Geräusch gibt und
der extreme Schmerz etwas abebbt.
Nur noch eine kleine Pause … Dann hole ich mir eine
Portion Fleisch von der Mahlzeit, die der Blonde für
mich erlegt hat. Zugegeben, ist nicht viel dran an dem
dürren Weibchen. Vielleicht zum Nachtisch noch ein
Happen von dem Lockenkopf? Ihr Blut ist viel
appetitlicher …

Mit aller Kraft, die mir noch bleibt, kämpfe ich um die Vorherrschaft über meinen Geist und es gelingt mir tatsächlich, sie der Noah abzunehmen.

Zaghaft öffne ich die Augen und betrachte die Wunde vor mir. Der gelbliche Knochensplitter ist verschwunden, dafür ist in meinem Arm nun ein klaffendes, matschiges Loch. Mir wird schwindelig …

»Wenn du zusammenklappst, werde ich dich weiter versorgen. Willst du das?«, ertönt Daniels Stimme direkt neben mir.

Ich habe nicht bemerkt, wann er gekommen ist, aber seine Drohung bringt das Karussell in meinem Kopf zumindest dazu, sich langsamer zu drehen.

Ich schaue ihn an. Obwohl mein eigener Zustand übel ist, fällt mir auf, wie blass er ist. Auf seiner Stirn prangt ein langer Riss und der Bereich drum herum ist schon jetzt stark angeschwollen. Aber zumindest sieht die Wunde sauber aus. Sicher hat Rita sie bereits mit dem Alkohol ausgespült.

»Du siehst viel beschissener aus«, sagt er, als könne er in meinem Kopf lesen wie in einem Buch. Mit spitzen Fingern nimmt er mir den Ast aus dem Mund. »Ich hab dir was zum Verbinden gebracht.« Er legt ein paar Streifen Stoff auf den Baumstamm, vor dem ich noch immer kauere.

Ich kenne das Muster. Es sind Stücke von Daniels Decke. Er hat sie für mich zerteilt.

Da fällt mir ein, was ich tun sollte, sobald alle Teile meines Armes wieder an ihrem Platz sind.

Daniel scheint den gleichen Gedanken wie ich zu haben. Gleichzeitig greifen wir nach der Flasche. Dabei berühren sich unsere Finger, wobei wir beide so zusammenzucken, dass die Flasche umkippt.

»Scheiße«, murmle ich und hebe sie auf, bevor der komplette Inhalt im Moos versickert.

Ungefähr ein Drittel ist noch drin. Langsam beginne ich, das Loch in meinem Arm damit zu begießen. Es brennt wie Feuer und ich stoße stöhnend die Luft zwischen den Zähnen hervor.

»Mehr«, drängt Daniel, als er merkt, dass ich die Flasche absetzen will.

Ich kippe so lange, bis nur noch zwei Fingerbreit Schnaps darin verbleiben. Alles will ich nicht vergeuden, zu gut tut der Alkohol in meiner Blutbahn.

Rita taucht ebenfalls wieder auf. »Hier.« Sie reicht mir zwei lange Stöcke, mit denen ich den Arm schienen kann. Dann deutet sie auf die Flasche. »Brauchst du das noch?«

Dankbar für ihre Fürsorge, schüttle ich den Kopf und will ihr den restlichen Schnaps überlassen, doch Daniel hält mich zurück.

»Hast du daraus getrunken?«, fragt er und muss nicht erklären, worauf er damit hinauswill. Ohne meine Antwort abzuwarten, wendet er sich an Rita. »Lass Cassy den Rest trinken, damit sie auf die Beine kommt. Wir müssen dringend weiter.«

»Bist du sicher, dass ihr beide das schafft? Wir können auch bis morgen warten.«

»Der Waldboden hier und dort drüben ist mit Blut getränkt«, gibt Daniel zurück und deutet hinter sich in Richtung der toten Rosie. »Wie lange, denkst du, wird es dauern, bis die ersten Noahs hier auftauchen?«

Langsam nickt Rita. »Ich sage Jeff Bescheid«, meint sie und verschwindet.

Während ihrer Unterhaltung habe ich den restlichen Schnaps in mich hineingekippt. Mittlerweile kann ich nicht mehr sagen, ob der Schwindel durch meine Verletzung oder durch den Alkohol hervorgerufen wird. Wenigstens hat der Schmerz jetzt ein erträgliches Maß angenommen.

So behutsam, wie es mir selbst möglich ist, wickle ich die bereitgelegten Stoffbahnen um meinen Arm und die Stöcke. Nur beim Verknoten lasse ich mir von Daniel helfen.

Bevor ich aufstehe, atme ich noch einmal tief durch. Ein Fehler, denn jetzt, wo meine Sinne sich nicht mehr nur auf meinen Arm fixieren, nehme ich meine Umwelt wieder viel schärfer war. Auch die Gerüche, die in der Luft hängen. Der metallisch süße Duft ist so intensiv, dass die Noah in mir fast wahnsinnig wird.

Der Lockenkopf, das Ambrosia, die tote Frau … selbst mein eigener Geruch sorgt dafür, dass mir tatsächlich das Wasser im Mund zusammenläuft. Ich habe solchen Hunger!

»Alles okay, kannst du gehen?«

Daniels Stimme bringt mich zur Besinnung. Ich stemme mich hoch, wofür ich zwei Anläufe benötige.

»Es wird gehen«, sage ich, als ich endlich mein Gleichgewicht gefunden habe. »Du hast recht, wir können nicht hierbleiben.«

Wir kommen nur langsam voran, aber selbst das ist besser, als stehen zu bleiben.

Rita und Daniel gehen vorneweg. Er hat einen Arm um ihre Schultern gelegt. Ob um sie zu beruhigen oder sich selbst abzustützen, kann ich nicht sagen. Wirklich fit scheint er jedenfalls nicht zu sein.

Ich laufe hinter den beiden, dicht gefolgt von Jeff, dessen Blicke ich lauernd in meinem Rücken spüre. Ich weiß, dass er mich nur so genau beobachtet, um mich aufzufangen, falls ich stürze. Denn mein Gang ist taumelig – ob vom Schnaps oder dem hohen Blutverlust, den ich hinter mir habe, kann ich nicht sagen. Ab und zu greift er nach meinem gesunden Arm, wenn ich zu sehr strauchle.

Der Alkohol in meiner Blutbahn scheint wie ein Rettungsseil. Er betäubt den Schmerz in meinem Arm zwar nicht vollständig, lindert ihn aber auf ein erträgliches Maß.

Außerdem verhindert er, dass ich zu einem klaren und zusammenhängenden Gedankengang fähig bin. Ich werde mich noch zeitig genug mit den Dingen auseinandersetzen müssen, die in den letzten Stunden geschehen sind. Es ist jetzt schon schwer, mit diesem Gefühlscocktail aus Liebe, Eifersucht, Sorge, Selbstmitleid und Angst klarzukommen – wie soll ich das schaffen, wenn ich alles wieder in geordneten Bahnen begreife?

Keiner von uns spricht ein Wort, während wir den Wald hinter uns lassen und quer über die darauffolgende Wiese marschieren. Es ist ein anderer Weg als der, den wir gekommen sind, so viel begreife ich. Warum wir hier entlanggehen, ist mir egal.

Je länger wir unterwegs sind, desto schwerer fällt es mir, einen Fuß vor den anderen zu setzen. Ich werde nüchtern, verdammt.

»Können wir eine kleine Pause machen?«, frage ich, nachdem ich noch eine Weile mit mir und meinen Kraftreserven gekämpft habe. Doch jetzt zittern meine Knie so sehr, dass ich befürchte, jeden Moment zusammenzubrechen.

»Wir sind nicht mehr weit von einem kleinen Bachlauf entfernt. Dort könnt ihr euch frisch machen, das Blut auswaschen und so«, meint Jeff und schiebt mich sanft weiter.

Tatsächlich kann ich eine Viertelstunde später das leise Plätschern von Wasser hören. Die Aussicht auf ein bisschen Ruhe spornt mich an, gleich ist es geschafft.

Ich straffe mich, mobilisiere den letzten Rest Energie, den ich noch zu haben glaube. Doch ich irre mich, da ist nichts mehr. Ich bin leer, völlig erschöpft, ausgebrannt.

Prompt wird mir schwarz vor Augen und ich spüre, wie meine Beine unter mir nachgeben. Das Letzte, das ich wahrnehme, bevor mich meine Sinne vollkommen verlassen, sind Jeffs entsetzter Ausruf und ein Paar starke Arme, die meine Taille umfassen, bevor ich zu Boden fallen kann.

Dann ist da nur noch Stille, einladend und friedlich.

Es fällt mir schwer, zu erfassen, was mit mir geschieht.

Die Welt schwankt …

Nein, *ich* schwanke …

Ich liege auf etwas, das sich nicht wie der Boden anfühlt …

Mein Kopf ist gegen eine warme, weiche Wand gelehnt …

Jemand klopft von der anderen Seite dagegen …

Wie durch Watte dringt eine Stimme zu mir. »Bist du sicher, dass ich sie nicht doch mal nehmen soll?« Es ist Jeff, der da redet.

Das zu begreifen, ist enorm anstrengend und mein Gehirn will sich am liebsten wieder in den Tiefschlaf verabschieden. Mit aller Kraft kämpfe ich dagegen an und bin froh, als weitere Worte ertönen, an denen ich mich festhalten kann.

»Sie ist ein Fliegengewicht. Ich krieg das hin«, meint Daniel, schnauft aber dabei.

Er trägt mich, begreife ich endlich.

Ich will ihm sagen, dass er mich absetzen soll, dass er mich loslassen soll. Ich will auf eigenen Füßen stehen und …

Ach, was mache ich mir vor. Ich schaffe es ja noch nicht mal, meine Augen zu öffnen. Gegen eine erneute Ohnmacht anzukämpfen, ist das Einzige, was ich gerade zustande bringe.

Ich konzentriere mich auf das Klopfen, das ich nicht nur hören, sondern auch fühlen kann. Es ist Daniels Herz, das unregelmäßig und schnell gegen seine Brust schlägt.

Pam. Pa-Dam. Pam. Pam. Pa-Dam. Pa-Dam.

»Da! Der Bach!«

Ritas Ruf reißt mich aus meinem Dämmerzustand. Kurz darauf verschwindet die Wärme, die mir Daniels Körper gespendet hat. Er hat mich abgelegt.

Wieder versuche ich, mich zu bewegen – keine Chance.

»Und jetzt?«, will Jeff wissen.

Daniel antwortet. »Wir haben die Reagenzien, die wir brauchen. Wenn sie aufwacht, machen wir uns auf den Rückweg. Bis dahin bleiben wir hier.«

»Wenn sie überhaupt wieder aufwacht …«

»Lass solche dummen Sprüche, Jeff«, schimpft Rita ihren Bruder. »Wir bauen ein kleines Lager und dann schaue ich mir ihren Arm noch mal genauer an.«

»Nein!« Daniels Stimme ist barsch und gleichzeitig zittrig. »*Ich* kümmere mich um sie, niemand sonst.«

»Du siehst aus wie eine Kalkwand«, versucht Jeff es auf eine für ihn untypisch fürsorgliche Art. »Du brauchst genauso Ruhe wie sie.«

Sie bin wahrscheinlich ich, wie mir langsam dämmert. Vielleicht würde ich den Rest des Gespräches auch kapieren, wenn mein

Kopf nicht so furchtbar wehtun würde. Und mein Arm. Und der Rest meines Körpers …

»Niemand sonst«, wiederholt Daniel und atmet schwer.

Was hat er nur?

»Rita, pack unsere Taschen aus und bring mir ein paar Decken«, weist Daniel an. «Jeff, versuch zur Abwechslung auch mal, nützlich zu sein, und besorg etwas Holz, mit dem wir ein Feuer machen können.«

Schritte entfernen sich, dann spricht wieder Rita.

»Er will nur helfen«, verteidigt sie ihren Bruder.

»Er hat eine unschuldige Frau getötet, das war Hilfe genug.«

»Du bist unfair«, meint Rita und geht dann ebenfalls, als Daniel nicht reagiert.

Es raschelt um mich herum, dann werde ich bewegt und liege kurz darauf auf etwas Weichem. Jemand setzt sich neben mich.

»Scheiße, Cassy, tu mir das nicht an«, flüstert Daniel so leise, dass ich ihn kaum verstehen kann. Sanft streicht er mir über die Stirn. »Wir haben die Medis. Wir können nach Hause und du kannst deine Schwester besuchen. Es ist noch genug Zeit bis zu deiner Verwandlung. Dreißig Tage – das waren deine Worte. Dir bleiben doch noch über zwei Wochen …«

Eine kurze Pause folgt, in der ich Daniel schwer atmen höre. Dann redet er weiter.

»Ich passe auf dich auf, solange ich kann, okay? Du verabschiedest dich von Claire und dann machen wir uns noch ein paar schöne Tage, irgendwo … Halt durch, Cassy, und stirb mir jetzt nicht einfach weg, bitte.«

Ich? Sterben? Jetzt?

Noch immer unfähig, mich zu rühren oder etwas zu sagen, lausche ich in meinen Körper. Er fühlt sich schwer und gleichzeitig leicht an. Ich habe Schmerzen und doch ist es, als würde ich immer weniger fühlen können. Und ich bin müde, so unendlich müde …

Trotzdem weiß ich, dass ich das hier überleben werde.

Sosehr ich hasse, was mit mir geschieht und was aus mir wird, ist es jetzt doch die Bestie in mir, die mir das Leben rettet. Denn es bedarf mehr als eines gebrochenen Armes, um eine Noah zu töten.

Ich kann hören, wie Daniel noch etwas sagt, aber ich verstehe es nicht. Der Nebel in meinem Kopf wird immer dichter, macht mich blind, taub und stumm.

Verzweifelt versuche ich, mich an irgendwelche Gedanken zu klammern, die verhindern, dass ich in eine vollkommene Besinnungslosigkeit gleite.

Die Hälfte meiner Verwandlungszeit ist um, der menschliche Teil in mir wird schwächer. Meine innere Noah ist bereits stark und es wird immer schwerer werden, sie zu bändigen. Wer sagt mir, dass ich nicht die Kontrolle verliere, wenn ich jetzt einschlafe?

Aber Daniel hat recht. Mit etwas Glück bleiben mir noch sechzehn Tage, bis ich mich völlig in eine Bestie verwandle. Genug Zeit, all das zu tun, von dem er gesprochen hat.

Während mein Bewusstsein immer weiter in die Dunkelheit driftet, denke ich an Claire, an Rita und Jeff. Und an Daniel.

Nein, ich gebe nicht auf. Auch wenn es die Noah ist, die das hier überlebt, werde *ich* es sein, die danach aufwacht – Cassidy Dawson.

Ich werde der Bestie nicht erliegen.

Zumindest jetzt noch nicht …

Er wird mir erliegen, der schwache Mensch.
Und wenn es so weit ist, hole ich mir, was ich so sehr
begehre: Lockenkopf, Blondie und … Ambrosia.

CTN

DANK

Ich habe es tatsächlich getan.

Aus der reinen Fantasiewelt von ›Elesztrah‹ habe ich mich mit ›Countdown to Noah‹ in unsere gewagt, wenn auch in ein Setting, das *so* hoffentlich niemals eintreten wird.

Es war nicht einfach, sich beim Schreiben plötzlich an die Realität halten und auf Magie und Übersinnliches verzichten zu müssen. Andererseits habe ich es sehr genossen, endlich mal moderne Worte verwenden zu dürfen und auch mal ordentlich zu fluchen.

Niemand kann sich vorstellen, wie schwer es ist, in einem wütenden Monolog auf das Wort »Scheiße« zu verzichten … Eigentlich traurig, wenn man so darüber nachdenkt …

Die Geschichte an sich spukte bereits einige Jahre in meinem Kopf herum und kam mir während der Arbeit am ersten Band von ›Elesztrah‹.

Zuerst habe ich mich gesträubt, damit zu beginnen, da ich mir nicht zugetraut habe, zwei Bücher parallel zu schreiben. Auf der

Leipziger Buchmesse 2016 habe ich dann einige wunderbare Autorinnen kennenlernen dürfen, die mir versichert haben, dass es vollkommen in Ordnung ist, an mehreren Projekten gleichzeitig zu arbeiten. Wer weiß, wann ich ›CtN‹ ohne diesen Zuspruch angefangen hätte! Ihr habt es also in einem gewissen Maß meinen lieben Kolleginnen Jasmin Romana Welsch und C. M. Spoerri zu verdanken, dass ihr keine Jahrzehnte mehr auf diese Geschichte warten musstet.

Dass ihr dieses Buch nun so, wie es ist, in der Hand halten könnt, ist sogar zu einem großen Teil der Verdienst von Corinne Spörri, die als meine Verlegerin bestimmt genauso viel Herzblut in die Ausgestaltung gesteckt hat wie ich in den Inhalt. Als ich die Zusage vom Verlag bekommen habe, hätte ich Luftsprünge machen können!

Schon beim Schreiben habe ich so gehofft, auch ›CtN‹ beim Sternensand Verlag herausbringen zu können, da die Zusammenarbeit bei ›Elesztrah‹ einfach nur grandios war und ist.

Nachdem ich dann auch die Info bekam, dass ein Cover von Nicole Böhm den Buchdeckel zieren soll, war ich vollkommen aus dem Häuschen. Ich liebe die Arbeiten von Nicole und es war schon seit langer Zeit ein geheimer Wunsch von mir, mal eines *ihrer* Werke in Kombination mit einem *meiner* Bücher zu sehen. Und bitte schön – hier ist es. Immer noch unglaublich! Die Farben, die Stimmung, der Titel … Niemand sonst hätte das so hinbekommen, da bin ich sicher.

Dass der Inhalt so ist, wie er ist, verdanke ich auch meinen Testlesern, insbesondere Nicole Fricke, die meine Bücher in Rekordzeit durcharbeitet, meiner Schwester Steffi und meiner Tante Heidi, die noch den einen oder anderen Fehler ausgemerzt hat.

Dass es jetzt (hoffentlich) keine Stolpersteine mehr gibt, geht auch auf das Konto meiner Lektorin Martina – danke, dass du sie gnadenlos ausradiert hast.

Im Rahmen eines Gewinnspiels auf Facebook hat eine Leserin die Möglichkeit bekommen, einer Person im Buch sozusagen ihre Ecken und Kanten zu geben. Und so wurde aus ›Jane Doe‹, der Labormitarbeiterin, die gottesfürchtige und ein wenig durchgeknallte Rosie Bell. Danke für diesen hochinteressanten Charakter, Ingrid Höhl.

Die Hälfte des Countdowns ist nun vorbei.

Ich danke euch, dass ihr Cassidy, Daniel und die McDougles begleitet habt, und hoffe, dass ich euch unterhalten, schockieren, berühren und vielleicht auch ein wenig belustigen konnte.

Cassy bleiben aber noch weitere fünfzehn Tage, bis sie zu einer vollkommenen Noah wird. Ob es tatsächlich so weit kommt, was aus ihrer Schwester und ihren Freunden wird, was aus ihr und Daniel wird … Nun ja, wie heißt es so schön? Ihr werdet es erleben, wenn ihr denn wollt, ;)

Bis dahin würde ich mich freuen, von euch zu hören, wie ihr den ersten Teil dieser Reise fandet. Schreibt eine Rezension und scheut euch nicht, direkt mit mir in Kontakt zu treten, denn der Austausch mit euch ist das, was mir am Schreiben am meisten Spaß macht und mich antreibt, weiterzumachen.

Danke an jeden, der mein Geschwafel noch bis hierhin verfolgt hat.

Danke, dass ihr da seid.

Danke für eure Treue.

Danke für ALLES!

Eure Fanny

Über die Autorin

Fanny Bechert wurde 1986 in Schkeuditz geboren und lebt heute mit ihrem Mann und ihrer Katze Lucy im Thüringer Vogtland. Im »realen Leben« Physiotherapeutin, griff sie erst 2012 mit dem Schreiben ein Hobby ihrer Kindheit wieder auf. Was zuerst ein Ausgleich zum Alltag war, nahm bald größere Formen an, und so veröffentlichte sie im Juni 2015 ihren ersten Roman im Fantasy-Genre.

Auch heute geht sie noch ihrem Hauptberuf nach, obwohl die Tätigkeit als Autorin einen immer größeren Stellenwert in ihrem Leben einnimmt.

Kontakt

Homepage: www.fanny-bechert.de

Facebook: www.facebook.com/elesztrah

Weitere Bücher von Fanny Bechert:

Elesztrah (Band 1): Feuer und Eis
6. November 2016, Sternensand Verlag
460 Seiten, broschiert
€ 12,95 [D]

High-Fantasy
Als Taschenbuch und E-Book

Klappentext:
Eine verbannte Jägerin auf der Suche nach ihrem Gefährten …
Ein Krieger aus den Reihen der königlichen Garde …
Eine Macht, die beide untrennbar miteinander verbindet …
Als die Elfe Lysanna herausfindet, dass ihr Gefährte von dem gefürchteten Flammenden Lord gefangen gehalten wird, verspürt sie nur einen Wunsch: ihn zu befreien. Dabei zählt sie auf die Hilfe ihres Clans ›Angelus Mortis‹.
Mitten in den Vorbereitungen auf den bevorstehenden Kampf taucht jedoch der Elfenkrieger Aerthas in ihrem Dorf auf, mit dem sich Lysanna auf unerklärliche Weise verbunden fühlt. Liegt es daran, dass sie beide geheimnisvolle Kräfte in sich tragen, die sie gemeinsam lernen müssen, zu beherrschen? Denn ihre vereinte Macht könnte die einzige Möglichkeit sein, den Flammenden Lord endgültig zu vernichten.
Doch selbst wenn ihnen das gelingen sollte, steht die wachsende Zuneigung, die zwischen Aerthas und Lysanna entsteht, unter einem ungünstigen Stern.

Elesztrah (Band 2): Asche und Schnee

2. April 2017, Sternensand Verlag

400 Seiten, broschiert

€ 12,95 [D]

High-Fantasy

Als Taschenbuch und E-Book

Klappentext:
Während sich die Bewohner Elesztrahs in Frieden wähnen, bleibt die Beziehung zwischen Lysanna und Aerthas angespannt. Die Pläne des Elfenkriegers stehen wie eine Mauer zwischen ihnen und gleichgültig, wie sehr sie sich bemühen – eine gemeinsame Zukunft scheint unmöglich zu sein. Lysanna sieht schließlich nur noch einen Ausweg: Sie will ihr Schicksal selbst bestimmen, auch wenn sie sich dem Hüter der Zeit entgegenstellen muss. Doch in den Lauf der Dinge einzugreifen, ist nicht so leicht, wie es sich die Jägerin vorstellt. Denn die Schicksalsweberin lässt sich die Fäden nur ungern aus der Hand nehmen. Zudem bahnt sich in Elesztrah eine weitere Bedrohung an, die nicht nur Aerthas' Leben in Gefahr bringt …

Weitere Verlagstitel aus unserem Fantasy-Programm

C. M. Spoerri & Jasmin Romana Welsch
Conversion (Band 1): Zwischen Tag und Nacht
28. August 2016, Sternensand Verlag
424 Seiten, broschiert
€ 12,95 [D]

Jugendroman-Dystopie
Als Taschenbuch und E-Book

Jasmin Romana Welsch
Absolution: Wie man eine Sünde überlebt
28. Februar 2016, Sternensand Verlag
224 Seiten, broschiert
€ 12,95 [D]

Urban Fantasy
Als Taschenbuch und E-Book

C. M. Spoerri
Die Legenden von Karinth (Band 1)
25. September 2016, Sternensand Verlag
448 Seiten, broschiert
€ 12,95 [D]

High Fantasy
Als Taschenbuch, Hardcover und E-Book

Carolin Emrich

Elfenwächter (Band 1): Weg des Ordens

15. Januar 2017, Sternensand Verlag

308 Seiten, broschiert

€ 12,95 [D]

High Fantasy

Als Taschenbuch und E-Book

Regina Meißner

Der Fluch der sechs Prinzessinnen (Band 1): Schwanenfeuer

1. Oktober 2017, Sternensand Verlag

354 Seiten, broschiert

€ 12,95 [D]

Märchenadaption

Als Taschenbuch und E-Book

Nadine Roth

Bloody Mary: Du darfst dich nicht verlieben

12. März 2017, Sternensand Verlag

560 Seiten, broschiert

€ 14,95 [D]

Paranormal Romance

Als Taschenbuch und E-Book

STERNENSAND
VERLAG

Besucht uns im Netz:

www.sternensand-verlag.ch

www.facebook.com/sternensandverlag